すべて風に消

シャロン・サラ

岡本香 訳

BLIND FAITH

by Sharon Sala

Translation by Kaori Okamoto

mira

BLIND FAITH

by Sharon Sala

Published by K.K. HarperCollins Japan, 2021

誰かの言葉が――その人と交わした約束が――生死をも分けるとき、
あなたは相手を信じきれるでしょうか。
追いつめられた状況で、言葉という目に見えないものに
すべてを賭けるのは容易なことではありません。

これは嘘をつかない人、約束を守る人を讃える物語です。
わたしの人生において、いつも信頼に応えてくれた人たちに捧げます。
一生のなかで心から信頼できる人との出会いは決して多くないでしょう。
ただ大事なのは、相手にとって自分がどうなのか、
ということではないでしょうか。

本を閉じたあと、胸に手をあてて問いかけてみてください。

すべて風に消えても

おもな登場人物

チャーリー・ドッジ――私立探偵
ジェイド・ワイリック――チャーリーのアシスタント
アニー――チャーリーの妻
アーサー・マーリン――ワイリックの家主
トニー・ドーソン――行方不明になった少年
ランダル・ウェルズ――トニーの友人
ジャスティン・ヤング――トニーの友人
トリッシュ・カールドウェル――トニーのガールフレンド
ハンク・レインズ――FBI捜査官
サイラス・パークス――〈ユニバーサル・セオラム〉の創始者

1

照りつける太陽が後頭部をじりじりと焼く。しかしトニー・ドーソンの腸《はらわた》は太陽よりも熱く煮えたぎっていた。ビッグベンド国立公園へキャンプに行こうと誘われた本当の理由を知ったからだ。友人だと思っていたふたりにまんまと騙《だま》されたことを。

そのせいで昨日の夜は口論になった。今朝の気分は最悪だ。三人で黙々とキャンプ道具を片づけ、車をとめたチソスマウンテンロッジへ向かう分岐点までトレッキングルートをくだってきた。片側は切り立った崖だ。

ひとりで先を歩いていたトニーのもとへ、後方を歩いていたふたりが追いついてきた。

「おい、帰ったらどうするつもりだ？」ランダル・ウェルズが尋ねた。

トニーは無言で歩きつづけた。

ランダルがトニーの背中を乱暴に押す。「無視するんじゃねーよ」

「汚い手でさわるな。おまえたちには関係ない。これ以上、でたらめを聞かされるのはまっぴらだ」

「トリッシュと別れないつもりなのか?」ランダルが尋ねる。

「ぼくが引っ越してくる前におまえとトリッシュがつきあっていたからどうだっていうんだ? カリフォルニアにいるぼくのガールフレンドだって、今ごろ新しいボーイフレンドを見つけているさ。そんなの誰でもやっていることだ」

「ジャスティンが言ったことも関係ないって言えるのか?」

トニーは足をとめ、ふり返った。

「ジャスティンの言うことなんて信じない。おまえらはトリッシュとぼくを別れさせたくて近づいてきたんだろう? キャンプはその口実だった。最初からぜんぶ嘘なのに、どうしておまえらの言うことを信じなきゃならない?」

ランダルが怒りに顔をゆがめ、拳をふりあげた。

トニーはパンチをよけようと横っ飛びした。ところが着地した場所が悪かった。土砂が崩れてバランスを崩す。

トニーは仰向けのまま、十字架にかけられたキリストのような姿勢で崖の下へ転落した。

三日後　テキサス州ダラス
フリーウェイを時速百五十キロで飛ばすシルバーのベンツを発見した警官は、追跡しようとギアに手をかけた。その瞬間、速度測定器《スピードガン》の画面がいきなり暗転する。警官が茫然《ぼうぜん》としているあいだに、くだんのベンツは通勤ラッシュのフリーウェイにあるはずもない車の隙間を縫って、あっという間に視界から消えた。

「今のは幻覚だったのか？」警官は目をぱちくりさせながら、念のために先で待機している同僚に情報を送った。

一方、ベンツのハンドルを握っているワイリックは、とっくにフリーウェイをおりて下道を事務所へ向かっていた。取り締まりには気づいたが、独自に開発した電波妨害装置を使えば警察の目をくらますのは難しくなかった。その日は寝坊をしたせいでいつも以上に急いでいたのだ。

寝坊の原因は悪夢だ。五歳のときメリーゴーランドで誘拐されたときのこと、〈ユニバーサル・セオラム〉という組織の研究所に連れていかれたこと、そこで何年も拘束され、実験台にされたこと。昨日はいやな記憶が代わる代わる夢に出てきた。

組織が結婚相手に選んだ男のことも思い出した。愚かにも愛されていると思っていた。乳がんになるまでは。

化学療法はきつかった。悪夢にうなされて夜中に目を覚まし、現実も夢も同じくらい苛酷だと思い知る。そんな日々の繰り返しだった。

髪が抜け、やせおとろえたワイリックを見た婚約者は顔をゆがめ、感情のこもらない声で言った。〝弱っていくきみを見ていられないから婚約を解消したい〟と。

組織をたばねるサイラス・パークスにも、欠陥品のレッテルをはられた。

朝方、サイラスが病室を出ていったところで目が覚めた。ひどい寝汗をかいていた。人生でいちばん弱って助けを必要としていたときに、壊れたおもちゃのように捨てられた。だからこそ、このまま死んでたまるものかと思った。実際、怒りが引き金になって病気を克服したようなものだ。どういう仕組みでがん細胞が消えたのかは、自分でもよくわからない。

とにかくジェイド・ワイリックは一度死んだ。今の自分はもうむかしの自分とはちがう。そんなことを考えていたら二度寝をしてしまった。おかげで今、遅刻しそうなのだ。ボスのチャーリー・ドッジよりも先にオフィスに到着しなければ。

ようやくオフィスの入っているビルが見えてきた。一度もブレーキを踏むことなく駐車場へ入り、横滑りするように自分のスペースに車をとめる。チャーリーのジープが見当たらなかったので胸をなでおろした。

「やった」小さくつぶやいて荷物をとり、小走りで事務所へ向かう。

事務所に入ってすぐにコーヒーメーカーをセットした。来る途中で買ったペイストリーを皿に並べてガラスドームをかぶせ、自分とチャーリーのパソコンを起動させる。

メールをチェックしているときにチャーリーが入ってきた。ワイリックは視線をあげなかった。寝坊したにもかかわらず、今朝は気合いを入れて身支度をした。悪夢に負けないよう、メイクと服で武装したのだ。

「今日はベアクロウ（アーモンド風味のペイストリー。切れ込みの入った不規則な円形がクマの爪を連想させることから名前がついた）を買ってきました」パソコンの画面を見たまま言う。「ビッグベンド国立公園のチソス山脈で高校生が行方不明になっています。興味がありますか？」

ワイリックの過激なファッションを見慣れているチャーリーも、さすがに今朝の服装にはぎょっとしたようだった。両目のまわりに映画の特殊メイクのような放射状の線が入っているし、口の端には血のりのような赤いしずくが描いてある。赤いレザーのキャットスーツは体の線を余すところなく見せつけていて、足もとは黒のニーハイブーツだ。

「興味はある」実際、砂糖がたっぷりかかったベアクロウにも、行方不明の高校生にも興味があった。ワイリックの机の前を通りすぎながら指示する。「詳しい状況を教えてくれ。ご両親とも面会したい」

「十時半にここへ来られます」

チャーリーが足をとめ、ワイリックを見て目を細めた。

「すでに依頼を受けたなら、どうして興味があるかなんて訊《き》いたんだ？」

「ボスはあなたですから」

「そのとおりだ。てっきりきみは知らないのかと思っていた」ぼやきながら給湯室へ入る。

淹《い》れたてのコーヒーをついでナプキンの上にベアクロウをひとつとり、所長室へ向かった。ジャケットをぬいでクローゼットにかけ、ステットソンを帽子掛けにひっかけて、ベアクロウを三口で平らげたあと、行方不明の高校生に関する資料を読みはじめた。

トニー・ドーソン、十七歳

木曜にビッグベンド国立公園のチソス山脈へトレッキングに出かけ、夜から金曜の朝にかけて行方がわからなくなった。学校の同級生ふたり（ランダル・ウェルズとジャスティン・ヤング）が同行していた。

ランダルとジャスティンによると、キャンプサイトで目を覚ましたらトニーは消えていた。前の晩に言い争いをしたので気を悪くして先に帰ったのだろうと思い、出発点のチソスマウンテンロッジへ戻ってきたが、トニー・ドーソンの車は駐車場に残っていて、本人は見当たらなかった。

地上と空から三日間捜索したものの、なんの手がかりも見つかっていない。

チャーリーが資料を読んでいるときに事務所のドアが開き、男の声が響いた。

「チャーリー・ドッジに話がある」

「お名前は？」ワイリックが尋ねる。

「ダレル・ボイントンだ」

「どうぞおかけください」

ボイントンは片手で髪を整えてから椅子に座った。

ワイリックが内線をとって所長室のボタンを押す。

「聞こえた。予約があるのか？」

「いいえ」

「ドーソン夫妻がいつ到着してもおかしくないし、ふたりを待たせたくない。必要なら別の日に予約をとってもらってくれ」

「わかりました」ワイリックは内線を切った。「申し訳ありませんがもうすぐ予約のクライアントが到着しますので、別の日に出直していただけますか」

ボイントンが立ちあがった。「だめだ。今すぐ話したい。至急の用件なんだ」

「申し訳ありませんが――」

「いいか、おれは――」

我慢できなくなってチャーリーは所長室を出た。

「アシスタントが言ったとおり、今日は別の予約があるから対応できない」

ボイントンがチャーリーに歩み寄る。「おれの名前はダレル・ボイントンだ。ダラスに――」

「あなたが誰だろうが関係ない。別の日に予約をとるか、別の探偵をさがしてくれ。話は終わりだ」

　ワイリックがボイントンの横をすり抜けて事務所のドアを開ける。

　ボイントンが目を見開いた。「おれを誰だと思っている？」

　ワイリックが黙って廊下を指さした。

「気色の悪い格好をしやがって。どけ！」ボイントンは捨て台詞《ぜりふ》を残して事務所を出ると、ドアをたたきつけるように閉めた。

　チャーリーが眉間にしわを寄せる。「あんなやつの言うことは気にするな」

　ワイリックが肩をすくめる。「そもそも一般人受けするメイクとも言えませんから」

「そんなことは――」

「気を遣わないでください。わたしのメイクは鎧《よろい》です。ほかの人がどう思おうと関係ありません」ワイリックは自分の席に戻ってパソコンのキーを打ちはじめた。

「何をするつもりだ？」

「ダレル・ボイントンについて調べるんです。ああいうタイプは根に持ちますから念のため」

「あとでぼくにも教えてくれ」チャーリーは所長室へ戻って、読みかけの資料をふたたび読みはじめた。

　数分後、ワイリックが所長室に顔をのぞかせた。

「ボイントンはテキサス州でスポーツバーをチェーン展開していますね。どうしてここへ来たのかまではわかりません」

チャーリーは肩をすくめた。「どうせ商売敵を尾行してほしいとかそんなところだろう。依頼されても受けるつもりはない」

ワイリックはうなずいた。

しばらくして事務所のドアが開き、ドーソン夫妻が入ってきた。ワイリックのメイクや服装になんの反応も示さないことが、ふたりの余裕のなさを表していた。

所長室へ入ってきた夫妻を見て、チャーリーが立ちあがった。「チャーリー・ドッジです。どうぞおかけください」

夫妻が座ってから、ワイリックは尋ねた。「コーヒーをお持ちしましょうか？」

ふたりそろって首をふる。

チャーリーがワイリックを見た。「きみも話を聞いてくれ」

ワイリックはうなずくと、自分の席からｉＰａｄをとって、急いで所長室に戻った。

「ミスター・ドーソン、いただいたメールを読ませていただきました。現時点で新たにわかったことはありますか？」

「バクスターと呼んでください」

「わたしのことはメイシーと」妻が続ける。「わたしどもは今年の夏にカリフォルニア州から越してきました。トニーはひとり息子で、正直なところ、わたしは子どもだけで行かせるのは反対だったんです。遠いですし、険しいコースだと聞きましたから」メイシーの目から涙があふれた。「でも先生方の都合で木曜から学校が休みになり、ずっと家にいさせるのもかわいそうになりまして、つい許可してしまいました。トニーが家を出たのは木曜の早朝で、まだ太陽も昇っていない時間帯でした。その日はトレッキングをして、夜はキャンプをする予定になっていました。あの子の行方がわからなくなったのは金曜の朝です。今日は月曜だというのにまだ手がかりがありません。生きているかどうかさえわからないんです。こんな状況はもう一分だって耐えられません。何もわからないのが怖くてたまらない」

バクスターが妻の手をとってあとを継いだ。「捜索が始まったときはすぐに見つかると思ったんです。友だちとけんかをしてかっとなって単独行動をしただけなら、冷静になれば戻ってくるだろうと思っていました」

「キャンプで口論をしたとき、トニーたちは酒を飲んでいたんでしょうか」チャーリーが尋ねた。

「ビールを二、三缶飲んだということですが、実際のところは確かめようがありません。山をおりたときにごみはロッジで捨てたそうですから」バクスターがため息をついた。

「駐車場にトニーのトラックがとまっているのを見て、初めて遭難したかもしれないと思いつき、その場で警察に通報したそうです。私たちには警察から連絡がありました。大急ぎで現場へ行って、週末はずっとロッジで待っていました」

「行方不明になったのは金曜の朝なのに、捜索が打ち切られたのですか？　早くないですか？」チャーリーは尋ねた。

「打ち切られたわけではないんですが、捜索隊の人から、家庭で何か問題はなかったかと質問されました。まるでトニーが家出をしたと思っているみたいな口ぶりでした。これはもう本気でさがしてはもらえないんじゃないかと感じまして」

「探偵を雇おうと言いだしたのはわたしです」メイシーが言った。「いい人を知らないかと尋ねてまわったら、あなたの名前が挙がりました。これまで行方不明の子どもを何人も見つけていて、トニーを見つけられる探偵がいるとすればあなたしかいないと」

チャーリーは息を吸った。言いづらいことだが、きちんと確認しておかなければいけない。

「生きて見つかるとは限りませんよ」

バクスターの顔から血の気が引く。しかしメイシーは気丈に顎をあげた。

「わかっています。それでも事実を知りたいんです。どんな形であれ、あの子を家に連れて帰りたい。あの子を産んだのはわたしです。あの子が神に召されてしまったのだとしたら、この手で弔ってやらなければなりません」

バクスターが苦しそうにうめいた。

「わかりました」チャーリーは言った。「トニーにはトレッキング経験がありますか？　サバイバルの知識や技術を身に着けているでしょうか？」

「カリフォルニア州ベイカーズフィールド育ちですから、幼いころからあちこちでトレッキングをしていました」バクスターが言った。「子どものころはよく一緒にキャンプをしたものです。大きくなってからは学校の友だちと出かけていきました。でも、これほどの遠出をするのも、大人の付き添いなしに一泊するのも初めてです」

「わたしからも質問があります」ワイリックが口を開いた。「友人たちはトニーのトラックを見つけて驚いたそうですが、家から遠く離れた場所で、トニーが自分たちを置き去りにすると本気で思ったのでしょうか？」

「トニーとほかのふたりは別々の車で行ったんです」

チャーリーは眉をひそめた。「それほどの遠出なら、ふつうは乗り合わせて行くものじゃないですか？」

「ほら、やっぱり」メイシーが夫を見た。「わたしもそこはひっかかったんです。ランダルたちは普通車に乗っていたので、キャンプ道具はぜんぶトニーのピックアップトラックに積んでいきました。それでも一台で行けたのに」

チャーリーの眉間のしわが深くなる。

「わかりました。全力で調査します。何かあったらすぐにご連絡しますので、おつらいでしょうが、どうか心を強く持ってください」

「ありがとうございます。どうかよろしくお願いいたします」メイシーが涙ぐむ。

「費用はどうなりますか？　もちろん必要なだけ払います」バクスターが言った。

「お帰りになる前にアシスタントが説明します。そのときにおふたりの携帯番号も教えてください。連絡を密にとりたいので。ちなみにアシスタントのワイリックはずば抜けたリサーチスキルを有していて、うちの事務所の切り札なんですよ」

ほめられたワイリックは表情も変えずに立ちあがった。「それでは書類を準備しますので、どうぞこちらへ」

夫妻はチャーリーと握手をしたあと、ワイリックのあとをついて所長室を出ていった。しばらくして、夫妻が事務所を出ていくのがわかった。ワイリックが所長室に戻ってくる。

「トレッキングに同行した友人ふたりの住所などをメールしました。ふたりとも今日は学校なので、話を聞くとしたら放課後になります。それまで待ちますか？」

「いや、そのふたりは嘘をついていると思う。つまり、山のなかで嘘をつかなければいけないような事態に陥ったということだ。ヘリの準備にはどのくらいかかる？」

「さっきベニーに連絡しましたから二、三時間以内に現地へ飛べます。あなたを送ったあ

ださい」と、わたしはここに戻ってリサーチを続けますから、知りたいことがあったら電話してく

「わかった。これから家に帰って荷造りをする。離陸時間が決まったら教えてくれ。格納庫《ハンガー》で会おう」チャーリーはジャケットを着てステットソンを頭にのせた。

「衛星電話を忘れないでくださいね」

「わかった、わかった」

事務所を出ていくチャーリーの広い肩幅と引き締まったヒップにしばらく見とれたあと、ワイリックはデスクに向きなおった。何事もほどほどにしておかないとあとで痛い目を見る。

トリッシュ・カールドウェルは眠れなかった。食べようとすると吐き気がする。悲しみで胸が張り裂けそうだ。十七年間生きてきて、こんなにつらい経験は初めてだった。現実とどう向き合えばいいかわからず、途方に暮れる。

神の御心《みこころ》に従うしかないと母は言うけれど、それで納得できるわけがなかった。まるでトニーがもう天に召されていて、遺体が見つかるのを待っているみたいではないか。

あんなにやさしくてハンサムでおもしろいトニーが死んでしまうはずがない。

学校は休んだ。友だちに気を遣われるのもいやだし、みんなの前でめそめそするのはも

っといやだ。今、同じ気持ちで話ができるのはランダルとジャスティンくらいだ。ふたりともトニーのことが心配で居ても立ってもいられない様子だった。今夜、高校のアメフト場でトニーの無事を祈る会を開くと言っていた。

ガールフレンドの自分は当然参加するものだと思われているけれど、本当はあまり行きたくなかった。じろじろ見られて噂話《うわさばなし》のネタにされるに決まってる。ちゃんと泣いているか、充分に取り乱しているか、そんなことを他人にあれこれ評価されたくない。

学校の友だちの多くはトニーが死んだと決めつけているし、そんな人たちの話は聞きたくなかった。死をほのめかされるだけでも耐えられない。たくさんの人がトニーの死を信じたら、現実になってしまいそうだ。

ランダルが電話してきて、祈りの会に送っていこうかと言うのでお願いすることにした。ひとりで行くよりはましだし、ランダルたちのそばにいれば好奇のまなざしや心ない言葉から守ってもらえそうだ。携帯を握りしめて通りの向こうの公園を――トニーと初めてキスした場所を見つめているとき、ノックの音がした。

ドアが開いて母親が顔を出す。「誰から電話だったの？　トニーのことで何かわかった？」

トリッシュは首をふった。「ううん。ランダルが学校でやる祈りの会に送っていこうかって誘ってくれただけ」

「行くの？」

トリッシュの目に涙がたまった。「行くしかないでしょう。わたしが行かなかったら、ガールフレンドのくせに冷たいって思われる」

母親がトリッシュの横に座って手を握った。「わたしも一緒に行きましょうか？」

「ほんとに？」

「もちろんよ。ママはいつだってあなたの味方だもの」

トリッシュは母の肩に頭をつけた。「怖くてたまらないの。時間が経《た》てば経つほどいやな想像がふくらんでいって……」

「わかるわ。バクスターとメイシーも生きた心地がしないでしょうね。でも、少しでも希望があるうちは前向きに考えましょうよ、ね？」

トリッシュはうなずいた。「何を着ていけばいいかしら。夜は冷えるみたい」

母と娘は立ちあがってクローゼットに向かった。バクスターとメイシーが私立探偵を雇ったことなどまったく知らずに。


荷造りを終えたチャーリーは、タウンハウスのキッチンでサラミとディルとピクルスを挟んだサンドイッチを立ったまま食べていた。そういえばアニーもサラミが大好きだった。ただしアニーのお気に入りは黒コショウ味のサラミで、サンドイッチをつくるときはピクルスではなくマスタードとニンニクを挟む。

アニーに会いたいと思った。サンドイッチを食べたあとのニンニクくさい息まで懐かしい。ニンニクくさいのを承知でキスをしてきて、声をあげて笑うアニーが見たかった。

元気だったころのアニーを思い出すのは久しぶりだ。若年性アルツハイマーのせいで、アニー自身も夫婦の関係も、すっかり変わってしまった。

サンドイッチとスイートティーを胃に収めたあと、グラスをシンクに入れ、皿代わりに使ったナプキンを捨てる。携帯を見て、ワイリックはいつ連絡をしてくるんだろうと思った瞬間、メールが届いた。

〝ヘリの準備ができました。わたしは飛行場へ向かいます。iＰａｄとモバイルバッテリーを忘れずに。必要な情報を送ってあります。現場はＷｉ‐Ｆｉ環境がないので飛行場へ来るまでに確認してください〟

チャーリーはため息をついてiＰａｄとバッテリーをとりに行った。それから荷物を持って家を出た。

ダラスの街は最初の寒波に見舞われていた。もう十月なのでそれほど驚くことではない。幸い、ビッグベンド国立公園はテキサス州の南端にあってメキシコに近いので、まだそれほど寒くないだろう。

ただしトニーがいなくなった地点の標高が高ければ話はちがってくる。夜はかなり冷えるだろうし、昼の気温も天候によってだいぶ変わるのではないだろうか。いずれにせよ現地に着けばわかることだ。チャーリーは空港までの道のりに意識を集中した。

いつもどおり飛行場めざしてスピードをあげながら、現地までのフライトと山中の捜索に思いを馳《は》せる。これといった根拠があるわけではないが、トニーの友人たちは何か隠している気がした。友人が行方不明だというのにどうして隠し事をするのかはわからない。友人の命よりも大事な秘密などあるだろうか？


事務所で着替えをすませたワイリックは、ヘリを駐機している飛行場へ向かった。ベニーが整備や給油をすませてくれたので、あとはパイロットの自分が到着すれば離陸準備は完了だ。ベンツに向かって歩いているとき、駐車場の奥に黒いレクサスがとまっていることに気づいた。運転席にダレル・ボイントンが座っている。

あの男、いったいどういうつもりだろう。

今はチャーリーをチソスマウンテンロッジへ連れていくことが最優先なので、ボイントンを無視してベンツに乗り、エンジンをかけて駐車場から飛びだした。

フリーウェイに乗ってからバックミラーをちらりと見ると、三十メートルほどうしろに黒いレクサスがいた。

尾行？

日常的に〈ユニバーサル・セオラム〉の雇った探偵につきまとわれていた過去があるので、バックミラーをチェックするのが習慣になっていた。それでも探偵事務所の客につきまとわれるのは初めてで、気味が悪かった。ポイントンに構っている暇などないが、飛行場まで連れていくのもいやだ。プライベートはなるべく知られないほうがいい。

さっさとまこうとしてアクセルを踏んだら、レクサスもスピードをあげた。携帯のアプリが起動して、前方で警察が取り締まりをしていることを告げる。ワイリックは笑みをもらした。

これでポイントンは終わりだ。

ワイリックはさらにアクセルを踏んだ。ポイントンもスピードをあげて猟犬のように追いかけてくる。時速百五十キロを超えてもまだあきらめない。ワイリックは電波妨害装置を作動させてパトカーの前を通過した。これで警察のレーダーにかかるのはポイントンだけだ。しばらく走ってから電波妨害装置を切り、西に向かうフリーウェイに乗り換えた。

猛スピードで飛行場のゲートを通過すると、チャーリーがすでにヘリの横で待っていた。

ハンガーに車を入れて荷物を持つ。

「何かあったのか？」

「大丈夫です。ちょっと道が混んでて」

「ダラスだからな」チャーリーがうなずく。

「先に乗ってください」ワイリックは飛行前点検を始めた。

すでに荷物を積んでいたチャーリーは素直に席につき、シートベルトをしてワイリックを待った。

ワイリックが操縦席に乗ってヘッドセットをつけ、内部点検を始める。

それが終わるとエンジンをかけた。ローターがまわりはじめ、コックピットの計器が点滅する。

『スター・ウォーズ』シリーズの宇宙船みたいだとチャーリーは思った。そうなるとワイリックは宇宙船を操るジェダイの戦士だ。

ローターが回転数を増し、機体が浮きあがる。ワイリックは飛行場の上で半旋回して南西にあるビッグベンド国立公園に針路を合わせた。

飛行が安定したところで、ワイリックが口を開いた。

「念のためにお知らせします。ポイントトンが駐車場で待ち伏せしていて、途中まで尾行してきました。フリーウェイでまきました」

「なんだって」チャーリーがさっとこちらを向く。「ポイントトンにまちがいないのか?」

ワイリックは前方を向いたままうなずいた。「何が目的なのかわかりませんが、気味が悪いですね。関わり合いにならないほうがいいと思います」

「同感だ。やつが何かしてきたらすぐに知らせてくれ」

「うちの対応に腹が立ったんでしょうが、あんな男は放っておけばいいんです。トニーを見つけるほうがよっぽど大事ですから。ｉＰａｄの資料は確認しましたか？　三人が歩いたトレッキングコースをアップデートしておきました」

「まだだ」

「今、確認してください」

　チャーリーは親指を立ててｉＰａｄの電源を入れた。

「同じルートで登山届も出しておきました。許可証が携帯に送られているはずです。それを身分証明書と一緒に見せれば誰にも文句は言われません。現地の警察はご両親が探偵を雇ったことを知っています」

　チャーリーはワイリックの手際のよさに感心した。

「今度、昇給するよ」彼女をちらりと見て言う。

　ワイリックが鼻を鳴らした。

　チャーリーはワイリックがうなるほど金を持っていることを承知で言っているのだ。機会があるたびに昇給をちらつかせるのはふたりのあいだの定番ジョークだった。

　その後、二時間強のフライトのあいだ、機内は静かだった。着陸まで五分というとき、ワイリックが口を開いた。

「ロッジ上空です。これから着陸許可をとってあなたを降ろします」

「ダラスに帰ったら知らせてくれ」

「わかりました。夜になって時間ができたら一度連絡をください。ダラスに帰ってから少年たちの関係をもう少しさぐってみますので」

　ヘリが着陸する。

「見つかりますように」

「帰りのフライトも気をつけて」チャーリーはそう言ってヘッドセットを外し、荷物を持ってヘリを降りた。そのままロッジへ向かう。

　ふり返ると上昇するヘリが見えた。ヘリが視界から消えるまで見送ってからロッジへ入る。

　入り口を入ってすぐのところに森林警備員がいて、山からおりてきた登山者と話をしていた。登山者が行方不明の子は見つかったのかと森林警備員に尋ねる。チャーリーは足をとめ、警備員の答えに耳を澄ませた。

「いいえ、まだ見つかってないんです」

「かわいそうに」別の登山者が言う。「昨日、捜索隊らしき人たちが谷へおりるのを見ましたよ。でも今日は誰も見かけなかったので、てっきり少年が見つかったのかと」

「捜索隊は川の上流へ移動したんだと思います。今、どこをさがしているか、正確な場所はぼくにもわからないんですが」森林警備員がため息をついた。「とにかく、みなさんは無事に下山できて何よりです。これから帰られるんですか？」

「ええ、オースティンへ帰ります。すばらしい登山ができました」

「またビッグベンドへ来てくださいね」警備員が言い、登山者たちと別れた。

「すみません」チャーリーは声をかけた。「チャーリー・ドッジといいます。ダラスで私立探偵をしているのですが、ドーソン夫妻から息子さんの捜索を依頼されました。これから山に入ることを関係者のみなさんにお伝えしておこうと思いまして」

　森林警備員が右手を差しだした。「森林警備員のアーニー・コリンズです」

「どうも。それで手がかりが見つかった場合、どこに連絡すればいいですか？」

「ここから先、携帯の電波はほとんど入らないんです。無線機か何か――」

「衛星電話を持ってきました」

「ああ、それなら事務所に連絡してください。そうすれば必要なところへ情報が流れます。少年たちが歩いたルートはわかりますか？」

「確認しました。これまでの捜索で何かわかったことはありますか？」

「残念ながら何も。ぼくも捜索隊に加わっていたので、何か見つかったら情報が来るはずです」

「そうですか。ありがとうございます」

　周辺の地図を手に入れて、チャーリーはロッジをあとにした。少年たちが歩いたのと同じルートで、まずは彼らがキャンプした場所へ行くつもりだった。
夕暮れは刻一刻と迫っている。急がないといけない。

2

　ダラスまでは追い風だったので予定よりも十五分ほど短いフライトになった。着陸するとすぐベニーがやってくる。

「お帰りなさい。早かったですね」

　ワイリックはうなずいた。「整備して、またいつでも飛べる状態にしておいてもらえる？　チャーリーから連絡が来たら迎えに行かなきゃいけないから」

「了解しました」そう言って、ワイリックのベンツがハンガーを出るとすぐ、ヘリを牽引《けんいん》してハンガーに入れた。

　ワイリックはまっすぐ事務所へ戻り、出勤してきたときのレザーのキャットスーツに着替えてジーンズをしまった。着替えたときに化粧を落としたので、赤いアイシャドウと黒のリップで武装する。

　コーヒーを淹《い》れなおして、朝食兼昼食にベアクロウをひとつ食べてから仕事に戻った。頻繁に電話が鳴る日だった。伝言を聞いて質問に答え、新規のメールに目を通して経費の支払いをすませる。あたりが暗くなってから、やっと三人の少年のＳＮＳを調べることができた。予想していたこととはいえ公開されている情報は限定されていたので、詳しく調べるのは家に帰ってからにした。家のパソコンのほうがハッキング向きだからだ。

事務所を出るころには腹が空《す》きすぎて胃が痛くなっていた。途中で中華料理のテイクアウトをする。ボイントンの黒いレクサスがいないか目を光らせていたが、見当たらなかった。

家に到着してシャワーを浴び、Ｔシャツとくたくたのスエットパンツに着替える。テイクアウトをリビングルームに運び、テレビをつけて、ようやくその日最初のまともな食事をした。

マーリンの家の地下はどこよりも安心できる。今よりも穏やかな暮らしを望むならチャーリー・ドッジの下で働くのはやめればいいのだが、彼がいないと人生の楽しみの大部分も失われてしまうだろう。探偵業につきものの危険はすでに受け入れていた。

ダレル・ボイントンはペントハウスのバルコニーからダラスの夜景を眺めていた。千平方キロメートルに百五十万人が暮らす街。アメリカで九番めに人口が多い都市だ。家賃の高いダラスにペントハウスを所有できるのはボイントンが特殊な仕事をしているからだ。

スポーツバーのチェーン店を保有しているのは嘘ではないが、それは殺し屋という稼業の隠れ蓑《みの》にすぎない。依頼を受けるのは極めて難しい案件に限る。ボイントンにとって標的を殺すのは難しくなかった。しかしあらゆる場所に監視カメラがあるご時世なので完全に痕跡を消すのは至難の業だ。

そこでボイントンは独自のアプローチを編みだした。標的の居場所を突きとめるだけでなく、直接、顔を合わせて、相手の日常に溶けこむように働きかけるのだ。知り合いになってからも隙が見つかるまで必要なだけ時間をかける。そして時が来たら速やかに仕事をして立ち去る。狩りと同じだ。

そういうわけで彼は今日、目的を持って〈ドッジ探偵事務所〉を訪れた。次の標的との顔合わせをするためだ。ジェイド・ワイリックの記憶に残るようにわざと不遜な態度をとった。むかつかれたのはまちがいないが、大して警戒しないはずだ。手遅れになるまで。

ランダル・ウェルズは六時半ぴったりにトリッシュの家に到着した。ドアをノックして一歩さがる。戸口に出てきたのはトリッシュの母親だった。

「こんばんは。もう少しで準備ができるから待っていてね」そう言って二階に呼びかける。「ランダルが来たわよ」

「すぐ行く」トリッシュの声がする。

トリッシュの母親が出かける準備をしていることに気づいて一緒に行くつもりだろうか

といぶかっていると、白いパーカーにジーンズを着たトリッシュが階段をおりてきた。

トリッシュは数日前とは別人だった。とても大人びて見える。人生の淵《ふち》を見た人に特有の哀愁がただよっていた。ランダルは罪の意識を覚えた。トニーのことが心配で、夜も眠れず泣いているのかもしれない。

「わたしも乗せていってね」母親が言った。「トリッシュがそうしてほしがったから」

「もちろんです、ミセス・カールドウェル」ランダルは急いで車に戻り、助手席と後部座席のドアを開けた。

トリッシュが助手席に乗り、母親が後部座席に乗る。三人はアメフト場に向けて出発した。

「トニーのご両親も来るんだ」

「知ってる」トリッシュが言った。「電話をもらったから」

「そうか」

それ以上、話題が思いつかない。車内に沈黙が落ちた。

アメフト場の横の駐車場へ入り、空いているスペースに車をとめる。グラウンドにはすでに大勢の人が集まっていた。

「会の途中で、きみからもひと言ほしいんだけど」

トリッシュが目を見開いた。「わたしは無理よ。目立つことはしたくない。トニーのご両親が望むなら横に立つのは構わないけど。これはトニーとトニーのご両親のための会だから」

「そうか……わかった」

トリッシュは母親と一緒に車を降り、ランダルの案内で会場へ進んだ。

ジャスティンが気づいて走ってくる。

「やあトリッシュ。こんばんは、ミセス・カールドウェル」

母親はほほえんだ。「すばらしい会を企画してくれてありがとう」

ジャスティンは肩をすくめた。「ぼくらにできるのはこのくらいなので」

スクールカラーのTシャツを着たボランティアがろうそくを配っている。

「あなたのために祈るわね」ボランティアの女の子が励ますような表情でトリッシュにろうそくを差しだした。

「行方不明になったのはわたしじゃないから、トニーのために祈ってください」トリッシュはそっけなく言ってろうそくを受けとり、女の子から離れた。

人々のあいだを抜けて仮設ステージに近づくと、トニーの両親がいた。

ドーソン夫妻もこちらに気づいた。メイシーが近づいてきてトリッシュを抱きしめる。

「つらいでしょうに、来てくれてありがとう」

トリッシュの目にみるみる涙がたまった。返事ができずにうなずく。

母親が代わりに言った。「来ないわけにはいかなかったんです。わたしたちにとってもトニーは大事な人なので」

校長がステージにのぼって祈りの会の始まりを告げた。

ドーソン夫妻がステージにのぼって集まった人々に感謝の言葉を告げ、会を企画したランダルとジャスティンに礼を言う。

トリッシュは涙をこらえるのに必死だった。悪い夢を見ているみたいだ。

そう、これは悪い夢だ。目が覚めたら朝で、寝ているあいだにトニーから二通のメールが届いている。きみのことを考えて眠れなかったって。

牧師がマイクの前に立って祈りの言葉を述べる。

気温がさがって霧雨も降ってきた。たくさんの人がいるのに、アメフト場は奇妙に静まり返っている。

雨はだんだん大粒になり、ろうそくの火が消えはじめた。会場が真っ暗になる。誰かが携帯の光をろうそく代わりにすることを思いついた。ひとり、またひとりと携帯を頭の上に掲げる。別の誰かが《アメイジング・グレース》を歌いだした。光のなかに人々の顔が浮きあがる。

トリッシュは震えながら息を吸って目をつぶった。

神様、お願いだからトニーを助けてください！

家に帰ったトリッシュが雨の音を聞きながらベッドに横たわっているころ、ランダルはジャスティンと電話をしていた。

親のいる寝室から、深夜番組のホストを務めるスティーブン・コルベアの声がもれ聞こえてくる。

「祈りの会はあれでよかったかな」ランダルはジャスティンに尋ねた。

「もちろんだ。おまえはどう思った？」

「よかったと思う」

ジャスティンが息を吐き、震える声で言った。「トニーはどこにいるんだろう？」

「知るか。最初の日に発見されると思ったのに」

「おれもそう思った。どうして見つからないんだ？」

「わからない」

胃がしくしく痛む。ランダルは沈黙を恐れるように話しつづけた。「トニーの両親が探偵を雇ったらしい」

「捜索隊が組まれて、ヘリも飛んだのに見つからなかったんだぞ。探偵なんて雇ったって見つかるもんか」

「わからないけど、その探偵は子どもを見つけるのがうまいらしい」

「せいぜいがんばってほしいよ。こんな騒ぎはもうたくさんだ」

「そうだな。見つかるなら早いほうがいい」

「そうさ」

会話が途切れ、ふたりは通話を終わらせた。


メイシーはバクスターの腕のなかで泣き疲れて眠ってしまった。

バクスターは眠れなかった。トニーの身に起こり得る最悪の事態ばかりが脳裏をよぎる。雨にさらされ、獣につつかれる息子の亡骸《なきがら》を想像せずにいられなかった。子を持つ親にとってはまさに地獄だ。

今はただ、チャーリー・ドッジにすがるしかなかった。


山道をのぼりはじめて二時間ほど経過したところで、チャーリーは年老いた男と遭遇した。男は道ばたに座って目を閉じ、体を前後に揺らしながらぶつぶつとつぶやいている。編みこまれた髪が両肩に垂れていて、肌はなめし皮のように焼け、目尻や口もとの細かなしわに黒い筋が入っていた。

瞑想《めいそう》の邪魔をするつもりはないので距離をとって進んでいくと、ふいに男が目を開いた。

「幽霊の声を聞いたか？」

チャーリーは足をとめた。「あの、いえ。幽霊の声が聞こえるんですか？」

男が頭をうしろに倒して目を細めた。

「あんた、でかいな」

「ええ、背は高いほうです」

男がうなずいた。「今夜は山でキャンプするのか」

「はい」

男がふたたび目を閉じた。「なら幽霊の声が聞こえるかもしれん。声の主は見つからんかったが」

チャーリーは歩きはじめたところで足をとめ、引き返した。

「どうして幽霊だと思うんですか？」

「夜中に谷底で、バンシー（アイルランドの伝承に登場する妖精。叫び声で死を予告する）のようにうめいたり叫んだりするからだ」

「遭難者が助けを呼んでいるのでは？」

「叫び声だけで言葉はない。あれはバンシーにちがいない。だからこうして瞑想して、邪気を追いはらおうとしている」

「どこで聞こえたんですか？」

「この上だ」チャーリーが向かう方向を指さす。「血も凍る叫び声とはまさにあのこと。

何年もこの山にのぼっているが、あんなのは初めて聞いた」

「この山で高校生が行方不明になっているのをご存じですか」

男がうなずいた。「捜索隊を見かけたからな。幽霊の声を聞いたと言ったんだが、相手にされんかった」

「私は幽霊に気をつけます」チャーリーはそう言って男のもとを離れた。

さらに歩いて、トニーたちがキャンプをした場所へたどりついた。空き地に設置してあるクマよけの箱に食糧を入れ、テントを張ったときはもう暗くなっていた。

火を熾《おこ》してコーヒーを淹れる。料理する気になれなくて、ジャーキーとプロテインバーで腹を満たした。空腹がやわらぎ、熱いコーヒーで体があたたまってから、iPadをとりだす。やはり電波はない。こんなときのために持ってきた衛星電話の出番だ。

少年たちのSNSをハッキングしていたワイリックは、トニーとランダル・ウェルズの興味深いつながりを発見した。トニーを見つける手がかりにはならないかもしれないが、ランダルたちの秘密に迫ることはできそうだ。

夜の十時をまわったころ、ワイリックはベッドにあぐらをかき、ボウルに入れたポップコーンをつまみながらチャーリーの電話を待っていた。サイドテーブルには冷えたペプシがのっていて、テレビはカントリーミュージックの表彰式を映している。カントリーミュージックに詳しいわけではないが、テキサス州にはカントリーがよく似合う。

ブレイク・シェルトンという歌手がステージに立っていた。背の高さはチャーリーとい
い勝負だ。そんなことを思ったとき、携帯が鳴った。リモコンの消音ボタンを押してから
電話に出る。

「もしもし」

「ぼくだ」

「ちゃんと食べましたか?」

チャーリーがため息をつき、芝居がかった声で言った。「心配いらないよ、ママ。あと
はテントで寝袋にくるまって寝るだけだから」

「よしよし、いい子には情報をあげましょうね」ワイリックは淡々と言った。

「何かわかったのか?」

「トニーのご両親が引っ越してきて間もないと言っていたのを覚えていますか」

「覚えてる。それがどうした?」

「一年前――トニーが引っ越してくる半年ほど前、ランダルが誰とつきあっていたと思い
ます?」

「あいにく、推理ゲームをやる気分じゃない」

「トリッシュ・カールドウェルです」

「トリッシュって……トニーのガールフレンドか？」

「はい。ランダルとトリッシュが一緒に写った写真がスナップチャットやインスタグラムにアップされていました。半年ほどつきあって別れたようです。ふたりのアカウントの交際ステータスが交際中からシングルに変わりましたから」

「いつごろだ？」

「トニーがダラスに引っ越してくる四カ月以上前です。トリッシュは半年ほどフリーでいたあと、トニーとつきあいだしたようです。今、ふたりは交際中になっています」

「誰もそんなことは言ってなかったな。トニーは知っていたんだろうか」

「明日、調べてみましょうか」

「頼む。最初にトリッシュに話を聞いてくれ。トニーに元カレのことを話したかどうか確認してほしい。それからランダルとジャスティンがいつごろトニーと仲よくなったのかもさぐってくれ。トニーがトリッシュとつきあう前なのか、あとなのかが知りたい」

「明日の朝いちばんに面会を申しこみます」

「助かるよ。iPadは電波がないから何かあったら衛星電話に頼む」

「わかってます。じゃあ、狭いテントで寝袋にくるまっておとなしく寝てください」

　チャーリーが返事をする前にワイリックは電話を切ったが、回線が切れる直前、彼の笑い声が聞こえた。

今夜はいい夢が見られそうだ。

どこかでコヨーテが鳴いた。谷のほうから別のコヨーテが応える。クーガーが仕留めた獲物を引きずって子どものいるねぐらへ引き返していく。木の上からそれを見ていたアメリカワシミミズクが静かに飛び去る。

アメリカワシミミズクがとまっていた木から一キロも離れていないところに狭い洞穴があった。壁からしみだした水がトニー・ドーソンの投げだされた手に落ちる。

トニーの顔も服も泥と乾いた血で汚れていた。体のあちこちに切り傷やすり傷があり、紫色のあざができている。

夢のなかで、トニーの横に母親が座って泣いていた。ときどき、がんばれと言う父親の声が聞こえた。痛みは絶え間なく襲ってくる。体が燃えるように熱い。たまに意識が戻ると、まだ死んでいないことに絶望した。

チャーリーの眠りはとぎれとぎれだった。助けを求める子どもの声が聞こえて必死で姿をさがしても、声の主は見つからない。テントの外をかぎまわる獣の気配にはっと目を覚ましたが、しばらく息をひそめていると獣はいなくなった。

眠れそうにないので起きあがり、着替えて軍隊の携行食《MRE》をあたため、コーヒーを淹れた。

そこへヤマアラシが現れた。ヤマアラシを目で追いながらパウチのラビオリを食べる。ヤマアラシはのそのそ歩いて茂みに吸いこまれていった。

日の出とともにテントをたたみ、サウスリムトレイルをのぼりだした。少し先でブーツキャニオントレイルと交差する。ブーツキャニオントレイルは谷をくだって森へ続く。そちらへ進むかどうか考えながら、何度もとまって双眼鏡で朝日に輝く大地を見渡した。とっかかりとなる情報さえ手に入れば捜索の方向性が定まるのだが……。


七時になるのを待って、ワイリックはトリッシュの家に電話した。早い時間にすみませんと断って用件を切りだす。

トリッシュの母親は協力的だった。

「トニーのためなら娘は喜んで協力します。今、シャワーを浴びているんですが、何時ごろいらっしゃいますか」

「トリッシュのあとでランダルたちにも話を聞きたいので八時ではどうでしょう」

母親は時計を見た。あと四十五分ある。

「学校は休ませているので、いつでもいらっしゃってください」

「ありがとうございます。それではのちほど」

続いてランダル・ウェルズの家に電話する。用件を聞いた母親のニタは明らかに警戒していた。こんなタイミングで連絡してくるなんてと不満をもらす。

「もっと早くかけていただかないと困ります。息子は学校へ行く準備をしていますし、知っていることはすでに警察に話しました」

「警察は関係ありません。チャーリー・ドッジを雇ったのはトニーのご両親ですから。たった一日学校に遅刻することがそんなに大きな問題でしょうか。トニーの捜索に協力するのはいやだとおっしゃるんですか」

「そ、そんなことはありません」

「ご自宅の住所は知っています。九時を少しまわったころにお邪魔します」ワイリックはきっぱり言って電話を切り、続いてジャスティンの家に電話をした。アンドレア・ヤングは寝起きのような声で電話に出た。

「もしもし?」

「おはようございます。トニー・ドーソンのご両親が雇った私立探偵のアシスタントを務めるワイリックといいます」

「ああ、トニーをさがしているのね」

「ボスのチャーリー・ドッジはすでに現地で捜索に加わっていますので、アシスタントのわたしが関係者から事情を伺っています。今日の午前中にジャスティンと話したいのですが」

「これ以上話すことなんてないわ。ジャスティンは学校へ行く準備をしているし」

「あなたの話ではなく、ジャスティンの話が聞きたいのです。トニーと一緒にいた全員に話を聞かなければいけません。登校しないで待っていてください」

「でも警察に――」

「チャーリー・ドッジは警察とは関係ありません。トニーの捜索に協力したくないということでしょうか?」

「まさか、そんなことはないわ。それで何時に――」

「住所はわかりますので十時までには伺います」

「でもジャスティンはテストを受けないと――」

「申し訳ないのですが、今、優先すべきはトニーの命です。風雨にさらされて、この瞬間も救助を待っている可能性があります」

「わかりました。でもあの子と話をするときはわたしと夫も付き添いますから」

「どうぞ」ワイリックはそう言って電話を切った。

秘密を抱えた十代の少年は、土足で踏みこんでくる者を徹底的に排除しようとするだろう。髪や胸がないことが彼らの攻撃対象になるのは目に見えている。そこでワイリックはわざわざ胸もとの開いた黒いレザーベストを着て、ドラゴンのタトゥーを見せつけることにした。同じく黒のボレロジャケットと赤いレザーパンツを合わせ、ニーハイブーツをはく。仕上げに黒のアイシャドウを長めに引いて端を翼のように跳ねあげた。自分を無敵と信じている少年たちを震えあがらせるのだ。

　会話を録画するために予備の携帯と記録用のｉＰａｄを持ち、部屋を出た。

　屋敷の裏手からメインゲートに向けて車を走らせると、家主のマーリンが新聞をとりに表に出てきたところだった。むかし気質《かたぎ》のマーリンは、今でも新聞といえば紙に印刷されたものしかないと信じている。通りすぎざまに手をふると、マーリンも笑顔で手をふり返してきた。少し顔色が悪いように見える。バックミラー越しに見た歩く姿もいやに前傾姿勢だった。

　マーリンは今年でいくつになるのだろう。魔法使いのマーリンのようにずっと年をとらないような気がしていた。今夜、帰ったら様子を見に行こうと決め、カールドウェル家に向かって車を走らせた。

　同じ高校に通っているだけあって、三人の住所はトニーの住んでいるところからそう離れていなかった。最初に話を聞くカールドウェル家は控えめで雰囲気のいいたたずまいをしていた。窓から母親のベス・カールドウェルが顔をのぞかせている。娘と同じ学区の小学校の教師を務めるシングルマザーだ。学区が同じなら休みも同じで便利だろう。

　家の前に車をとめる。バッグを肩にかけ、正面の階段をのぼって呼び鈴を鳴らした。

　ドアが開いた瞬間、先手を打って話しだす。外見の印象を薄めるための作戦だ。「おはようございます。先ほどお電話したワイリックです。チャーリー・ドッジのアシスタントをしています」

ベスは目をぱちくりさせたあと、ほほえんだ。「どうぞお入りください。わたしは教師なんですが、今日は少し遅れると職場に連絡したんです。娘とワッフルを食べていたところなんですよ。よろしかったらいかがですか?」

「コーヒーをいただけたらありがたいです」ワイリックはベスについてキッチンへ入った。

「トリッシュ、こちらがさっき話したミズ・ワイリックよ」

トリッシュはひと目でワイリックのファッションに魅了されたようだった。「かっこいい! すてきだわ!」

かなり突っこんだ質問をしなければならないので必要以上に親しくならないほうがいいとは思いつつ、肯定的な反応がうれしかった。

「ありがとう」席につくとベスがコーヒーを出してくれた。

「それで、わたしたちでお力になれるかしら?」

ワイリックはコーヒーをひと口飲んでからカップを脇に置き、携帯を小さな三脚にのせた。

「ふだんならボスのチャーリー・ドッジが関係者に話を聞くのですが、今回は緊急を要するので、すでに現地入りしてトニーを捜索しています。代理でわたしがあなたとの会話を録画し、上司にデータを送ることになりました。よろしいでしょうか」

トリッシュの目がうるんだ。「わたし、ひどい顔でしょう。昨日もほとんど眠れなかったんです。トニーのことばかり考えてしまって」

「これを見るのはチャーリーだけですから気にしないで。簡単な質問ですからワッフルを食べながらで大丈夫ですよ」ワイリックは録画を開始した。

トリッシュはうなずいてワッフルを口に運んだ。

「では質問に入りますね。トニーとはいつごろからつきあっているの？」

「三カ月ちょっと前からです」

ワイリックはうなずいてｉＰａｄに答えを打ちこんだ。

「どこで会ったのかしら」

「学校です」

「学校の友だちはふたりがつきあっていることを知ってる？」

「はい、みんな知ってます」

ワイリックはうなずき、トリッシュがワッフルを食べおわるのを待った。次の質問をしたら食欲がなくなるかもしれないと思ったからだ。

ちらりとベスを見る。娘を心配しているのがよくわかる。しぐさの端々から、娘に対する深い愛情が伝わってきた。

「トニーとランダルたちはいつから友だちになったの?」

トリッシュが目を瞬《しばたた》いた。「さあ、よくわかりません」

「あなたがランダル・ウェルズとつきあっていたのをトニーは知ってた?」

トリッシュが青くなる。「わかりません」

ベスが顔を曇らせた。「あなた……言ってなかったの?」

トリッシュが不安そうな顔をした。「最初は関係ないって思ったの。トニーとは会って間もないし、トニーの友だちのこともよく知らなかったから。でも、つきあいはじめて一カ月くらいしたとき、ママと一緒にモールに行ったら、トニーとランダルたちが一緒にいるのを見かけたの。トニーが元カレと一緒にいるなんて、なんだか変な感じがしたけど」

「ランダルとジャスティンはあなたがトニーとつきあっているのを知って驚いたように見えた?」

トリッシュはしばらく考えてから眉間にしわを寄せた。「驚いてなかったと思います。ランダルもジャスティンもぜんぜん気にしていないみたいでした。別れて何カ月も経《た》っていたし、ランダルだって新しい子とつきあったりしていたし」

「ランダルと別れてから、あなたはトニー以外の人とデートした?」

トリッシュが首をふった。「してません」

「どっちが別れを切りだしたの?」

れませんか」

「わたし……だと思います」

「何をおっしゃりたいんですか？」ベスが口を挟んだ。

「キャンプでトニーとけんかをしたとランダルたちが言っているんです。酒を飲んでいたとも。トリッシュとランダルがつきあっていたことをトニーが知らなかったのだとしたら、けんかのきっかけになるでしょうし、トニーがいなくなった原因はそこにあったのかもしれません」

トリッシュがフォークを皿に落として泣きはじめた。

「ああ、わたしのせいなのね！　わたしのせいでトニーはいなくなっちゃったんだわ。ちゃんと話せばよかった。でも本気で好きになったから嫌われるのが怖くて……」

ベスがさっと立ちあがって娘のそばへ行った。

「自分を責めてはだめよ。トニーはきっと無事でいるから。だいいち、あなたは彼を騙《だま》したわけじゃない。あなたくらいの年ごろはいろんな人とつきあったり別れたりするものだもの。二股をかけたわけじゃないんだからくよくよしないの」

「でも、ちゃんと話していれば、けんかにはならなかったでしょう」

ベスがため息をついた。「それはそうかもしれないけど、起こってしまったことは変えられないわ。あの三人がキャンプでお酒を飲んだのだってあなたのせいじゃないし」

「お母様の言うとおりです」ワイリックは言った。「あなたが誰とデートしようとあなたの自由だわ。動揺させてごめんなさい。でもトニーを見つけるためにあらゆる事実を集めたいの」

「気にしないでください」トリッシュは涙をぬぐった。「トニーさえ生きて見つかってくれれば、ほかはどうでもいいです。ランダルのことで別れたいと言われたとしても、彼が無事ならそれでいい」


ベスがワイリックを見た。「何かわかったら、わたしたちにも教えていただけますか」

「承知しました。お話を聞けて助かりました。コーヒーをごちそうさまでした」

ベスが戸口まで見送った。「こう言ってはなんですが、ランダルたちが何か隠しているのだとしても、ぜったいにしゃべらないと思いますよ。難しい年ごろですからね」

「ええ。でも嘘をつかれたらわかります。それだけでも話を聞く価値があります」

ワイリックはそう言ってカールドウェル家をあとにした。

3

ブーツキャニオントレイルを二時間ほどくだったところで、チャーリーは双眼鏡をのぞいた。地平線を確認したあと、手前に向けて全体を眺める。

ふと、視界の端で何かが光った。光ったあたりに双眼鏡を戻してじっくり見たが、目につくものはない。しばらく同じあたりを観察しても、ふたたび光ることはなかった。だからといって何もなかったことにはできない。ひょっとするとトニーかもしれないのだ。

光が見えた近くに目印になるものをさがした。ちょうどよく、雷に打たれた松の木がそびえている。双眼鏡をしまい、松の木を視界に入れたままルートを外れて斜面をくだった。岩だらけでかなり急だったが、木の枝や幹につかまってどうにか転ばずにすんだ。慎重に歩を進める。

三十分以上かかって目印の松までくだってきた。太陽を反射しそうなものが落ちていないか地面に目を凝らす。草のあいだや岩の割れ目ものぞいた。ほかのトレッキング客が落としたペットボトルやアウトドアギアかもしれないが、トニーが救助を求めて合図した可能性もある。

十五分ほどさがしたところで、茂みの下から飛びだしているキャンバス地のストラップのようなものを見つけた。ひっぱってみるとリュックサックについているストラップだ。鼓動が速まるのを感じながら、膝をついてよく観察する。動物がリュックをひっぱりだして中身を荒らしたらしく、片方の布地が裂けて、なかに入っていたプロテインバーの包み紙があたりにちらばっていた。

リュックをひっくり返したとき、ファスナーについたドッグタグが目に留まった。戦場で兵士がつける個人識別票だ。これが太陽を反射したのかもしれない。彫られた名前はグラント・ドーソン。生年月日からしておそらくトニーの曾祖父《そうそふ》だろう。

「見つけたぞ」

チャーリーはリュックのなかを確かめた。トニーの財布と免許証が出てきた。

たった今、くだってきた斜面を見あげて立ちつくす。トニーがトレッキングルートから滑落したのだとしたら、どうしてリュックが茂みの下に押しこまれていたのだろう。だいたい肝心の持ち主はどこへ行ったのだ？

いやな予感を抱きつつ、さらに周囲を調べる。動物にやられたなら血のあとや引きずられたあとが残っているはずだ。だがリュックのほかにトニーの痕跡はない。

「いったいどういうことだ？」チャーリーは衛星電話に手をのばした。

森林管理の事務所に電話をしてトニーのリュックを発見したことを伝える。このままにしておくのであとで回収してくれと頼んだ。

「その地域は捜索初日にくまなく捜索したはずなんですが……」電話の向こうの女性が言った。

「誰かがリュックを茂みに押しこんだように見えました。獣が食べもののにおいに釣られてひっぱりだしたんでしょう。生地が破れて地面に包み紙がちらばっていましたから」

「そうですか。すぐに回収に向かわせます。ありがとうございました。トニー・ドーソンは近くに見当たらないんですね？」

「はい。血のあとも、獣に引きずられたようなあともありません。とにかく引きつづき谷を捜索してみます」

「気をつけて」

「ああ、もうひとつ。昨日、トレッキングルート沿いで瞑想《めいそう》している老人に会いました。幽霊の声を聞いたかと質問されました。よくこの山をトレッキングしていると言うのでそのまま通りすぎたんですが、あとになって心配になりまして。つまり、あの老人を山でひとりにしても大丈夫なのかどうかが」

「ああ、それはリーロイじゃないかしら。真っ黒に焼けていて、白髪を長くのばして、顔がしわだらけではなかったですか？」

「ああ、その人です」

「幽霊がどうとかいう話はよくわかりませんが、野外経験が豊富な人だから大丈夫です。ちょっと変わり者ではありますけど心配ありません」

「よかった。また何か情報があれば電話します」チャーリーは電話を切ってすぐワイリックに発信した。いつもの魔法でトニーの居場所を示すヒントをくれることを願って。

ウェルズ家のチャイムを鳴らすと、戸口に現れたニタ・ウェルズはワイリックを見るなり顔を引きつらせ、鼻先でドアを閉めようとした。

「ワイリックです。先ほどお電話した」

「あら……あなたみたいな人が来るなんて思わなかったわ」

ワイリックは黙ってニタを見返した。

沈黙に耐えきれなくなったニタが言う。「リビングへどうぞ」

ワイリックは顎をあげて堂々と家に入った。

ワイリックに気づいたランダルが魅了されたような、ショックを受けたような複雑な表情を見せる。

「弁護士を呼んだほうがいいのかしら」ニタが尋ねた。

ワイリックはニタに向きなおり、問いかけるような目をした。「わたしにはわかりかねます。弁護士を呼ばなければならない理由があるんですか？」

ニタが顔を赤くする。

ランダルは眉をひそめた。「母さん、落ち着いて」

ワイリックは勧められるのを待たず、録画用の携帯をセットしやすいようローテーブル前のソファーに座った。

「録画するんですか？」ランダルが尋ねた。

「ボスに見せるために。もう山で捜索をしているのでわたしが代わりにインタビューに来たんです」

ランダルがうなずいた。胸があるはずの場所に陣どるドラゴンのタトゥーから目を離せないようだ。

「準備はいいですか」ワイリックは確認してから録画ボタンを押した。「じゃあ、質問します。ビッグベンド国立公園でキャンプをしようと言いだしたのは誰ですか？」

ニタが身を乗りだす。「あれはたしか――」

「ランダルに質問しています」

ニタはふたたび赤面した。ワイリックを嫌悪しているのは明らかだったし、息子のいかなる落ち度も認めるつもりがないことが態度から伝わってくる。

「去年、ジャスティンと一緒に行ったんです。トニーが引っ越してきて、カリフォルニアではよくトレッキングをしたと言っていたので誘いました」

「どうして一台の車で行かなかったんですか？」

ランダルがもぞもぞと尻を動かした。「トニーはピックアップトラックに乗っていて、荷物をぜんぶ積んでくれると言うので、おれとジャスティンが先導して、あとについてきてもらいました」

「そうするとトニーはひとりで何時間も運転しないといけませんね」

ランダルが肩をすくめる。

「トニーと友だちになったのは、彼がトリッシュ・カールドウェルとつきあいだしてからですか？」

ニタが音をたてて息をのんだ。「なんでそんなことを！」

ランダルが赤くなる。「よく覚えていません。だいいちそんなことは関係な――」

「トリッシュはあなたとつきあっていたことをトニーに話していませんでした。そのことでけんかになったのでは？」

ニタがまたしても声をあげる。「言ってなかった？　本当に？」

ワイリックはランダルだけを見つめて言った。「トリッシュはひと言も言わなかったそうです。トニーを見つけてからいさかいの原因を訊《き》いてもいいですが、今ここで話してもらったほうがいいんじゃないかしら」

ランダルは目を見開いて母親からワイリックへ、もう一度母親へと視線を泳がせた。

「どうなの？」ニタが急《せ》かす。

「おれたち、ちょっと酔ってて……」

「ずいぶん飲んだようですね。三人の泥酔した高校生がいて、そのうちふたりは秘密を共有している。誰が口火を切ったのかしら」

ランダルが床に視線を落とした。「あいつがガールフレンドのことをあれこれ自慢するもんだからつい……〝トリッシュのことならなんでも知ってる。元カノだから〟って言ってしまって……そうしたらジャスティンも〝トリッシュはおまえとつきあう前にいろんな男とつきあってた〟って言いだして」

ニタがうめいた。「信じられない！　トリッシュはいい子だし、あなたもそれは知っているじゃないの」

「おれじゃなくてジャスティンが言ったんだ」

「そのあとどうなったんですか？」

「けんかになりました。何発か殴って、険悪な雰囲気のままそれぞれのテントに入って気絶するみたいに寝たんです。翌朝、起きたら、あいつはいなくなってた」

ニタが青くなって震えだした。「今の話、警察に話したんでしょうね？」

ランダルが首をふる。

ニタが携帯をとりだしてメールを打ちはじめた。

「何してるんだよ」

「お父さんにすぐ帰ってきてとメールしているのよ」

ランダルが両手で顔をおおう。

「トニーは荷物を持っていなくなったんですか?」

ランダルは肩をすくめた。「あいつの荷物はなくなってました。だから先に山をおりたと思ったんです。駐車場にあいつのトラックがとまっているのを見てびっくりして――」

「確認のために訊きますけど、さがそうとはしなかったんですね?」

ランダルが首をふった。「さがしてません」

ワイリックはいきなり立ちあがり、ニタを見た。

「これからジャスティンの話を聞きに行きます。トニーが助かってほしい、真実を知りたいと思う心があるなら、ぜったいに向こうに電話しないでください」

ニタはまだ震えていたが、先ほどまでの不遜な態度は消えていた。

「しません。ランダルもわたしも、ここで夫の帰りを待ちます」

「ご協力に感謝します。見送りは結構です」ワイリックは録画をとめ、荷物を持って家を出た。

車を発進させながら、ジャスティン・ヤングのことを考える。ジャスティンは心を開いてくれるだろうか？　それとも嘘を重ねて逃げようとするだろうか？

ランダルがすべてを話していないことはわかっていた。トニーをさがさなかったと言ったとき、言い争う三人の姿が見えたからだ。みんなリュックサックを背負っていたし、あたりは明るかった。それが何を意味するのかはわからないが、三人のうち山をおりてきたのはふたりだけだ。トニーはまだ山にいる。

果たしてトニーは自分から姿を消したのだろうか？

十五分後、ヤング家の前に車をとめた。車を降りた瞬間、窓辺でカーテンが揺れたのがわかった。

「もう逃げられないわよ」ワイリックはつぶやいた。それにしても関係者が三人だけでよかった。人に会うのは得意ではないし、今日の午前中だけで一週間分の会話をしたような気がする。

ノックをするとひと呼吸おいてドアが内側に開いた。

「ミセス・ヤング。ワイリックです」

「そうだと思いました」アンドレア・ヤングが言った。「どうぞなかへ。言っておきますけど、あなたのせいで夫は今日、仕事を休んだんですよ」

「わたしのせいではありません。友人を置き去りにしたのは息子さんです。すべての責任は彼にあります」

アンドレアはつんと顎をあげた。「こちらへどうぞ」

リビングルームに入ると父親と息子が立ちあがった。

「ピーター、ジャスティン、こちらがミズ・ワイリックよ」

ピーター・ヤングが右手を差しだした。「初めまして。チャーリー・ドッジの評判は聞いています。トニーを見つけるためなら喜んで協力しますよ」

「ありがとうございます」ワイリックは握手をしてからジャスティンを見た。ランダルと同じく、ワイリックの外見に魅了されると同時に怯《おび》えたような顔つきをしていた。「ボスのチャーリーはすでに山で捜索をしているので、ここでの会話を録画してあとで彼に見せます。質問はそれほど多くありません。すぐに終わります」

「ランダルとはもう話したんですか？」

「ええ。さあ、録画の準備をしますから座っていてください」

「はい」ジャスティンが父親の隣に座る。

「では始めます」ワイリックは録画ボタンを押した。「トニー・ドーソンと友だちになったのは、彼がトリッシュ・カールドウェルとつきあいはじめたあとですか？」

ジャスティンがぽかんと口を開けた。

アンドレアが声をあげる。「何が言いたいんですか？」

ピーターも眉をひそめた。「ちょっと待ってください。どういうことですか？」

ワイリックが肩をすくめた。「トリッシュ・カールドウェルはランダルとつきあっていたことをトニーに言っていませんでした。終わったことだからです。でも十代の少年にとってはちがったようね。それが原因でもめたんでしょう？　アルコールの勢いもあって殴り合いになった」

ジャスティンが両親の顔を見て、気まずそうな表情を浮かべる。

アンドレアが口を開いた。「うちの子はアルコールなんて飲んでいませんでした。そうでしょう、ジャスティン？」

父親のピーターが眉間にしわを寄せた。自分にも十代のころがあったので、それが嘘だとわかったからだ。

「本当のことを言いなさい」

ジャスティンがため息をついた。「飲んでました」

「あなたの発言でけんかになったそうだけど？」

ジャスティンはワイリックをちらりと見てから視線をそらした。「原因はランダルです。トニーに嫉妬していたんだ」

「どうして？」アンドレアが尋ねる。「ランダルとトリッシュはトニーが引っ越してくるずいぶん前に別れたでしょう」

ジャスティンは母親を見た。「トリッシュがふったんだ。ランダルはまだそのことを根に持ってたんだと思う」

「ほかの女の子とデートしていたのに？」ワイリックが尋ねる。

「どうしてそんなことを知っているんです？」ジャスティンが目を細める。

「調べるのがわたしの仕事だから。なんでも知っているのよ」

ジャスティンは肩をすくめた。「トニーがのろけ話ばっかりするからランダルがきれたんだ。トリッシュと前につきあってたってばらした」

ワイリックは身を乗りだした。「そこであなたが、トリッシュはいろんな男とつきあってたって言ったのよね？　誰とでも寝る子だって思わせようとした」

ピーターがうめき、信じられないという顔で息子を見た。「そんなことを言ったのか？」

「酔ってたんだ」

「あなたみたいな男がいるせいで罪もない女の子がつらい思いをするのよ」ワイリックはぴしゃりと言った。「たったひとつの嘘でその子の人生はめちゃくちゃになる」

「悪かったと思ってる。ちゃんと埋め合わせをするよ」

「今、あなたの嘘を知っているのはトニーとランダルだけだから、あなたが嘘を重ねなければこれで終わるわ」

ジャスティンが眉をひそめた。「じゃあ、あなたはどうして知っているんだ？」

「ランダルが話してくれたからよ」

ジャスティンの目がぎらりと光った。「嘘だ。ランダルは友だちを売ったりしない」

「売ったわけじゃないわ。本当のことを言っただけ。ほかにも嘘をついているでしょう。翌朝、あなた方三人は一緒にいた。荷物を背負ってトレッキングルートをくだってた。そのときにまた口論になったはずよ」

ピーターが立ちあがった。「どうしてそんなことがわかるんです」

「事実かどうか、息子さんに訊いてください」

ジャスティンが顔面蒼白《そうはく》になって震えはじめた。「知ってるはずないんだ。誰もいなかった。誰にも見られてなかったのに」

「認めたわね。見られていなくても事実は事実よ」ワイリックはずばりと言った。「そのあと、もっと恐ろしいことが起きたでしょう。トニーに何をしたの?」

「何もしてない！　おれはあいつにふれてもいない！」ジャスティンは叫んで立ちあがり、部屋を駆けだした。

アンドレアが立ちあがってあとを追いかける。

ピーターは衝撃を受けているようだった。「どういうことなんです?　いったい何が?」

「息子さんから詳しい話が聞けたら電話をください。トニーを生きて連れ戻すには誰かが真実を話さなければなりません」

〈ドッジ探偵事務所〉の名刺を渡して携帯と三脚をしまい、家を出る。エンジンをかけて事務所に向かって走りはじめたとき、電話が鳴った。チャーリーだ。携帯をスピーカーにする。

「なんですか?」

「トニーのリュックサックを見つけた。茂みの下に押しこまれていたせいで捜索隊が見つけられなかったんだ。ぼくが通ったときは動物が食べものの目あてにリュックをひっぱりだしたあとだった。トニーの免許証が入っていたんだが、本人はどこにも見当たらない。血のあとも、動物に引きずられたあともない」

「こちらもわかったことがあります。キャンプをした夜、三人ともかなり酒を飲んでいたとランダルが認めました。トニーがのろけ話を連発したので、ランダルがトリッシュは元カノだと言い返し、そこでジャスティンが誰とでも寝る女だと嘘をついたそうです。ランダルはそれを否定しなかった。トニーはひどく傷ついたと思います」

「最低だな」

「まだあります。ランダルと話しているとき、三人がリュックを背負ってトレッキングルートを歩いている映像が見えました。周囲は明るくて、三人は口論をしていました。ということはキャンプの夜のけんかが初めてではなかったか、翌朝、三人で山をくだっている途中で何かあったかのどちらかです」

チャーリーはしばらく黙っていた。「映像が見えたというのは、フェニックスで受刑者と面接したときと同じことが起きたということか？〈フォース・ディメンション〉に集められた少女たちがどうなったかがわかったときと」

「はい。三人が一緒に歩いている姿が見えました。周囲は明るかった」

「トニーの持ちものにふれたら、ひょっとして彼の思考を読むことができないだろうか？」

「わかりません。試してみたことがないので」

「トニーの両親に電話をして私物を借りてくれ。日常的に身に着けていたものとか使っていたものがいい。何か見えたら連絡してくれ。ランダルたちはリュックを隠したように、トニー自身もどこかへ隠したんじゃないかという気がする。勘が外れていることを祈るが」

「わかりました」

「ぼくは捜索を続ける」

ワイリックは電話を切ってドーソンの家の電話に発信した。

メイシー・ドーソンが応える。「もしもし？」

「ミセス・ドーソン、こちらワイリックです」

メイシーが声を震わせた。「もしかしてあの子が……？」

「まだです。お願いがあるのですが、トニーの私物を貸していただけませんか？　よく着ていた服とか、身に着けていたものを。あとでお返ししますので」

「はい、もちろんです。家にいるので用意しておきます」

「あと十五分ほどで伺います」ワイリックは電話を切ってカーナビにドーソン家の住所をセットした。

心のなかでトニーに呼びかけてみたが、なんのつながりも得られなかった。リュックサックが茂みに隠されていたというのはよくないニュースだ。さらに、荷物があるのにトニー自身が見当たらないというのも不自然だった。

ランダルたちはトニーに何をしたのだろう？

4

メイシーは息子の部屋の入り口で立ちどまった。何を選べばいいだろう。部屋を見渡したところで野球帽に目が留まる。トニーはどこへ行くにも帽子をかぶっていた。なかでもダラス・カウボーイズの野球帽がお気に入りだった。

ベッドの支柱にかかっている野球帽をとって下へおり、紙袋に入れる。十五分ほどしてワイリックの車が見えた。本人が車を降りて小走りでやってくる。何か急を要する事態が起きたのに隠しているのではないかと不安になった。だがトニーが見つかったのなら、野球帽なんていらないはずだ。

ワイリックが呼び鈴を鳴らしたのでドアを開け、紙袋を差しだした。

「これでいいですか？」

ワイリックが中身を見た。「よくかぶっていたものですか？」

「いつもかぶっていました」

「必ずお返ししますので」ワイリックはそう言って小走りに車に戻り、走り去った。

「うまくいきますように」メイシーは誰もいなくなった通りに向かってつぶやくと、家に入ってドアを閉めた。

三十分後、事務所の駐車場に車を入れたワイリックの前に、ダレル・ボイントンが現れた。

「この前はすまなかった。ひどいことを言ってしまった。どうしても助けがほしかったんだ」ボイントンがワイリックの前に立ちふさがる。

「これが最後だからよく聞いて。あなたは嘘をついてる。でもわたしにはその理由を考えている暇がない」

ボイントンが目を瞬《しばた》いた。

「嘘ってどういうことだ」

ワイリックは無視して直進した。ボイントンはどかない。

ワイリックは相手の鎖骨のあいだに指を突き立てた。

ボイントンが痛みに顔をしかめる。

「警察に通報してもいいのよ」

ボイントンはあとずさった。警察とはかかわりたくない。「おれは助けがほしいだけだ」

「ほかをあたって。ダラスに探偵なんていくらでもいるでしょ。今度、フリーウェイで尾行したり、駐車場で待ち伏せしたりしたら、チャーリー・ドッジに片をつけてもらう。警察にも通報する」

「すまなかった。もう行くよ。警察は勘弁してくれ」

そう言うボイントンの顔を見て、ワイリックはどきりとした。この男はサイラス・パークスを知っている。どういう関係か知らないし、狙いもわからないが、ボイントンは今、サイラスのことを考えていた。サイラスに雇われたのだろうか？　また何か仕掛けるつもりだろうか。だとしたら今のうちに釘《くぎ》を刺しておかないといけない。

「サイラス・パークスに電話して、下手な画策はやめるよう伝えることね。今度やったらふたりとも破滅させる」

ボイントンの顔に衝撃が走った。

「どうして――？」

ワイリックは一歩前に出た。「二度とわたしに近づかないで！」

駐車場のいたるところに監視カメラが仕掛けられていなければ、ボイントンはその場でワイリックの息の根をとめただろう。雇い主を言いあてられたことがそれほどショックだった。

踵《きびす》を返して小走りに車に向かう。運転席に飛びこんでエンジンをかけ、うしろをふり返ることなく駐車場を飛びだした。

一方のワイリックも動揺していた。今度こそサイラス・パークスもあきらめたと思っていた。〈フォース・ディメンション〉の摘発にワイリックがかかわっていると気づいたのかもしれない。ついに殺したいほど目ざわりになったのか。どちらにしてもダラスに家を買って定住するどころではなくなった。急いでロビーに入り、エレベーターに乗る。

事務所に入ってまずドアに鍵をかけた。部屋の明かりをつけ、コーヒーをつくる。紙袋を手に所長室へ行き、チャーリーの席に座った。帽子にふれた瞬間、トニー・ドーソンの顔が浮かんだ。まぶたを閉じて、頭に浮かんだ映像に気持ちを集中させる。

チャーリーはリュックサックの落ちていた地点をGPSにセットして、トレッキングルートに戻るか、現在地からさらにくだって捜索するか迷った。犯罪のにおいがぷんぷんする。ただしこの段階では計画的な犯行だったのか不幸な事故だったのかまではわからない。

木々がうっそうとしている方向から水音が聞こえてくるような気がした。たしか地図にも川の表示があった。トニーが負傷したのなら水のあるほうへ向かうだろうと思い、水音のするほうへ歩きだす。

斜面にはネズやナラ、ポプラ、トネリコが生い茂っていた。枝の上で鳥たちがさえずり、ときどきリスの鳴き声も聞こえる。鹿が通ったあとも見た。谷へくだるにつれて動物たちの気配が濃くなる。

河原に出たところでクーガーとクマの足あとを見つけて躊躇《ちゅうちょ》した。トニーが死んだのなら、食いちぎられた遺体を発見する可能性も少なくない。無残な死体は陸軍レンジャー部隊にいたとき数えきれないほど見たが、またあんなものを見るのかと思っただけで気分が悪くなった。人間の足あとをさがしながら歩を進める。

日がどんどん傾いていく。このまま手がかりが見つからなければ今夜も野宿することになるだろう。トニーにとっては外で過ごす五日めの夜だ。

茂みからガラガラヘビが這《は》いだしてきてどきりとする。反対側の茂みにヘビが消えたところでようやく息を吐き、歩きはじめた。頭上をおおっていた枝葉が切れ、視界が開ける。ふと右手前方で何かが動いた。びくりとしてそちらへ注意を向ける。メスの鹿が子鹿を連れて歩いていく。二頭の鹿はやがて木立のなかに消えた。

リュックサックを発見した場所から五百メートルほど進んだところで足をとめる。常識を働かせれば、登山者がリュックを山のなかに放置していくなどありえない。茂みに隠すなんて論外だ。

だが、本人が意図を持って隠したのだとしたらどうだろう？　あとでとりに行くつもりが、なんらかの事情で戻れなかったのかもしれない。

チャーリーは周囲を見渡した。視線を上に移動させ、枝葉の向こうのトレッキングルートをさがす。

「どこにいるんだ、トニー」

行きづまったチャーリーは携帯をとりだし、ワイリックの番号に発信した。

ワイリックは帽子を足のあいだに置き、首を垂れていた。指先が白くなるほど椅子の肘当てを握りしめてはいるが、意識は所長室から遠く離れた場所にあった。

暗くて狭い。それに寒い。

水……水がしたたる音がする。

奥に何かいる。獣がうなっているような……いや、あれはうめき声だ。人がうめいている。

全身が燃えるように熱くなり、額に汗が噴きだした。うめき声に意識を集中する。苦しみと痛みが襲ってくる。

誰かが激痛にうめいている。

痛みを感じている人物に意識を集中させようとしたとき、携帯が鳴った。視界が揺らぎ、思わず椅子から滑りおちて、床に膝をついた。

携帯は鳴りやまない。さっきの映像をもう一度見たいのに……そのとき、携帯が放つ濃い赤の光が目に入った。

「もう！」急いで立ちあがって自分の机へ戻り、携帯をつかむ。

「何？」ぶっきらぼうに応じると、チャーリーの笑い声が返ってきた。

「おっかないな」

「トニーは生きてるわ」

チャーリーが息をのんだ。「本当か？　どこにいる？」

「長くて狭くて暗い場所。寒いところ。水がしたたる音がした。あとうめき声も。ひどい痛みに苦しんでいる。正確な場所はわからないけど洞穴みたいなところだと思う。現在の映像なのか過去の映像なのかはわからない」

「過去だったら、もう生きていない可能性もあるのか？」

「そうよ」

「わかった。ありがとう」

ワイリックはため息をついた。「礼なんていらない。あなたが思いついた方法でしょう。手遅れになる前にトニーを見つけて」

「そうは言っても捜索範囲が広すぎる。何か目印になりそうなものはないのか。風景の一部でもいい」

ワイリックは帽子を手にとった。周囲の景色が揺らぎ、気づくと小さく開けた場所に立っていた。岩壁と低木の茂みが見える。

「木立に入って崖のほうへ向かったら開けた場所に出るはず。今はそれしか見えません」

「わかった。また何か見えたら教えてくれ」

チャーリーは木立に分け入った。足もとはごつごつした岩場で、低木が絡み合うように枝をのばしている。布でも、金属でもなんでもいいから、とにかく人がいる証《あかし》をさがした。トニーは何か落としていないだろうか。

ワイリックは開けた場所に出ると言っていた。それを信じるしかない。道を外れて三十メートルほどしか来ていないが、すでに後方はうっそうとした木立におおわれている。こんな場所で迷子にならないほうがおかしいし、けがをして体力を失っていたならなおさらだ。

ふいに視界が開けて岩場に出た。かなり大きな岩も転がっている。過去に崖崩れが起きたのだろうが、見方によっては地面から岩が生えているようにも見えた。山の子どもだ。岩山の奥に崖がそびえている。近づいていくと崖の下に目を引くものがあった。

登山靴！

チャーリーは駆けだした。

大きな岩と岩のあいだに登山靴が挟まっていた。乾いた血が布地にも靴底にもついていて、岩にも血がついている。周囲をコヨーテがうろついたあとも見てとれた。そのせいで靴の持ち主がどこへ行ったかがよくわからない。

「くそっ」

崖を見あげるとトレッキングルートの真下あたりだ。トニーがあそこから落ちたのだとしたら、とても助かったとは思えない。

だが遺体はどこだ？　コヨーテが引きずった様子はない。

ワイリックはトニーが洞穴のようなところでうめいていると言ったので、周囲に洞穴をさがした。登山靴の周囲についた血の量からして、そう遠くに行けるとは思えない。もう一度、登山靴を見てから、大きく息を吸って声を張りあげた。

「おーい、トニー！　トニー・ドーソン！　聞こえるか？」

登山靴から一定の距離を保って叫びながら歩いた。洞穴の奥にいるはずのトニーに届くことを祈って。

トニーは桟橋に座って海に沈む夕日を見ていた。光に体がひっぱられる感覚があった。光を追っていこうかためらっていると、男の人が隣に座った。

トニーを見てにっこり笑う。「やあ」

懐かしい気がしたが、会ったことのない人だった。

「こんにちは」

「こんなところで何してる？」

トニーは肩をすくめた。「待ってるんです」

「待ってるって誰を？」

「よくわからないけど」トニーはそう言って男の人をまじまじと見た。「あなたに会ったことってありましたっけ？」

「いや。でもきみのことは知ってる。きみのお父さんも、そのまたお父さんも」

トニーは夕日に目を戻した。空が、あざやかな黄色と橙《だいだい》と赤に染まっている。深く息を吸って、吐いた。

男の人がトニーの肩に腕をまわす。

「きみならできるさ。ここに残りたいならうんと強くならないといけないぞ」

「わかった、ありがとう」

「礼なんていらない。きみは大事な人だから」男の人がトニーの手に何かを握らせた。

トニーはまた太陽を見た。もうてっぺんがかすかに水面から出ているだけだ。追いかけなければという焦りは消えていた。

「ありがとう、ミスター」トニーは横を見たが、男の人はもういなかった。

手を開くと握っていたのはドッグタグだった。グラント・ドーソンと彫ってある。

ふいに桟橋が消え、あたりが真っ暗になり、ドッグタグも消えた。耐えがたいほどの痛みが襲ってくる。

目を開けて助けを呼ぼうとしたけれど、うめき声しか出てこなかった。

そのとき、声が聞こえた気がした。必死に意識を集中する。誰かが自分の名前を呼んでいる。あいつらがとどめを刺しに来たのかもしれない。あいつらに居場所を知られたくない。

もう一度声が聞こえた。男の人の声だ。さっきの人だろうか？　あれは夢じゃなかったのか？

誰かが叫んでる。自分の名前を。ここで助けてもらえなければ死ぬしかない。返事をしたいのに叫ぶ力が残っていなかった。

また声が聞こえた。桟橋の男の人が言ったことを思い出す。ここに残る決心をしたんだ。強くならなきゃいけない。

ありったけの力をふりしぼって仰向けになった。体を貫く痛みに叫び声が出る。そして暗闇にのみこまれた。

チャーリーはトニーの名を呼びながら、ジョギングをするくらいのペースで移動していた。できるだけ広いエリアを捜索したい。洞窟の入り口だと興奮して近づいても、岩の割れ目にすぎずがっかりしたことが二度ほどあった。トニーの命が消えようとしている。それが理屈ではなく、体感としてわかった。両手を口にあてて腹の底から叫ぶ。

「トニー！　トニー・ドーソン！」

人の声とは思えないような悲鳴が聞こえたとき、最初は老人が言っていた幽霊かと思った。次の瞬間、声のしたほうへ走りだす。下草や枝葉を払いながらトニーの名を叫びつづけた。

崖に沿って低木が密集している。そのうしろに隙間がないか目を凝らした。すると低木の奥にぽっかりと開いた空間を見つけた。

高さが一・五メートルほどのトンネルだ。リュックサックをおろしてＬＥＤランタンをつけ、身をかがめてなかへ入った。

まずはランタンで地面を照らしヘビがいないことを確かめる。光のなかに鹿の骨らしきものが見えたとき、ひょっとしてクーガーの巣に入ってしまったかと不安になった。

さっきの声はクーガーのものだったのだろうか。クーガーの鳴き声は女性の悲鳴とまちがわれることが多い。おそるおそるランタンを高く掲げた。そのとき少年の体が見えた。

「ああ、やったぞ！　ついに見つけた！」チャーリーはつぶやき、少年に近づいた。

まず首にふれて脈を確かめる。生きてる！

次に少年の足へ光を向けた。片方は素足で、皮膚は紫に変色し、通常の倍近くに腫れあがっていた。落下の衝撃で足首の骨が折れたにちがいない。その状態でここまで這ってきたのだ。崖から落ちたのだとしたら内臓を損傷しているかもしれないし、その場合は下手に動かすと危険だ。

額に手をあてるとかなり熱かった。唇はひび割れ、血が出ている。ハンカチをとりだして水たまりに浸し、少年の唇にしずくを垂らしてみた。

トニーがうめく。

「がんばれ、トニー。すぐに助けるから」チャーリーはランタンをその場に残して穴から出た。

すぐに携帯をとりだし、管理事務所に電話する。

「チソスマウンテンロッジです」

「チャーリー・ドッジです。行方不明になっていた高校生を見つけました」

「えっ！　あの、捜索隊のコリンズが駐車場にいるのですぐに呼んできます！」受話器が音をたててどこかにあたり、足音が遠ざかっていった。

一分ほどして別の足音が近づいてきた。

「もしもし？　アーニー・コリンズです。見つかったんですか？」息を切らしてコリンズが言った。

「チャーリー・ドッジです。トニー・ドーソンは生きていますが大けがをしていて、かなり衰弱しています。GPSロケーションを伝えます。担いで救助するのは無理だと思うのでドクターヘリの要請をお願いします」

「了解」コリンズはチャーリーが言う位置情報を書きとめた。「いったいどうやって見つけたんです？」

「ブーツキャニオントレイルをくだったんです。リュックを発見したあと、谷のほうへさらにくだったら、崖下の岩のあいだに登山靴が挟まっていました。トニーのものだと思ったので近くに避難できる場所がないかさがしたところ、トニーが洞穴の奥に倒れているのを見つけたんです」

「洞穴！　どうりで見つからなかったはずだ！　ああ、本当にありがとう！　よく見つけてくれました！」

「リュックサックは回収しましたか？」

「しました。今、駐車場で中身を確認していたところです」

「あとでもう一度、確認したいので見せてください。ファスナーについているドッグタグが太陽の光を反射したおかげで見つけることができたんです。ご両親にドッグタグをお返ししたいので」

「わかりました。トニーはまだ洞穴のなかに？」

「動かしていいかどうかわからないのでそのままにしています。崖から転落した可能性が大きいですし、足首の骨が折れています。ほかにも骨折しているかもしれません。かなりの高熱で意識もありません」

「わかりました。すぐに救助隊を向かわせるので現場にいてください」

「洞穴でトニーについていてやりたいので、現場に着いたら私の名前を呼ぶように伝えてください。それを聞いたら外に出ますので」

「わかりました」

電話が切れたあと、ワイリックに電話した。おそらく電話の横に座っていたのだろう。最初の呼び出し音で応答する。

「チャーリー？」

「見つけたぞ。かなり重症だが生きてる。チソスマウンテンロッジの番号を言うから書きとめてくれ」

ワイリックは安堵《あんど》の息を吐いて、チャーリーの言う番号を書きとめた。

「バクスターとメイシーに電話をして、息子さんが生きてること、救助のヘリを待っていることを伝えてくれ。ヘリが来るまでしばらくかかるだろうし、いろいろ訊《き》きたいことがあるだろうが、トニーは意識がないから詳しいことは何もわからない。ロッジの番号を教えて、今後は管理所の人たちから情報をもらうように伝えてほしい。まだトニーが見つかったことは誰にも言わないようにと注意するのも忘れずに」

「どうしてですか？　トリッシュには教えてあげたいんですが」

「彼女にもまだ教えないでくれ。トニー・ドーソンが自分でリュックを隠したはずがない。そのあたりの事情がわかるまでは秘密だ」

「わかりました」ワイリックが言った。「連絡が終わったらわたしもヘリでそっちへ向かいます」

「ぼくはロッジからだいぶ離れたところにいる。救助にどのくらい時間がかかるかもわからない」

「つまり、美容院の予約はキャンセルしないとだめだってことですね」

チャーリーはにやりとした。「好きにすればいいさ」

「言われなくても好きにします。ロッジで会いましょう」

電話が一方的に切れた。

「まったく」

チャーリーはつぶやき、リュックから水ボトルを出して洞穴のなかに戻った。


メイシーはキッチンでコーヒーを淹《い》れていた。バクスターはテーブルについてメイシーが焼いたココナツクリームパイを食べている。

「うまいパイだね」

「トニーの好物よ」そう言ったとたんに涙があふれた。

バクスターが音をたてて椅子を引き、妻の体に腕をまわす。

「あの子が帰ってきたら食べさせてやらないと」

メイシーが夫の胸に顔をうずめる。「あの子が無事なら何もいらないわ」

バクスターも同じ気持ちだった。時間とともに希望の光が弱まっていく。

そのとき携帯が鳴った。バクスターが発信者を確認する。

「〈ドッジ探偵事務所〉からだ」バクスターはスピーカーボタンを押した。

「もしもし」

「ワイリックです。息子さんが見つかりました。生きています」

「ああ神様！　奇跡だ！　奇跡が起きた！　ありがとうございます！」

メイシーが携帯に顔を寄せた。「トニーの容態は？」

「けがをしていますがチャーリーがついています。ドクターヘリでピックアップする手配をしているそうです。意識がないので息子さんに何があったかはまだわかりません」

「けがはひどいんですか？」バクスターが尋ねる。

「チャーリーによると重症のようです。正確なところはわかりません。今から言う電話番号は森林警備員の管理事務所の番号です。救助に時間がかかりそうなので、今後の情報はそちらに問い合わせてくれとのことでした」

メイシーは手で涙をぬぐった。めそめそしている場合ではない。息子が生きていた。それだけで充分だ。

「もうひとつ。トニーが無事だったことは誰にも言わないでくれとのことです。詳しい理由は説明できませんが、トニーが行方不明になった状況についていくつか疑問があるようです」

「疑問？」バクスターが繰り返す。

「ランダルとジャスティンの話は事実に反する可能性があります。トニーの救助が終わったらそのあたりの調査を続けるそうです」

「わかりました。すべてお任せします。息子を見つけてくれた人たちの言うことですからなんでも従いますとも。本当に感謝の言葉もありません。おふたりのおかげです」

「何か問題があったらいつでも電話をください」

「ありがとうございます」

ワイリックは電話を切ってすぐにベニーの番号に発信し、ヘリの準備を頼んだ。それからトニーの帽子と自分の荷物をまとめ、事務所を出た。

5

トニーのけがは見るに堪えないものだったが、今後の調査のためにできるだけ細かく事実を記録しておかなければならない。チャーリーはｉＰａｄをとりだして、ＬＥＤランタンの光を頼りにトニーの体と洞穴内の写真を撮った。

それが終わると少年の横に座り、ハンカチを水で濡《ぬ》らしてひび割れた唇を湿らせる。

「トニー、きみはタフな男だ。リュックについていたドッグタグの持ち主だって誇りに思うにちがいない。谷におりてくる途中できみのリュックを見つけたんだ。崖の下の登山靴もね。何があったのか、回復したら教えてくれよ」

トニーがうめいた。

チャーリーはトニーの腕に手をあてた。「ぼくはチャーリー。きみをさがしに来た。救助隊が来るまで一緒にいる。もう少しだからがんばってくれ」

トニーの唇が動いたが、声は出なかった。高熱で朦朧《もうろう》としているようなので、たとえ聞きとれたとしても意味を成さない言葉だっただろう。チャーリーはただ、もうひとりぼっちではないのだということを少年に伝えたかった。

「お父さんとお母さんにもきみが見つかったことを伝えた。次に目が覚めるときは家のベッドの上かもしれないぞ」

「母さん……」

チャーリーはハンカチを湿らせてトニーの唇にあてた。気休めにすぎなくても何かせずにいられなかった。

「実はぼくもむかし、湿地帯で高熱を出したことがある。肩の関節が外れたうえに道に迷ってしまってね、まさに最悪の状況だった。でも、ある女性が助けてくれたんだ。今回、きみを見つけることができたのもその人のおかげなんだよ。彼女に会ったら女が男よりも弱いなんて二度と思わなくなるぞ」

トニーがわずかに身じろぎして大声をあげた。意識がないのに声をあげるほどの痛みに襲われているのだ。

チャーリーは顔をしかめた。「かわいそうに。もう少し、もう少しの辛抱だからな」

アフガニスタンで、手製爆弾で脚を噴き飛ばされた仲間の横に座っていたときのことを思い出す。

絶叫のあとの静寂。長い静寂だった。どのくらいそばに座っていただろう。結局、その仲間は助からなかった。あの日、いちばん強烈に覚えているのは耳が痛くなるほどの無音の時間だ。

トニーの首にふれてほっと息を吐く。この子はまだ生きている。

時計を見ると救助を要請してからすでに一時間が過ぎていた。トニーの呼吸が時を刻む。

ようやく洞穴の外から声がした。誰かが名前を呼んでいる。

「ここだ！　ここにいるぞ！」叫びながら、頭をぶつけないように身をかがめて洞穴の入り口へ向かった。

すぐに担架と応急処置セットの入ったバッグを抱えた救急救命士が洞穴の入り口から顔をのぞかせる。

「チャーリー・ドッジですか？」

「そうです。トニーは奥にいます」

「救急救命士のラリーです。さっき洞穴の外まで悲鳴が聞こえましたよ」

「トニーの悲鳴です。気絶していても遮断できないほどの痛みなんだと思います」チャーリーはランタンをかざして隊員を奥へ案内した。

「ヘリはどこまで迎えに来られそうですか」

「かなり近くまで来られます」別の隊員が言った。「トニーを担架に移して運びだすころには着陸できると思います」

救急救命士がトニーのズボンを切って傷を確認する。すねのあたりに折れた骨が突きだしていた。

　続いて上着とシャツも切って上半身の損傷を確認する。肋骨《ろっこつ》が折れている。背中側から強い圧力が加わったようだ。背中のあざは顔よりも広範囲で、奇妙に秩序だった形をしていた。

「このあざの形は――」チャーリーは口を開いた。「さっきトニーのリュックを見つけたんですが、リュックのメタルフレームと一致するかもしれません」

「リュックが緩衝材になってトニーの命を救った可能性は大いにありますね。トレッキングルートを歩いていて滑落したんでしょうか」

「現時点ではまだなんとも言えません。リュックが落ちていた場所はここから離れていますし、登山靴が落ちていた場所も別なので」

「いったいどういうことだろう？」

「登山靴はここから百メートルほど離れた場所の崖下にある、大きな岩のあいだに挟まっていました。トニーは登山靴から足を抜いたあと、自力でここまで這《は》ってきたんじゃないかと」

　救急救命士が信じられないというように首をふりながらトニーの腕に点滴の針を刺し、折れた足を固定する。さらに全身を保温シートでおおって担架に固定した。

「これでよし。外へ運ぼう」ラリーが言い、担架を少しだけ持ちあげる。

チャーリーは自分のリュックを背負ってから担架の後方を持った。力を合わせて慎重にトニーを暗闇から運びだす。

「ヘリの音がしますね」

「ドクターヘリだ。いいタイミングです」

「トニーはどこに運ばれるのですか？」

「まずは〈ビッグベンド地区病院〉へ搬送します。二十五床しかない小さな病院ですが、容態を安定させることが最優先なので。設備のいい大きな病院に移すのはそのあとになるでしょう」

チャーリーは息を吐いた。とにかく自分の任務は果たした。あとは医師の手に委ねるしかない。

岩がちな空き地へ出たところで担架をおろし、ヘリを待つ。

ヘリが着陸して五分もしないうちにトニーはヘリに乗せられ、空へ舞いあがった。

チャーリーはヘリが見えなくなるまで見送った。

「さあ、われわれも撤収だ。上にジープをとめてあるのでロッジまで送りますよ」ラリーが言った。

「それは助かります。その前に、岩に挟まっていた登山靴の写真を撮って回収したいんですが、いいですか？」

「登山靴の写真？　なんでまた？」

「見ればわかりますよ」チャーリーはそう言って登山靴のあったところまで引き返した。

ラリーたちが登山靴を見たあと、崖を見あげる。

「あんなところから落ちたんですか？　それでよく洞穴まで移動したものだ」

「移動しなきゃならなかったんでしょう。コヨーテの足あとを見てください。こんな場所に倒れていたら格好の餌食になってしまう」チャーリーは言った。「でも、よく自力で靴から足が抜けたものだ。そうとうな痛みだったはずです」

チャーリーはｉＰａｄをとりだしてあらゆる角度から登山靴の写真を撮った。岩壁も撮影する。登山靴はふたりがかりでひっぱってようやく抜けた。

登山靴とｉＰａｄをリュックに入れ、ラリーたちのあとをついてジープまで歩く。

隊員たちはしゃべりながら歩いていたが、チャーリーは会話に加わらなかった。帰ってからのことを考えていたからだ。瀕死《ひんし》のトニーを見て、命のはかなさを再認識した。アニーの容態も日に日に悪くなっている。あと何回会えるかわからない。いずれ彼女を失うことは理解していたつもりだったが、本当の意味で覚悟ができていなかったようだ。後悔はしたくない。今すぐ彼女に会いたいと思った。

ジープに乗ってからふたたびトニーのことを考える。ふつうに生活できるまでに回復するといいのだが。犯罪を暴くのは警察の仕事だとしても、トニーが泣き寝入りせずにすむようにできるだけのことはしてやりたかった。

ロッジまであと少しというところでラリーの携帯が鳴った。相手の声は聞こえないが思わしくない内容らしい。ラリーが携帯を切った。

「地区病院で傷の状態を確認した結果、対応しきれないのでオデッサへ搬送することになりました」

「そんなに悪いんですか？」

ラリーが顔をしかめる。「悪いですね。ただ搬送できるほどには安定しているということでもあります。ドクターヘリの隊員は精鋭ぞろいだし、救命外傷センターで受け入れてもらえるよう調整もついたそうです」

チャーリーは時計を見た。ワイリックはもうロッジに到着しただろうか。携帯を出してワイリックの番号に発信する。電話に出なければまだ飛行中だということだ。


ワイリックはロッジの売店にいた。ペプシのペットボトル二本とスニッカーズのチョコレートバーを何本かカウンターに置く。

「すべておそろいですか？」店員が尋ねる。

ワイリックはうなずき、クレジットカードを出した。

「袋は必要ですか？」

「いいえ」ワイリックは飲みものと菓子をバッグに入れた。スニッカーズを一本だけ手もとに残しておく。

ロッジの前のベンチに腰かけてスニッカーズの袋を開ける。ひと口かじるとナッツとチョコレートとキャラメルのハーモニーが口いっぱいに広がった。至福に目を細めたとき、携帯が鳴った。チャーリーからだ。急いで口のなかのものをのみこむ。

「もしもし」

「到着したか?」

「はい」

「バクスターとメイシーに電話をして、トニーはオデッサの救命外傷センターに運ばれたと伝えてくれ」

「容態は?」

「よくない。ふたりにトニーが見つかったことは誰にも言わないよう釘《くぎ》を刺したか?」

「はい」

「もうすぐロッジに到着する。救急救命士たちがジープに乗せてくれたんだ。ヘリに乗る前に着替えたい」

「どうして?」

「見ればわかるよ」

「了解。ほかに何かありますか？」

「いや」そう答えると同時にワイリックが電話を切ったので、チャーリーは目を瞬《しばたた》いた。いつものように腹を立てる気力もない。

ワイリックはもうひと口スニッカーズを食べた。とうとつに電話を切られてチャーリーが気分を害することはわかっていた。わざとやっているのだ。

ジーンズで手を拭いて、ドーソン夫妻の番号に発信した。


バクスターとメイシーはすでにビッグベンド国立公園に向かって車を走らせていた。どちらの唇も固く結ばれている。前に同じ道を走ったときは、息子の行方はおろか生死すらわからない状態だった。今回は少なくとも息子の居場所はわかっている。二時間ほど走ったところでワイリックから電話があった。

「出てくれ」バクスターが言う。

「もしもし、メイシーです」

「ワイリックです。現地へ向かっているところですか？」

「二時間ほど前に家を出ました」

「新しい情報です。地区病院の医師の判断でトニーはオデッサの救命外傷センターに搬送されました」

「そちらのほうが近いわ。息子の容態はわかりますか？」

「重体だそうです」

メイシーがうめく。

「でも生きています。それが大事じゃないでしょうか」

「そうですね。連絡をありがとう」

「安全運転で」

電話を終えたワイリックは携帯をバッグに戻し、ペプシを飲みながらチョコレートバーの残りを食べた。それからロッジへ戻る。チャーリーはきっと汗と埃《ほこり》まみれなのだろう。服を着替えるだけじゃなく、シャワーを浴びたほうがいい。

一時間後、ロッジの外で美しい景色を眺めていると一台のジープが駐車場に入ってきた。ジープからチャーリーが降りてくる。予想どおり泥だらけだ。洞穴のなかを這いまわったせいだろう。疲れた表情で、無精ひげも生えている。それでも必要とあれば戦う準備はできているのがわかった。

ワイリックはため息をついた。

いい男は汚れたっていい男なんだから。

ボスを見てそんなことを考えるなんて不適切だ。男なんて必要ないと学んだはずなのに。チャーリーがこちらの気持ちに気づいていないことがせめてもの救いだった。この先も気づかないままでいてもらうつもりだ。大きく息を吸い、ロッジへ歩いてくるチャーリーのほうへ足を踏みだした。

近づいてくるワイリックを見て、チャーリーは不思議と心が休まるのを感じた。どんなに混乱しているときも彼女を見るとなんとかなる気がする。ワイリックが原因で混乱しているときも少なくないというのに。

あのブレないところがいいのかもしれない。いつもこちらの期待を上まわる働きをして驚かせてくれる。それでいて計算高いところがまったくない。誰に対しても思ったことを口にするし、愛想笑いをしない。

ワイリックのような女性はこの世にふたりといない。

今日の彼女は、チャーリーにとっていい意味で嵐の目のような存在だった。彼女のまわりだけ無風で、青空が見える。

チャーリーの目前でワイリックが足をとめた。「においますね」

チャーリーは目を細くした。「〝無事でよかった〟じゃないのか？」

ワイリックはふんと鼻を鳴らした。「ロッジに部屋を借りましたからシャワーを浴びて着替えてください。トニー救出の立て役者のためならと喜んで部屋を貸してくれました」

チャーリーは両手をあげた。「シャワーを浴びられるなんて最高だ。さっきの無礼な発言は許してやる」

ワイリックが肩をすくめる。「オデッサの病院で異臭を放つのはいやでしょうし、何よりヘリは密閉空間なので、わたしが迷惑です」

チャーリーは声をあげて笑った。


チャーリーの笑い声に、ワイリックは全身が震えるほどの衝撃を受けた。昂《たか》ぶる気持ちを抑え、足早にロッジへ向かう。

受付へ行くとわざわざ支配人が出てきた。

「こちらがお部屋の鍵です。行方不明の少年を見つけてくださってスタッフ一同感謝しています」

チャーリーは鍵を受けとるとワイリックを横目で見た。

「優秀なアシスタントが手がかりをくれたんです」

ワイリックはまたしても喜びを隠し、澄ました顔で言った。「それじゃあわたしはロビーで待っていますから」

チャーリーがうなずく。「そう長くかからない」

チャーリーが行ってしまってから、レストランへ行って注文しておいた料理を受けとった。

三十分ほどして、清潔な服に着替えたチャーリーがロビーにおりてきた。髪はまだ湿っていて、無精ひげもそのままだ。いつもよりワイルドな感じがする。

ワイリックはチャーリーを一瞥《いちべつ》した。「においがましになりましたね」

「素直にいいにおいと言ったらどうだ。ミントの香りの石鹸《せっけん》だぞ。きみのほうがいいにおいだが」

ワイリックは手にした紙袋を掲げた。「それはわたしのにおいじゃなくてローストビーフのサンドイッチでしょう」すたすたとロッジを出てヘリへ向かう。

チャーリーが荷物をのせた。

「そうだ、ちょっと待ってくれ。トニーのリュックをもらって帰る約束をしたんだ」走ってロッジへ戻り、数分後にリュックを手に戻ってきた。

ワイリックはサンドイッチの袋を差しだし、後部座席のクーラーボックスからペプシを出した。着陸後に点検をすませてはいるが、もう一度、飛行前点検をする。

操縦席に座るころ、サンドイッチはチャーリーの腹に消えていた。

スニッカーズを二本とりだして一本をチャーリーに渡し、自分用のペプシを出す。離陸するころ、チャーリーはスニッカーズも平らげていた。

「オデッサでいいですか?」

「ああ」

チャーリーが座席に背中を預けて目を閉じる。

副操縦士席へちらりと視線をやって、まつげも顎ひげと同じくらい黒いと思ってから、ワイリックはスニッカーズの包みを破った。

トニー・ドーソンはラホヤのビーチにいた。海水は冷たいけれど、熱くなった砂を裸足《はだし》で踏みしめたり、潮風のにおいをかいだりするのはいい気持ちだった。

カモメが二羽、桟橋のごみ箱で見つけたパンの切れはしを奪い合っている。沖に突きでた岩の上で二頭のアザラシが日向《ひなた》ぼっこをしている。

太陽のまぶしさに、サングラスを持ってこなかったことを後悔した。誰かが名前を呼んでいる。ふり返ろうとしたとき、光の爆発が起こった。

ビーチは消え、トニーは崖っぷちに立っていた。仰向けに落下するところを友だちが眺めている。そこから先はすべてがスローモーションになった。空は吸いこまれそうに深い青で、タカが地面に向けて急降下している。もう両親には会えないのだと思った。目の前の光景がこの世の見納めなのだと。

そのとき奇跡が起こった。目には見えなかったけれどたしかに感じた。誰かの腕が背中にまわされ、衝撃から守るように抱きしめられる。そして何もわからなくなった。

捜索されていたことも、自分が見つかったことも、トニーは何も知らなかった。

　オデッサの病院にドクターヘリが到着すると、救命外傷センターの医師たちがすぐに処置を始めた。医師たちはすでにけがの状態についてブリーフィングを受け、地区病院で撮影されたレントゲン写真も確認していた。捜索五日めにして、トニーはようやく必要な治療が受けられたのだった。

6

目を覚ますと、ワイリックがミッドランド国際空港の管制塔と交信していた。ヘッドセットをつけなおして窓の外を見る。前にパーミアン盆地の上を飛んだときは無数の掘削機が動いていた。石油ブームがやってきて、去った。掘削機は今もあるが稼働していないものも多い。生産量が以前の何分の一かになっているのだろう。

またしてもアニーのことが思い浮かんだ。あらゆるものが変わっていく。自分とアニーはもはや、ひとつ屋根の下にすらいない。ひとりひとりに戻ったのだ。離婚したわけではないし、アニーのことは変わらず愛している。でもチャーリーはひとりだった。

スキッドが地面を捉え、ワイリックが手際よくシステムをシャットダウンしていく。

「病院までレンタカーで行きましょう。必要のないものはヘリに置いていってください。ロックしますから」

「携帯を充電器につないであるんだ」チャーリーがリュックに手を入れる。

ワイリックは無言だった。今のチャーリーにとって携帯がアニーとつながる唯一の手段だということはわかっていた。

　携帯をポケットに入れたあと、チャーリーは片方だけの登山靴をとりだしてトニーのリュックサックに移した。

「これはメイシーに借りたトニーの帽子です」

　チャーリーは帽子の入った袋を受けとってトニーのリュックを背負った。それからターミナルへ行ってレンタカーを借りた。最新型のＳＵＶだ。

「運転するから道案内を頼む」チャーリーは運転席に乗った。

　ワイリックは携帯で病院を検索しながら助手席に座った。

　空港はミッドランドとオデッサの中間地点にある。ダラスとちがって交通量も少ないので目的地までさほど時間はかからなかった。太陽が西の空に沈みかけている。

「持ちなおしてくれているといいんだが」

「ご両親はまだ到着していないでしょうね」

　チャーリーはポケットをたたいて携帯が入っていることを確認した。「テキサスの悪いところだな。だだっぴろいからどこへ行くにも時間がかかる」

　ふたりはそろってロビーに入り、受付に進んだ。

「トニー・ドーソンに面会したいんですが。数時間前にドクターヘリでここへ運ばれたはずです」

受付の女性がトニーの名前を打ちこむ。「手術中ですね」

「どこで待てばいいですか？」

女性に指示されたとおりエレベーターで手術室のあるフロアへ行き、ナースステーションをさがした。

「トニー・ドーソンの知り合いなんですが」

看護師がワイリックを見たあと、チャーリーに視線を移した。

「親戚の方ですか？」

「いいえ。ご両親の依頼で彼を捜索していた者です。ご両親はダラスからこちらへ向かっていて、あと数時間は到着しません」

「ご家族の方以外に容態をお伝えすることは――」

「待合室にいさせてもらえば充分です。トニーはチソス山脈で五日間も行方不明になっていました。私は彼の両親に雇われ、洞穴のなかで倒れている彼を見つけました。ひどいけがで衰弱していて、助かるかどうかわかりませんでした。あのときのことを思うと、ここへ運ばれ手術していることがすでにいい兆候です。ご両親の電話番号は必要ですか？」

看護師がカルテを見た。「いいえ、大丈夫です。関係者が来たことを担当医に伝えます。何かわかりましたらご連絡しますので。待合室はこちらです」

看護師に案内されて廊下の先の待合室に入った。ワイリックは隅の椅子に腰をおろし、チャーリーは反対側の窓際の椅子を選んだ。

仕事中は抜群のチームワークを発揮しても、それ以外は他人同士のようだ。

ワイリックが携帯をとりだす。

チャーリーは髪をかきあげてから首のうしろをもんだ。昨日の夜は地面に寝たし、今日は洞穴のなかを動きまわった。おかげで首の筋肉が張っている。テントも洞穴もチャーリーには狭すぎた。

太陽が沈み、夜がやってきた。

二時間ほどして、メイシーとバクスターが現れた。チャーリーとワイリックを見たメイシーは泣きながら飛びついてきた。

「あなたたちには一生、感謝しても感謝しきれません」

「ワイリックの力があったから見つかったんですよ」

「そういえば、あなたはダラスにいたんじゃなかったんですか」メイシーが言う。

「そうですよ」

「じゃあどうやって？」

「ヘリの操縦ができるんです。さあ、座って話をしましょう」

「まだ手術中だと聞きました。わざわざ病院まで来てくださってありがとうございます」

バクスターが言った。

「トニーは見つかりましたが、いくつかお伝えしなければならないことがあるんです。ランダルとジャスティンの話は事実と矛盾する点がいくつもあります」

メイシーが息をのんだ。「どういうことですか?」

「トニーがいなくなるまでの経緯がどうも不自然だと思ったので、ワイリックに調べてもらいました。本人たちと面会もしましたし、トニーのガールフレンドのトリッシュからも話を聞きました。細部はワイリックから」

「手短にご説明します」ワイリックが引き継いだ。「おふたりもトニーも知らなかったことがあります。トリッシュ・カールドウェルはもともとランダルとつきあっていたんです。トニーが引っ越してくる何カ月も前に破局しましたが、トリッシュはそのことをトニーに言えずにいました」

メイシーが音をたてて息をのんだ。

「また、事故の前日、三人は酒を飲んでいました。ランダルによると、トニーがトリッシュのことばかり自慢するので、思わず元カノだと言ってしまったそうです。そこでジャスティンが、トリッシュは誰とでも寝ると嘘をついてさらにトニーを動揺させた。殴り合いになり、険悪な雰囲気のままそれぞれのテントに入りました」

バクスターがうめいた。

「ランダルとジャスティンは認めませんでしたが、そもそもふたりがトニーに声をかけたのは彼がトリッシュとつきあったからです。別れを切りだしたのはトリッシュだとジャスティンは言っていました。ランダルはトニーに嫉妬していたようです。おそらく今回のトレッキング自体に何か裏があったのだと思います」

　メイシーは青くなって震えていた。バクスターの顔は怒りに赤くなっている。

「どうしてトニーの帽子が必要だったのですか？」メイシーが尋ねた。

　ワイリックは事実をありのままに話した。「彼の居場所を見られるかもしれないと思ったからです」

　メイシーが目を見開く。「見るって……それはつまり超能力のようなことですか？　あなたは超能力者なの？」

　ワイリックは肩をすくめた。「いろんな能力があるんです。生まれつき」

　チャーリーが口を開く。「ランダルと面会したとき、ワイリックには発言とちがう場面が頭に浮かんだそうです。三人はトレッキングルートで口論をしていて、周囲は明るく、夜ではなかったと」

「そんな！」バクスターが声をあげる。「ランダルたちの話はでたらめばかりじゃないですか！」

「最初に見つけたのはこのリュックサックでした」チャーリーはリュックを差しだした。「茂みの下に押しこんでありました。捜索隊が通ったときは見えなかったんですが、あとで動物がひっぱりだしたのでしょう。私が見つけられたのは、遠方から双眼鏡で見渡したとき、リュックについていたドッグタグがたまたま太陽の光を反射したからなんです」

「ああ！　それは第二次世界大戦中に祖父が身に着けていたものです」バクスターが感極まって言う。

チャーリーはうなずいた。「あなたのおじいさんが助けてくれたのでしょう。トレッキングルートを外れて斜面をくだったところでリュックを見つけました。森林警備員の事務所にリュックの場所を知らせて周辺をさがしましたが、足あとも、血痕も、何も見つからなかったんです。そこでふたつの仮説を考えました。なんらかの理由でトニー自身がリュックを隠し、あとでとりに来るつもりが戻ってこられなかったという説と、誰かがトニーに危害を加えて、それを隠蔽《いんぺい》するためにリュックを隠したという説です」

「誰かが隠したのだとしたら許せないわ。あの子がどんな思いで救助を待っていたことか」

「ワイリックがいなかったら、私はいまだに山のなかでトニーをさがしていたと思いますよ。お借りした帽子から、ワイリックはトニーが暗くて長いトンネルのようなところにいる場面を見ました。まだ生きている可能性が高いから、木立を抜けて崖のほうへ行けと助言してくれたんです。そのとおりにしたら、この登山靴を見つけました」

「登山靴？」バクスターが尋ねる。

「トニーの登山靴が片方、岩のあいだに挟まっていたんです。がっちり挟まっていたので男ふたりがかりでようやくひっぱりだしました。おそらくトニーは崖から転落したのでしょう。あの高さから落下して生きているなんてまさに奇跡です。おまけに骨折した足を登山靴から引き抜いて、岩場を這《は》って洞穴まで避難したんですから。登山靴を発見した地点を中心にトニーの名前を呼びながらさがしました。そうしたら絶叫が聞こえたんです。声がしたほうへ行くと洞穴があり、あとはみなさんご存じのとおりです。現時点でわかっているのは、ランダルたちが嘘をついたということです。トニーの滑落が事故だったのか、それとも突きおとされたのかはわかりません。ただふたりの少年はそれを知っていた。おそらく救助隊がすぐに遺体を見つけると思ったんでしょう。ところがトニーは生きていた。岩のあいだに足が挟まったままだったら、寒さか、獣に食われるかして命を落としたかもしれません。そのまま少年たちの嘘が事実としてまかり通ったかもしれません」

「これからどうすればいいですか？　警察に通報するとか――」

「私にひとつ考えがあります」チャーリーは言った。「捜査のことは私たちに任せて、おふたりは息子さんのことだけ考えていてください。リュックサックと登山靴はしばらくお借りします。捜査が終わってからお返ししますので」

「帽子も」ワイリックがつけくわえる。

「そうでした。帽子もお借りします」

しばらくして医師がやってきた。

「トニー・ドーソンのご家族ですか？」

「そうです」バクスターとメイシーが勢いよく立ちあがった。

チャーリーとワイリックもうしろに控える。

「執刀医のドクター・マックです。手術は無事に終わりました。トニーは脳震盪《のうしんとう》を起こしていました。損傷した脾臓《ひぞう》も摘出しました。それから筋肉の裂傷と肋骨《ろっこつ》の骨折二箇所を修復しました。脚と足首、右手の指はピンで固定しています。治療が遅れたせいで感染症と肺炎の心配がありますから、抗生剤を用量ぎりぎりまで使っています。目下、体を休めるために鎮静剤を打っています。しばらくは集中治療室に入ることになるでしょう」

「脚はもとどおりになるのですか？」バクスターが尋ねた。

「できるかぎりのことはしましたが、感染症で切断しなければいけない場合もあります」

「いつ息子に会えますか？」

「集中治療室へ移していますので、そちらの待合室でお待ちください。準備ができたらお知らせします。うちの集中治療室はこの地域では最先端の設備を備えていますので、安心してお任せください」

「ありがとうございます」バクスターが言った。「息子を助けてくださって、本当に感謝しています」

ドクター・マックが首をふった。「私たちだけの力ではありませんから。今夜は定期的に様子を見に行きますし、何かあればすぐに対応しますので」

バクスターとメイシーが荷物を手にとった。

「われわれはここで失礼します。トニーの容態に変化があったら教えていただけますか？」チャーリーが言った。

「もちろんです」メイシーが言った。

ドーソン夫妻と廊下で別れ、ワイリックが先に立ってエレベーターまで行く。車に戻るまで、チャーリーはひと言も言葉を発しなかった。

「もう遅いし、ホテルに泊まるか？」ハンドルを握ったところでチャーリーが言う。

「夜間飛行が怖いんですか？」

チャーリーは鼻を鳴らした。「きみより怖いものなんてないさ」

ワイリックがあきれて目玉をまわした。「わたしがいなきゃ空港にも戻れないくせに」

「戻れるさ。時間はかかるだろうが」

「あなたに任せたら夜が明けてしまいます」ワイリックはそう言って、ミッドランド国際空港に向けて誘導を始めた。

空港でレンタカーを返し、ヘリへ向かう。給油をしているあいだにワイリックが飛行前点検をした。すべて終わってヘリに乗りこむ。

チャーリーにとってはヘリコプターで初のナイトフライトだったが、予想に反して外は闇ではなかった。戦場で使っていた暗視《ナイトビジョン》ゴーグルを彷彿《ほうふつ》とさせる。

「こりゃすごい。フロントガラスぜんぶがナイトビジョンになってるのか？」

ワイリックが肩をすくめた。「既存の技術をちょっと応用したんです。もちろん特許はとりました」

ワイリックは出力をあげて管制塔を呼びだした。

ダラスまで二時間ほどのフライトだった。いつもの民間飛行場上空へ来るとヘリポートは明るく照らされていた。

エンジンを切るとベニーがハンガーから出てくる。

「ベニーだ」

ワイリックが驚いて顔をあげ、ヘリを降りた。「待ってくれなくてよかったのに」

「待ちたかったんですよ。あなたに言ったら帰れと命令されるのがわかっていたので勝手に待たせていただきました」

「……ありがとう」

「あとはやっておきますから家へ帰ってください。ヘリはハンガーへ入れておきます」

チャーリーはリュックを担いだところで動きをとめた。

「明日の午前中に少年たちとその親を呼んで話をするつもりだ」

「どうして事務所まで呼びだされたのか疑問に思うでしょうね」

チャーリーは肩をすくめた。「悩めばいいさ。あれこれ考えて自滅するのを待つ」

「トニーが生きていたと知ったら、ぜんぶばれたと思うはずです」

チャーリーはうなずいた。「仲間同士で責任の押しつけ合いになるんじゃないかな」

「そうですね」

チャーリーを追うように、ワイリックも飛行場をあとにした。チャーリーが先にフリーウェイをおりる。ワイリックはアクセルを踏みこんだ。

マーリンの屋敷に到着して、ゲートで暗証キーを打ちこむ。屋敷の裏に車をとめたときはくたくただった。

重い体を引きずって部屋に入り、セキュリティーシステムをオンにしてベッドルームへ向かう。ジャケットとブーツをぬいでうつぶせにマットレスに倒れ、そのまま眠ってしまった。

気づいたら朝だった。

服をぬいでキッチンへ行き、コーヒーメーカーをセットしてからシャワーへ向かう。もうすぐ、友だちを見殺しにした少年たちの化けの皮がはがれるだろう。

容赦するつもりはなかった。

ベッドに入ったチャーリーは切れ切れの夢を見た。不安な気持ちで目を覚まし、朝いちばんでアニーの容態を確認する。

「〈モーニングライト・ケアセンター〉です」受付のピンキーが応対する。

「おはようございます。チャーリー・ドッジです。妻の容態を知りたくて電話しました」

「看護師につなぎますからお待ちください」

チャーリーは首のうしろをもみながら待った。まだ筋肉が張っている。熱いシャワーを浴びればましになるだろう。

「代わりました、看護師のイーガンです。ここで働きはじめて日が浅いのでお会いしたことはないと思います。よろしくお願いいたします」

「こちらこそよろしく。二〇四号室のアニー・ドッジの容態を確認したいのですが。妻です」

「ドクター・ダンレーヴィーが回診中なのですが、直接お話しになりますか?」

「ぜひ」

「しばらくお待ちください」

チャーリーは電話をスピーカーにしてキッチンへ行き、コーヒーをつくった。

濃い液体が落ちるのを眺めながらドクター・ダンレーヴィーを待つ。

「おはようございます」電話の向こうから声がした。

「おはようございます、ドクター・ダンレーヴィー。アニーの具合はどうですか？　何か変化はありましたか？」

「カルテを確認しますからちょっと待ってください。……ああ、これだ。最後の認知テストは二週間ほど前でしたね」

「そうです。お電話をいただいて、予想よりも速いペースで認知機能が衰えていると言われました。四日前にそちらへ行きましたが、アニーは眠っていましたから長居しませんでした。何日か依頼でダラスを離れていて、昨日の夜に戻ってきたんです」

「なるほど、わかりました。看護記録によると食事をさせるのが難しくなってきたようです」

チャーリーはショックを受けた。「それじゃあ……必要な栄養をどうやってとらせるんですか？　食事の種類を変えるとか、流動食にするとか？」

「非常に残念ですが、アニーは点滴以外、受けつけないところまできています」

チャーリーはうめいた。「どうしてそんな……」

「この病気はそういうものなのです。味がわからなくなり、のみこむことができなくなり、空腹を覚えなくなる。ストローの使い方も、液体を吸う方法も忘れてしまいます」

これまでにないほどの無力感がチャーリーを襲った。

「妻はこれからどうなるんですか」

「緩和ケアチームを手配したところです。すぐにどうこうというわけではありませんが、今の彼女にとってはそれがベストです」

「緩和ケアというと、よそへ移らないといけないんですか？」

「いいえ、奥様を動かす必要はありません。スタッフがここへ来ます」

自分の足に視線を落とす。二日間も山を歩きまわって行方不明の少年を見つけた。だがどんなに歩いても、どこをさがしても、アニーをとりもどすことはできない。彼女はもう次の段階へ進んでしまった。

息をするのもつらかった。

「わかりました。ありがとうございます。午前中は依頼された仕事の仕上げが残っているのですが、午後には妻に会いに行きます」

「心配いりませんよ。私たちが責任を持ってお世話していますから。アニーは痛みや苦しみとは無縁のところにいます。この段階になると、苦しいのは本人よりも家族なんです。気になることがあればいつでも電話をください。あなたは私の家族を救ってくれた。私もあなたの家族を救うためならなんでもします」

チャーリーは電話を切り、コーヒーを手にバスルームへ行った。シャワーを浴び、のびていたひげを剃《そ》る。

身支度が終わるころには八時を過ぎていた。ＦＢＩのダラス支部に電話をしてもいい時間だ。

ハンク・レインズ捜査官には大きな貸しがある。〈フォース・ディメンション〉に囚《とら》われていた子どもたちを見つけたのも、身元を照合したのも〈ドッジ探偵事務所〉だからだ。おまけにワイリックがいなかったら、突入の際、気づかれずに施設内に入ることは不可能だった。

出勤中、ハンク・レインズの携帯が鳴った。発信者を見て顔をしかめる。少し前の事件で、チャーリー・ドッジとは気まずい終わり方をした。すべてこちらの責任だ。だからこそチャーリーの要求を無視するわけにはいかない。

「ハンクだ」

「チャーリー・ドッジです」

「おはよう、チャーリー。どうかしたのか」

「頼みがあります」チャーリーは事件について説明を始めた。

「なんてことだ。見つかった少年はまだ意識が戻っていないのか」

「ええ。でも一緒にトレッキングをしたふたりはそれを知りません。事件は国立公園内で起こりました。つまりダラス市警ではなく連邦捜査局の管轄ということですよね」

「正確には国立公園局の捜査部門が主管になる」

「連邦政府の施設で犯した犯罪を目の前で告白されたら、ＦＢＩの捜査官であるあなたには捜査する権限がある、ちがいますか？」

ハンクはくっくと笑った。「そのとおりだ。まずは少年たちが自白しないといけないが」

「しゃべりますよ。ワイリックがいますからね。すでに最初の面接で少年たちを震えあがらせています」

「ワイリックならそのくらい朝飯前だろうな。わかった。パートナーと一緒にきみの事務所へ行く。何時がいい？」

「十一時でお願いします。これから親に電話をして少年たちを学校へ迎えに行ってもらいますから」

「では十一時に」

チャーリーは電話を切ってキッチンへ行き、朝食をつくりはじめた。冷凍ワッフルを焼いてコーヒーをつぎ足す。卵料理までつくっている暇はない。

ワッフルをトースターに入れて、ウェルズ家に電話をする。母親が電話に出た。

「もしもし？」

「どうもミセス・ウェルズ。〈ドッジ探偵事務所〉のチャーリー・ドッジです」

「ミスター・ドッジ！　何か進展がありましたか？」

「ご家族で聞いてもらいたいニュースがあります。十一時に息子さんを事務所へ連れてきていただけますか?」

「え?　電話で話せないんですか?」

「ジャスティンとご両親も呼んでいるからです。そうすれば全員で情報を共有できますからね」

「でもランダルは学校ですし――」

「早退させてください。事務所の住所は――」チャーリーは住所を読みあげた。

沈黙のあと、さっきよりも硬い声で母親が尋ねた。

「弁護士を連れていったほうがいいですか」

「さあ、どうでしょう」

母親はどきりとした。ワイリックに似たようなことを言われたのを思い出したからだ。

「夫に電話して十一時にそちらへ伺います。でも、事務所に呼びつけるのに話の内容を教えないなんて失礼だと思うわ」

「あなたがどう思うかは関係ありません」チャーリーはそう言って電話を切った。続いてヤング家に電話をする。

「もしもし、ピーター・ヤングです」父親が応える。

「〈ドッジ探偵事務所〉のチャーリー・ドッジです」

ピーターはどきりとした。このあいだから息子が隠し事をしているのは気づいていたが、まだ訊《き》きだせていない。

「何か進展がありましたか」

「はい。ウェルズ家にはすでに電話をしたのですが、十一時にジャスティンを連れて事務所へ来てください」続いて事務所の住所を告げる。

「何があったんです？」

「来ていただけたらそのときに説明します」

「全員の前で？」

「はい」

長い沈黙のあと、ピーターはため息をついた。「わかりました。伺います」

「ありがとうございます」チャーリーは電話を切った。

トースターが音をたてる。チャーリーはワッフルを出して皿に移した。

一度にひとつずつ、と自分に言い聞かせる。

食べおわってからワイリックにメールを送った。十一時に両家を呼んだことは書いたが、ハンク・レインズ捜査官のことにはふれなかった。

両親がそろって学校まで来て早退の手続きをしたと知って、ランダル・ウェルズはショックを受けた。探偵事務所へ行くとわかってみるみる落ち着きを失う。

「どうして探偵と話さなきゃいけないんだ」

「わからないがトニーを見つけるためなら協力しないと」

「それはもちろんだけど」

「あなたが最初から正直に話していたらこんなことにはならなかったのよ」母親が言う。

ランダルは口をつぐんだ。ワイリックとかいう女が訪ねてきてからというもの、母さんはずっといらいらしている。早くすべてが片づいてほしい。

約束の時間の十分前に駐車場に車を入れる。

ランダルは車から降りて周囲を見まわした。ワイリックのベンツを見つけて眉をひそめたあと、アシスタントなら事務所にいて当然だと思いなおした。

エレベーターのなかでも、廊下を歩いているときも、三人は無言だった。

事務所のドアが開く音でワイリックが顔をあげた。

「お座りください」ワイリックがそっけなく言ってパソコン画面に目を戻す。

三人は言われたとおりに座ってから、自分たちがいちばん乗りだと気づいた。顔を見合わせたあと、それぞれの携帯を出して画面に視線を落とした。

ピーターとアンドレアは息子を引きずって車に乗せなければならなかった。

「行きたくない」ジャスティンは何度も言った。

ついにピーターが息子の腕をつかんで力ずくで自分のほうへ向けた。

「おまえの希望など訊いていない。トニーのためなんだ」

ジャスティンは青ざめ、黙って後部座席に座った。

「弁護士も連れてきたほうがよかったかしら」アンドレアが言う。

ピーターは眉をひそめた。「まるでこちらに非があると認めているようなものじゃないか」バックミラー越しに息子を見て、アクセルを踏む。「ジャスティン、隠していることがあるのか？」

「何度も話したじゃないか。いい加減にしてくれ」

「なんだその言い方は！　トニーのご両親の気持ちを考えたことがあるか？　おまえにはがっかりしたよ。一緒に出かけた友だちが行方不明になっているのに、そんな態度があるか」

アンドレアが顔を曇らせた。「わが子を責めるような言い方をしないで。ジャスティンはまだ子どもよ。悲しみをどう表現すればいいかわからないだけよ」

「悲しんでいるようには見えないな。放っておいてくれとわめくばっかりだ」

アンドレアが夫をにらんだ。「あなたにはわからないのよ。いつもそうじゃない。仕事、仕事でジャスティンのことはわたしに任せっきりなんだから」

ピーターはため息をついた。「話題をすりかえようとしても無駄だぞ。だいたいジャスティンはもう子どもじゃない。あと二カ月で十八じゃないか」

「やめてくれ」ジャスティンが言う。

「おまえは黙っていなさい」

ジャスティンはふてくされてシートに体をうずめた。

駐車場に入ったところでアンドレアが声をあげた。

「ウェルズ家の車があるわ」

ピーターは空いているスペースに車をとめた。

「ランダルが来てるなら安心だ」ジャスティンが勢いをとりもどす。

三人は連なってエレベーターに乗り、廊下を進んだ。

ワイリックが顔をあげる。「お座りください」

アンドレアはワイリックをにらみつけた。ゴールドのベストは胸もとが広く開いて例のタトゥーがよく見える。ボトムスはきらきらした紫のレザーパンツだ。この女のクローゼットには上品なブラウスなど入っていないのだろう。

ウェルズ家の向かいに座る。ニタと目が合ったので、やってられないわというように目玉をぐるりとまわした。

しばらくしてチャーリー・ドッジが事務所に入ってきた。スーツ姿の男ふたりと一緒だ。

ワイリックは目を瞬《しばたた》いた。チャーリーのあとから入ってきたのがハンク・レインズとその相棒だったからだ。

チャーリーが澄ました表情でワイリックを見た。

「ご家族を所長室へ通してくれ。きみも同席してもらいたい」

ワイリックはうなずいて立ちあがった。

「お久しぶりです」ハンクが言う。

「どうも」ワイリックは応えて、ウェルズ家とヤング家に向かって言った。「どうぞ、こちらへ」

7

所長室に捜査官たちの椅子を用意していなかったので、ワイリックは追加の椅子をとりに行こうとした。

「立ったままで大丈夫だ」ハンクが手をあげてとめる。

ワイリックはうなずき、チャーリーの机の近くに腰をおろした。

捜査官たちはドアの近くに立った。

両家が落ち着かない表情になる。

「何が始まるんですか」ランダルの父、ハーヴが尋ねた。

チャーリーは机に肘をついて身を乗りだした。

「みなさんにお知らせがあります。トニー・ドーソンは生きています。それを聞いて発言を変えたい人がいるなら、これが最後のチャンスです」

少年たちは顔を見合わせた。ジャスティンがすくっと立ちあがり、震え声で言う。

「ランダルにはやめておけって言ったのに、トニーに身の程を思い知らせてやるって言うから。傷つけるつもりはなかったんです。あれは事故なんだ」

ランダルが叫ぶ。「自分だってのりのりだったじゃないか。トリッシュが誰とでも寝るって嘘をついてあいつを怒らせたのはおまえだぞ」

それぞれの親が信じられないというように自分の息子を見る。

ワイリックが立ちあがった。「ふたりとも怒鳴るのはやめて座りなさい。トニーが転落するのを見たんでしょう。あなたたちがトニーを見捨てて山をおりたことはわかっているのよ。森林警備員に嘘をつき、トニーが崖から転落したことを故意に隠した」

ピーター・ヤングは引きつった顔で息子を見た。「ジャスティン！　どうしてそんなひどいことを！　友だちだろう！」

「あんなやつ、友だちなんかじゃない」

チャーリーはすさまじい怒りを抑えて言った。「友だちじゃないなら見殺しにしてもいいのか？」

ジャスティンが顔をそむける。

ワイリックはランダルを見た。「トニーに死んでほしかったの？」

「ちがう。でも思い知らせてやりたかった」

「きみらはトニーを見殺しにしたんだ」

「崖から落ちたときに死んだと思ったんだ。おれたちは何もしてない。あいつが自分で落ちたんだ」

「ちがう！　おまえが殴りかかって、よけたはずみで落ちたんじゃないか」

ランダルが勢いよく立ちあがった。だが取っ組み合いになる前に捜査官たちがふたりをはがい絞めにした。

ハーヴとニタはショックで動くこともできなかった。アンドレアはヒステリーを起こしている。事態を冷静に受けとめていたのはピーターだけだった。息子は逮捕されるだろう。しかも軽い罪ではすまない。

「死んだと思ったなら、どうして森林警備員に事故のことを告げなかった」チャーリーが言った。

「あいつ、岩の上に落ちたんだ。急いで崖の下へ行って助けようとしたんだけど、靴が挟まってた。ふたりがかりでひっぱって、ようやく靴がぬげたと思ったら、あいつはものすごい声でわめいて気絶した。それで死んでしまったと思った」ジャスティンが泣きだした。

「おれたちが殺したと思ってパニックになった。それで荷物を持って逃げた。自分のじゃなくてトニーのリュックだと気づいたのはしばらくしてからだった。ランダルが急げって言うからあいつのリュックを捨てて自分のをとりに戻った。死体のそばに落ちてたら疑われるから」

「どうしてトニーのリュックを隠した？」

「そのままにしておいたらやばいから道の脇に寄せただけだ」

「リュックは私が見つけた。茂みの下に押しこんであったぞ。動物が中身を荒らさなかったら、リュックは永遠に見つからなかっただろう」

ランダルがチャーリーをにらむ。

ジャスティンはまだ泣いていた。「そんなつもりじゃなかったんだ。リュックをとりに戻ったとき、トニーは前と同じ姿勢で倒れてた。死んだと思ったんだ。捜索されればすぐに見つかると思った」

「なんてことだ」ピーターはつぶやいた。「おまえがそんなことをするなんて……」

「ごめん、父さん。本当にごめん」

「友だちに裏切られるとは思わなかったよ」ランダルが言った。「おれはあいつにさわってない。さわってないんだ」

「レインズ捜査官、あとはお任せします」

ハーヴ・ウェルズが息をのんだ。「捜査官?」

「FBIのレインズです」ハンクが言い、ふたりの少年に手錠をかけた。「きみらは連邦政府の敷地で、職員である森林警備員に嘘をついた。事故を起こし、友だちを見殺しにした。居場所を隠した。トニーが死んだら殺人罪だぞ」

アンドレア・ヤングが悲鳴をあげて気絶した。

「弁護士を呼びます」ハーヴ・ウェルズが携帯をとりだす。

ハンクが肩をすくめた。「連邦裁判所で争うことになると伝えたほうがいい。懲役刑になれば連邦刑務所に収監される。私たちはこれからご子息を逮捕して留置場へ護送する」

ランダルとジャスティンは茫然《ぼうぜん》としていた。ランダルもさっきまでの勢いを失っている。

両親に目で助けを求めたが、どちらも無言だった。

ハンクが少年たちの権利を読みあげ、ふたりを連れて事務所を出る。ジャスティンはすすり泣いていた。

親たちがあとに続く。両家の父親は電話で弁護士と話していた。

事務所に静けさが戻った。

「トニーが意識を回復していないことは伝えませんでしたね」

チャーリーがうなずいた。「正義のためだ」

「トリッシュ・カールドウェルには？」

「トニーが生きていると伝えてやってくれ。ぼくは〈モーニングライト・ケアセンター〉へ行く」

それを聞いてワイリックの心は沈んだ。いよいよアニーの具合が悪いようだ。チャーリーがそのことを話題にしないのが証拠だった。

「トリッシュに電話をしたあと、今回の件についてメールや請求書の処理をします。いつから新しい案件にかかれますか？」

「準備ができたら知らせる」チャーリーはそれだけ言って事務所を出ていった。

ワイリックはため息をつき、給湯室からチーズデニッシュと冷えたペプシを持ってきた。デニッシュを半分食べてからトリッシュの番号に発信した。


トリッシュは自分の部屋で、窓辺に置いたお気に入りの椅子に座っていた。その日は何も見ていない。家のなかはしんとしていた。母親は仕事に出かけている。宿題をしなければならないが集中できない。

何度も何度も神に祈った。トニーの命を助けてくれるならこれをするとか、あれをしないとか、たくさんの誓いを立てすぎて、しまいには何を誓ったかわからなくなった。

ふいに携帯が鳴り、びくりとする。発信者の名前を見て体が震えた。いい知らせか、悪い知らせか……最後は事実を知りたいという気持ちが恐怖に勝った。

「もしもし」

「ワイリックです。トニーが見つかりました。生きています」

トリッシュは叫んだ。椅子から滑りおち、床に尻餅をついて泣きじゃくる。

「トリッシュ、聞こえる？」

「聞こえます！　聞こえます！　トニーは元気なんですか？」

「残念だけど元気には程遠いわ。重症で、オデッサの医療センターの集中治療室にいるの」

「オデッサ？」

「ドクターヘリで運ばれたのよ。骨折、感染症、脳震盪《のうしんとう》……いろいろ問題があるけど、執刀医によると手術は成功だそうよ。それからあなたにも知っておいてほしいんだけど、トニーの遭難にはランダルとジャスティンがかかわっていることがわかったの。トニーはあのふたりともめて崖から落ちた。ランダルたちはトニーが死んだと思って置き去りにしたの」

「そんな！　どうしてそんなひどいこと！」

「聞くに堪えない話だけど、あなたは事実を知るべきだから話す。ランダルとジャスティンがトニーを誘ったのはランダルいわく〝身の程を思い知らせる〟ためだった。ランダルはあなたのことでトニーに嫉妬していて、ジャスティンがそれに便乗した」

「ああ、やっぱりトニーに話しておけばよかった。わたしのせいだわ」

「ふたりは山のなかでトニーにあなたとつきあっていたことをばらした。ランダルがあなたのことならなんでも知っていると言い、ジャスティンはあなたが誰とでも寝ると嘘をついた」

「そんな……ひどい」トリッシュは声をあげて泣いた。

「トニーのご両親が病院で付き添ってるから、回復の様子はご両親から聞いてちょうだい」

「トニーはどこにいたんですか？　どうして捜索隊はトニーを見つけられなかったの？」

「まだ意識が戻っていないので細かいことはわからないの。あなたに話したことはランダルとジャスティンから聞いたことよ。チャーリーは洞穴のなかでトニーを見つけたの。おそらく獣や雨から身を守るために、トニーが自分で洞穴まで這《は》っていったんでしょう」

「さすがトニーだわ。がんばったのね。彼が生きていてくれただけでいいです。わたしは一生、嫌われてもいい」

「ご両親の電話番号はわかる？」

「はい」

「だったらあとはあなたしだいよ」

「ランダルとジャスティンはどうなるんですか？」

「トニーを置き去りにしたうえ、森林警備員に嘘をついた容疑で、昼前にＦＢＩに逮捕されたわ。罪状がどうなるかわからないけど、簡単には逃れられないでしょうね」

「そうですか……教えてくださってありがとうございました」

「どういたしまして。トニーとのこと、あきらめないでね。彼に時間をあげて。あなたたちが結ばれるべき者同士なら、きっとうまくいくから」

ワイリックは電話を切ってから、自分の台詞《せりふ》を思い出して目玉をまわした。「まったく、このわたしが恋のアドバイスなんて、身の程知らずとはこのことだわ」

ペプシを飲み、デニッシュの残りを食べてから仕事に戻った。

〈モーニングライト・ケアセンター〉に近づくにつれ、チャーリーの心はどんどん重くなっていった。

せめて今年のクリスマスはアニーと一緒にいさせてください。

その祈りが叶《かな》わないことは薄々わかっていた。だいいちクリスマスになんの意味がある？　アニーは夫である自分はもちろん、誰のこともわからない。かつてのアニーはもうどこにもいないのだ。残っているのは彼女の抜け殻——アニーの姿をした人形だ。

施設に着いて車を降りると同時にネガティブな感情をおおい隠す。

受付のピンキーは電話中だった。面会者リストに名前を書いて内扉の前に立つ。ピンキーが電話をしながらボタンを操作して施錠を解除してくれた。

年老いた肉体とおむつのにおいを、殺菌作用のある洗剤と芳香剤——おそらくラベンダー系の香り——でごまかそうとしている。

廊下を歩いてきた老人は顔もあげずにすれちがった。

看護師が老人に声をかける。「ああ、そこにいらしたんですね。ビンゴの時間ですよ。

やりませんか？」

「ビンゴ？」老人が言い、看護師に連れられて廊下を遠ざかっていった。

共有スペースの前を通りすぎる。アニーはよくこの部屋でジグソーパズルを組み立てていた。アニーはジグソーパズルが好きだった。

居室から顔見知りの男性スタッフが出てきた。「やあ、チャーリー。また行方不明者《ロストピープル》をさがしているのか？」

チャーリーはうなずいた。

「だったらここはぴったりの場所だな。失われた人《ロストピープル》ばかりだ」スタッフはそう言って笑った。

質《たち》の悪い冗談にむっとしたが言い返しはしなかった。

アニーの部屋のドアは開いていた。開けたままのドアをノックしてから部屋に入る。ベッドの横に女性が立っていて、点滴を調整していた。

「どうも」チャーリーは言った。

女性がふり返ってほほえむ。「こんにちは。ドリスといいます。ホスピスの看護師です」

「アニーの夫のチャーリーです」ベッドの足もとへ移動する。アニーはまぶたを半分閉じていた。まぶたの下で目玉が動いている。指先もぴくぴくしていた。

「寝ているんですか？」

「寝ているのとはちょっとちがいます」

チャーリーは喉に込みあげてきたものをのみこんだ。「意識がないってことですか」

「それとも少しちがうんです。脳は記憶の貯蔵庫です。すべてを覚えていられるはずがないと思うでしょうが、膝をたたくと足が動くのと同じで、何かのきっかけで反射的に記憶がよみがえります。アルツハイマー患者の脳に刺激が加わり、ランダムなイメージや過去の記憶が次々と浮かぶことがあります。それがアニーの体を動かしているんです」

「記憶がよみがえる……」かすかな希望を覚えながら椅子を寄せてベッドの脇に座る。

「やあアニー、チャーリーだよ」

アニーはなんの反応も示さなかった。

「栄養摂取はどうしているんですか」

ドリスが手をとめ、もう一脚の椅子に腰かけた。

「アニーはここに入所したとき、リビングウィルを残しました」

チャーリーは眉をひそめた。「そういえばアルツハイマーの診断を受けたあと、そういう書類を書いていたのを覚えています」

「お読みになったことは？」

チャーリーは首をふった。「ありません。アニーが次の診断のとき、カルテに挟んでおいてくれと担当医に頼んだんです」

「アニーは点滴には同意しましたが栄養注入は拒否しました。だから胃ろうカテーテルを挿入することはできません。口から食べられなくなった時点で、栄養補給をする手段はないのです」

チャーリーは殴られたようなショックを受けた。自然と涙があふれて頬を伝う。

彼女がそんな覚悟をしていたことを、自分は何も知らなかった。

ドリスがそっと腕にふれたのがわかったが、チャーリーは顔をあげなかった。アニーがリビングウィルを残していなかったら自分が決めなければならなかったのだろう。そして自分には、彼女のためだとわかっていても栄養注入を拒否することなどできなかったにちがいない。

「少し外に出ていますから」ドリスがベッド脇のブザーを指さす。「何かあったら鳴らしてください」

足音が遠ざかり、静かにドアが閉まった。アニーに言いたかったことを伝えるチャンスなのに言葉が見つからなかった。もう何百回も言ったからだ。残されたのは別れの言葉だけ。だが別れを告げる覚悟はできていない。

バクスターとメイシーは集中治療室の待合室で生活しているようなものだった。近くのモーテルに部屋をとって交替で着替えと入浴をすませ、あとは待合室で食べ、眠った。トニーの意識は戻らなかったが、看護師によるとバイタルサインは刻一刻とよくなっている。それだけで充分だった。

三時ごろ、トリッシュからメールが届いた。メールを読んだメイシーはため息をつき、携帯を夫に見せた。

〝ついさっき、トニーが無事だと知りました。トニーさえ無事なら何も望まないと祈っていたので、神様が祈りに応えてくれたのだと思いました。ランダルとつきあっていたことをトニーに話しておけばよかったと後悔しています。でもトニーとつきあって一カ月以上経《た》つまで、彼がランダルやジャスティンと友だちになったなんて知らなかったんです。そのころにはどう切りだせばいいかわからなくなっていました。馬鹿でした。そのせいでトニーは死にかけたんですから。この先ずっと彼に憎まれても仕方ないと思います。おふたりがわたしを責めても文句は言えません。わたしはひたすら、トニーを助けてくださったことを神様に感謝しつづけます。ごめんなさい〟

「まいったな」バクスターが目尻の涙をぬぐった。

メイシーは夫の肩に頬を寄せた。「若いときの恋愛は愚かなものよ。愚かだからこそすばらしくて、恐ろしいの。でも、ランダルとジャスティンのしたことについてトリッシュにはなんの責任もないわ。トニーを傷つけたのはあくまでランダルたちよ。トリッシュはトニーを愛しただけ」

「トニーがどう思うかはわからないよ」

メイシーは黙って考えたあと、夫の手をさがした。

「目を覚ましたとき、あの子はもとのあの子のままでいてくれるかしら」

バクスターが小さく首をふった。「どんなふうになっても、大事な息子には変わりないさ」


ワイリックの午後は静かに過ぎていった。チャーリーが施設から戻ってこず、連絡もなかったので、アニーに何かあったのだと悟った。チャーリーは今、どんな思いでいるのだろう。胸が痛んだが、いつものように感情を抑えて仕事に集中した。終業時間になったので荷物をまとめた。事務所の入り口で立ちどまる。

セキュリティーライトが部屋全体に白っぽい光を投げかけていた。秩序立っていて穏やかな空間だ。マーリン邸の地下の部屋にいるみたいに心が休まる。毎日のように渋滞を縫って通勤しなければならないとはいえ、家も職場も居心地がいいなんて自分は恵まれているのだ。

チャーリー・ドッジは恋人ではないが、パートナーにはちがいない。お互いに問題の多い人生を抱えているからこそ、他人の抱える問題を解決することで精神的な安らぎを得ている。

ため息をついてドアを閉め、エレベーターへ向かった。まだ営業している事務所もいくつかあって、ドアの向こうからこもった話し声が聞こえてきた。エレベーターに乗って、夕食のメニューを考えながら下へおりる。

駐車場は照明に照らされていた。いつも入り口近くにとめるようにしているが、外に出る前に不審者がいないか確認するのは忘れなかった。ボイントンのおかげでふたたび警戒心が強まっている。

ベンツに乗ってエンジンをかけ、ピザのテイクアウトを注文する。これで夕食のメニューに頭を悩ませる必要はなくなった。

アクセルを踏み、タイヤをきしませて通りへ飛びだす。猛スピードで車を走らせると気分がすっきりした。ほかに気を紛らわせてくれるのはチョコレートとペプシだ。遺伝子操作されたことを思えば、常習的に欲するものがその程度で幸運だった。

ランダル・ウェルズとジャスティン・ヤングのあいだに、もはや友情は存在しなかった。嘘がばれたことも大きいが、それぞれの親が雇った弁護士が敵対するように仕向けたからだ。

被害者を傷つけるようそそのかしたほうと実際に行動したほうのどちらにより非がある

のか。裁判の争点はそこだ。

明日は罪状認否。

ふたりは未成年用の留置場に入れられ、連邦裁判所で裁かれることになっている。

彼らの人生はもはや彼らの自由にはならなかった。

トニー・ドーソンが裁判でどんな役割を果たすかも未知数だった。


トリッシュ・カールドウェルは夕食をとりながらトニーが無事だったことを母に伝えた。とにかく命が助かったことを祝福しているとき、トリッシュの携帯が鳴った。ふだんなら食事中は携帯を見ないルールだが、今はふつうの状況ではない。

「確認したら?」母親が言った。

トリッシュはうなずき、勢いよく立ちあがってカウンターの上の携帯をとりに行った。送信者を見て内容を確認するのが怖くなった。それでも思いきってメールを開く。

〝ほかの人がやったことに責任を感じる必要はないわ。トニーを傷つけたのはあなたじゃない。あなたはあの子を好きになってくれただけ。それは犯罪じゃない。わたしにもバクスターにもあなたを責める気持ちなどみじんもありません。トニーはまだ集中治療室にいます。体を休めるために鎮静剤を投与されているの。あの子の様子が知りたくなったらいつでも連絡してね。

メイシーとバクスター〟

「ママ、これ」トリッシュは母に携帯を渡した。

メールを読んだベスが娘を抱きしめる。「ほらね。ご両親だってあなたを責めてはいないのよ」

トリッシュは息を吐いた。「よかった。すごく怖かったから」

「トニーだって同じように感じてくれるかもしれないわ」

トリッシュは首をふった。「元気になってくれればそれ以上は望まない」

「わかった。でも、あなたにお願いがあるの」

トリッシュは眉をひそめた。「お願いって何？」

「明日は学校へ行って、トニーが生きていることをみんなに伝えましょう」

「きっとみんなもう知ってるわ」

「誰から聞くの？　トニーのご両親はオデッサにいるし、ランダルやジャスティンの親が言うとは思えない。あなたが学校へ行って、みんなに真実を伝えるのよ」

「わたしのせいでトニーがけがをしたって？」

「〝真実は人を自由にする〟って言葉があるでしょう。ランダルとジャスティンはずっとここで育ったから友だちも多いけど、トニーは転校してきたばかりよ。今回の事件で、少しでもトニーに非があったなんて誤解されたくないでしょう。あなたとトニーがこの先どうなるかはわからない。でもあなたは、学校や地域における彼の居場所を守ってあげることができる」

トリッシュは目を見開いた。「そんなふうに考えたことがなかったけど、ママの言うとおりだわ。トニーは何も悪くないって伝えなきゃ」

「それでこそわたしの娘だわ」

「明日は学校へ行く。真実を伝えるために」

8

ピザを食べながら映画を観《み》ていたワイリックは、マーリンの様子を見に行くつもりだったことを思い出した。時計を見るともう九時だ。訪ねるには遅すぎるかもしれない。それでもテレビの音を消して上階の物音に耳を澄ませてみた。

何も聞こえない。

広い屋敷なので離れた部屋にいたら生活音も聞こえないだろうが、もう寝てしまった可能性もある。映画を最後まで観て、残りのピザをしまった。明日の朝食はまたピザだ。

汚れた食器を片づけてごみを外に出し、引き返すときに上の階を見あげた。常夜灯のぼんやりした光がかすかに窓を照らしている。やはり寝てしまったようだ。

どこかでサイレンが聞こえ、犬が吠《ほ》えた。身震いして部屋に戻る。

ベッドに入ってからチャーリーのことを考えた。結局、いつから新規の依頼を受けられるのかわからないままだ。臨機応変に対処するしかない。

チャーリーは夕方までアニーのそばで、緩和ケアを専門とするドリスや施設のスタッフが頻繁に出入りするのを静かに見守っていた。今やアニーの看護には大勢の人がかかわっている。

いつもならふたりきりになりたいと思うところだが、衰弱したアニーを見ているのはつらいので、むしろひとりでないことが救いだった。

ついにドリスが口を開いた。「食事をして、休まなきゃいけませんよ」

「妻のそばを離れるのが怖いんです」

「お気持ちはわかりますが、まだそこまで悪くありません」

「どうしてわかるんですか?」

「十四年のキャリアは伊達《だて》じゃありませんからね。脈拍もしっかりしていますし、大丈夫です。急変したらすぐにご連絡しますから」

アニーをふり返り、ドリスを見る。「自宅から二十分ほどで来られます」

「わかりました」

アニーの頬をなで、上体をかがめて耳もとでささやく。「きみの名前はアニーだ。きみを愛しているぼくはチャーリーだよ」

部屋を出るときアニーを見捨てるようでうしろめたかった。だがそれは自分の感傷にすぎず、実際のところ今のアニーは夫など必要としていない。ここから先は彼女ひとりの闘いなのだ。

　廊下へ出たとたん、一刻も早く建物の外へ出たくなった。内扉までせかせかと歩き、ブザーを押す。施錠が解除される音を聞くと同時にドアを開けた。

　ドアの外が別世界のように感じられた。このロビーは失われた世界と現在とをつないでいる。

　ピンキーの姿はなく、若い男が受付に座っていた。

「お疲れさまでした」受付の男が言った。

「どうも」建物の外へ出る。

　来院者の駐車場にはチャーリーのジープを含めて二台しかとまっていなかった。

　施設から離れるのが怖いと思う一方で、ジープに飛び乗って全力で遠ざかりたい気持ちもあった。思いきりアクセルを踏めば、最愛の女性を失うという悪夢を追い越すことができるような気がした。

　まっすぐ家に戻り、ドアを閉めて深呼吸をする。荷物をソファーの上に置いてシャワーを浴びた。

　ベッドに入って初めて、携帯をチェックする余裕ができた。

　バクスターとメイシーからメールが届いていた。トニーはがんばっているようだ。

　涙で視界がぼやけた。

アニーもトニーも病院のベッドで闘っているが、アニーが人生の幕を閉じる旅をしているのに対して、トニーの人生はまだ幕が開いたばかりだ。彼が旅を続けられるかどうかは神の御心《みこころ》にかかっている。

意外にも、ワイリックからは着信がなかった。そういえば次の依頼を受けられるかどうか連絡しなければいけなかった。ワイリックの番号を表示する。

〝新しい依頼はとらない〟

送信をタップして携帯を充電器に戻し、明かりを消した。

朝、シャワーから出たワイリックの耳に、携帯の着信音が聞こえた。チャーリーかもしれないと濡《ぬ》れた体にバスタオルを巻いてリビングへ向かう。

意外にもマーリンからのメールだった。

〝話がある。朝、時間をつくれないだろうか。それほど長くはかからない。上階へ続くドアの鍵を開けておくから、都合がつくならあがってきてくれ〟

ワイリックは眉をひそめた。マーリンらしくないメールだ。出勤前におしゃべりしたがるタイプではないのに。それでもマーリンの頼みを無視するつもりはなかった。急いでバスルームに戻って体を拭き、スエットの上下を着てテニスシューズをはく。地下の部屋から地上へ続く階段には上と下にそれぞれドアがある。地下室のドアはワイリックの部屋から鍵をかけられるようになっていた。鍵を開け、階段を駆けあがって一度だけノックしてから、返事を待たずにドアを開けた。

マーリンは食卓でコーヒーを飲んでいた。両方の手でカップを抱えて、まるで指先をあたためているかのようだ。ナプキンにのった食べかけのスイートロールが脇に押しやられている。長い白髪をうしろで縛り、顎ひげを剃《そ》っているので、やつれた顔がいつも以上に強調されて見えた。それでもマーリンはうれしそうに目を輝かせた。

「おはよう、ジェイド。一日の初めにきみの顔を見られて何よりだ。コーヒーと甘いパンがカウンターの上にのっているから、ほしければとってくれ」

「いったいどうしたの」

マーリンが首をふってカウンターを指さした。「まずはコーヒーだ」

自分の分をついで、少し迷ってからクリームを入れる。それからアプリコットデニッシュをひとつとって食卓についた。

「ひげを剃ったのね」そう言ってデニッシュにかぶりつく。

マーリンはうなずいた。

「次は髪を剃るんだ」

「どうして？」ワイリックは眉をひそめた。

「きみみたいになりたいから、かな」

意味ありげな発言がワイリックのみぞおちに突き刺さった。「病気なんでしょう？　なんの病気？　わたしにできることはない？」

「何もないよ。誰にもどうすることもできないんだ。末期の肝臓がんだからね。もう長くない。頭がしゃんとしているうちに確認しておかなければならないことがあって来てもらった」

ワイリックはマーリンの手を握った。「腕のいい医者を知ってるから、新薬のトライアルがないか訊《き》いてみましょうか」

マーリンは首をふった。「もうそういう段階ではないよ。だいいち病気のことはとっくに受け入れた。この年まで生きたんだから思い残すことはないよ」

「わたし、引っ越したほうがいい？　そういう状況なら下宿人なんて置きたくないでしょう」

「いや逆だ。今日、来てもらったのは、きみを単独の遺産相続人に指名したことを伝えるためだよ」

ワイリックは目を見開いた。身寄りのない自分には、遺産なんて一生縁のない言葉だと思っていた。

「ああマーリン、なんて言ったらいいか……」

マーリンはほほえんでワイリックの手をやさしくたたいた。「わしは残り少ない日々をここで過ごしたいと思っている。わしが逝ったあと、この屋敷のことはきみに任せる。住んでもいいし、売ってもいい。病気のことも、しかるべきときが来たら二十四時間看護を雇うから、きみに負担をかけるつもりもない。ただ、わしが寝たきりになったら、看護チームを監督して賃金を支払ってもらいたいんだ」

「もちろんよ。遺産なんかもらわなくたってそうするわ」

「わしには家族がいない。今となっては友と呼べる人も……きみしかいないんだよ」

「あまり友人向きとはいえない性格だけど」

「それをいうならわしも同類だ。世間とのつきあいを断って生きてきたからね。だが、きみがこの家に下宿したいと言ってくれたとき、素直にうれしかったんだ。同じ屋根の下にいてもいいと思うほどきみから信頼されていることが誇らしかった」

ワイリックはため息をついた。「実は、少し落ち着いたからダラスに家を買おうかと思っていたの。でも、ここに住みつづけられるなら最高だわ」

「さっきも言ったとおり、もっときれいでおしゃれな場所がよければこんなボロ屋は売っていいんだよ」

「わたしはここが好き。ダラスに移って初めて、心から安心できた場所だから」

「それは光栄だ」

呼び鈴が鳴った。

「出てくれるか?　弁護士のロドニー・ゴードンだ。必要な書類を持ってきてくれたんだ」

ワイリックは椅子からぴょんと跳びあがって玄関へ走った。

ドアの向こうに弁護士が立っていた。「おはようございます。ロドニー・ゴードンです。アートと約束しているんです」

ワイリックは眉間にしわを寄せた。「アート?」

「アーサー・マーリンのことですよ。あなたはジェイド・ワイリックでしょう」

「そうです。すみません、わたしはマーリンと呼んでいるのでちょっと混乱してしまいました。どうぞお入りください。彼はキッチンにいます」先頭に立って歩く。

「おはよう、アート」ロドニーが言った。

マーリンがうなずく。「おはよう。コーヒーとデニッシュをどうぞ」

「朝食はすませてきたから大丈夫だよ。みんな忙しいだろうから本題に入ろう」

椅子に座ったワイリックは、弁護士がとりだす書類の量を見てあっけにとられた。マーリンの預金を管理する権利、生活のあらゆる面で代理人になる権利、マーリンの存命中から好きなときに母屋に住み、好きに改築する権利など、次から次へと署名が必要な文書が出てくる。

手続きが終わるとファイルフォルダー一冊分の覚え書きを渡された。セキュリティーシステムの暗証番号を教えられ、母屋の鍵も授かった。

マーリンがもう行っていいというように手をふる。

「仕事があるのに引きとめてすまなかった。また時間のあるときに話そう」

ワイリックは立ちあがった。出ていく前にマーリンの首に腕をまわす。

「ありがとう。大好きよ」

「こちらこそありがとう。こういうときに頼れるのはきみしかいない」

涙を見られないように地下の部屋へ駆け戻り、着替えをした。出勤時間を過ぎているのでチャーリーに短いメールを送る。

〝遅刻しますが問題があったわけではありませんので〟

ゴールドのベストに黒いパンツを合わせようとして手をとめ、七分丈のシャツにデニムジャケット、スキニージーンズを選ぶ。足もとは赤い刺繍《ししゅう》が入ったパウダーブルーのカウボーイブーツでまとめた。

メイクは真っ赤な口紅をさっとぬるだけにして、財布とノートパソコンの入ったバッグをつかんでドアへ向かった。


目を覚ましたチャーリーは反射的に携帯に手をのばした。ワイリックのメールを読んで肩をすくめる。遅刻するのは自分も同じだ。とくに返信せず、〈モーニングライト・ケアセンター〉に電話をしてドリスを呼んでもらった。

「おはようございます。ドリスです」

「チャーリーです。アニーの様子はどうですか?」

「昨日と変わりません。脈は安定しています」

「急いで面会に行ったほうがいいですか?」

「危篤かという意味でしたら、まだそういう段階ではありませんよ」

「わかりました。ではのちほど伺います」

「今日は別の看護師が担当します。レイチェルといって、とても信頼できる人です。あなたが様子を見に来ることを伝えておきます。心配しなくてもアニーに万が一のことがあればすぐに連絡しますので」

「わかりました」電話を切ってベッドの上に体を起こし、耳を澄ませる。なんの物音もしない。

昨日はよく眠れなかったので、そのまま二度寝したい誘惑にかられた。だが寝たからといって事態が好転するわけではない。むしろ忙しくしていたほうが余計なことを考えずにすみそうだ。

立ちあがってシャワーを浴びに行く。仕事の準備をしなくては。

ダレル・ボイントンはひと晩じゅう、ジェイド・ワイリックのことを考えていた。気味の悪い女だ。おれを差し向けたのがサイラス・パークスだということを知っていた。だがおれが殺し屋だということまでは知るまい。

ひょっとしてサイラス・パークスが彼女に刺客を差し向けるのはこれが初めてではないのかもしれない。そうなると少々厄介だ。顔見せをしてワイリックの警戒を解くどころか無駄に警戒させたことになる。

ジェイド・ワイリックは待ち伏せされたことも、黒幕が誰かも知っていた。独断で動く前にサイラス・パークスと話したほうがよさそうだ。

仕事の準備をしてダイニングルームへおりる。料理人にベルギーワッフルとベーコンをオーダーしてあった。しぼりたてのオレンジジュースも欠かせない。コーヒーの前に飲むのだ。ボイントンは習慣を守るのが好きだった。験担《げんかつ》ぎのようなものだ。

料理はサイドボードの保温用器具に入れてあり、ジュースとコーヒーはテーブルに置いてあった。ジュースを飲み干したところで三枚のワッフルにバターをぬり、シロップをかけてナイフでひと口サイズに切る。あたたかくてこんがりと焼き色のついたワッフルのポケットに塩味のバターがとろけてたまり、メープルシロップと混ざり合う。最高の朝食だ。

黙ってワッフルを食べ、携帯で新聞を読んだ。いつものように九時少し前に家を出る。車に乗るとすぐ、サイラスの番号に発信した。

サイラスは会議の会場へ車で移動中だった。限られた者にしか教えていない裏の携帯が鳴る。ポイントンから任務成功の知らせにちがいない。

「パークスだ」

「あの女はいったい何者なんだ?」

「何かあったのか?」

「質問に答えてくれ」

「どうしてそんな質問をする」

「おれを見ただけであんたが雇い主だと言いあてた。手を引かないとあんたもおれも破滅させると言われた。だから質問に答えてくれ。あいつは何者なんだ。おれの人相や、稼業を知っているやつはこの世に存在しない。あんたとおれをつなぐものも存在しない」

「私の名前を言いあてただと?」サイラスは震えた。

「そうだ。おれの顔を見ただけで、あんたとつながっているとわかったようだった。おれにとっては非常に具合が悪い。残された道はふたつにひとつ。あんたを殺すか、あの女を殺すかだ。ふたりまとめて殺したほうが安全かもしれない」

車内は充分に冷えているのにサイラスの背中を汗が伝った。ポイントンのことは、腕のいい殺し屋だということしか知らない。仕事を依頼するうえではそれで充分だったが、自分が狙われるとなると話は別だ。人相もわからない相手からどう身を守ればいい？

「いや、その必要はない。約束の金を振りこむからこの仕事は終わりにしよう」

「ふん、いいだろう。どっちにせよあの女は敵にまわしたくない」

「彼女の能力は人類の理解を超えているからな」

「つまり、あんたは失敗するとわかっていておれを差し向けたのか？」

「雇ったときはそんな能力があるなんて知らなかった。だがおまえを見ただけで私と関係づけたとしたら、知らないあいだに新たな能力を身に着けたということになる。とんでもない速度で進化しているということだ」

「新たな能力ってどういう能力だ」

「彼女に秘密は通用しない。接近しただけで勘づかれるから殺すこともできない。追跡も無理だ。それはすでに試した」

「最初の質問の答えをもらっていない。あの女は何者なんだ？」

「私は制御不能のばけものを生みだしてしまった」サイラスは言った。「死にたくないならかかわるな」

　ワイリックはマーリンのことで頭がいっぱいだった。事務所の階の廊下を歩いていくと電話の音が聞こえた。

最後の数歩を走って鍵を開け、電気をつけて荷物を机に落とす。

「〈ドッジ探偵事務所〉です」

聞こえてきたのはダイヤルトーンだけだった。相手があきらめて電話を切ったのだ。よく考えてみれば、かけなおしてこなくてもとくに問題はない。今、この事務所には肝心の探偵がいないのだから。

コートをクローゼットにしまってパソコンの電源を入れる。それから給湯室へ行った。コーヒー豆の入った容器を手にしてため息をつく。

気持ちが沈むのはどうしようもなかった。マーリンががんを患ったことがただただ悲しかった。同時に、彼の遺産相続人に指名されたことをどう受けとめればいいのかわからず、混乱していた。マーリンはあの屋敷をとても大事にしていた。あそこならセキュリティーも万全だが、まさか自分のものになるなんて想像もしなかったのだ。ずっとマーリンが住みつづけるものだと思っていた。

コーヒーメーカーをセットして、行きがけに買ってきたドーナツを皿に盛る。続いてメールや郵便物のチェックをした。チャーリーの机に必要な書類を置いてから、ふと窓の外を見る。

前線が近づいているせいか、ダラスの街並みがいつになくドラマチックに見えた。遠くの空に黒い雲が高く積み重なっている。通りを行き交う人が帽子やコートの胸もとを押さえているところからして、風が強くなってきたのだろう。こんな日は地下の部屋で丸くなっていたい。


チャーリーは事務所へ向かって機械的に車を走らせていた。事務所の入ったビルを見て初めて、ふつうに仕事をすることなど不可能だと気づく。

駐車場に入るまで、嵐が近づいていることにも気づいていなかった。車から降りたとたん強風に襲われ、小走りで建物に入った。

所長室のドアを開けると、ワイリックが窓の外を見ていた。

「かなり荒れそうだな」チャーリーはステットソンをとってラックにかけ、ジャケットをクローゼットにしまった。

「嵐は嫌いです。昨日の分のメールなどは机の上に置きました」ワイリックはそれだけ言って所長室を出ていった。

チャーリーは愛想のない対応に気を悪くすることもなく、給湯室へ行って自分の分のコーヒーをカップにつぎ、ドーナツをとった。

伝言や郵便物に目を通し、必要なメモをとりはじめたものの、やはり集中できない。壁の向こうからワイリックの声が聞こえてくる。電話の応対をしているのだろう。メールを開いて読みはじめる。

　ダラス近郊の依頼で引き受けてもいいと思うものは何件かあったが、どれも緊急性はなかった。行方不明の子どももいない。ワイリックが電話を切るのを見計らって所長室を出た。

　ワイリックはどこかぼんやりしていた。そんなところを見るのは初めてだ。

「大丈夫か？」

　ワイリックがびくりとしてこちらを向いた。

「どうかしたのか？」

「マーリンが死にそうなんです」

　チャーリーは一瞬、頭が真っ白になった。マーリンと聞いてディズニーの魔法使いを思い浮かべたからだ。一拍おいて、ワイリックが下宿している屋敷の家主だと思い出す。

「アニーも死にそうだ」

　ワイリックが深く息を吸い、机の上に両手をついた。そうしていないと立っていられないとでもいうように。

「〝お気の毒に〟という言葉がなんの助けにもならないのはわかっています。でも、ほかに言葉が思い浮かびません」

　ワイリックの声はかすかに震えていた。

「マーリンのことも、お気の毒に」

　ワイリックがうなずく。

「来てくれ」

　ワイリックは素直についてきた。ミニバーでふたつのグラスにウィスキーをつぐ。ひとつをワイリックのほうへ差しだし、もうひとつを自分が持った。乾杯するようにグラスを掲げる。

「何に乾杯するんですか？」

「アニーとマーリンに」

「アニーとマーリンに」

　グラスがぶつかる。チャーリーはいっきにウィスキーを流しこんだ。喉から胃へ炎が通ったように熱くなる。

　ワイリックも杯を空けていた。目に涙が浮かんでいる。

　チャーリーは深く息を吸った。

「こんなはずじゃなかったのに」ワイリックがグラスを置いて自分の机に戻った。

「まったくだ」チャーリーはつぶやき、泣きたいのをこらえてグラスを流しへ運んだ。

　トリッシュ・カールドウェルは校長室へ入り、秘書に声をかけた。

「校長先生にお話ししたいことがあるんですが」

「ちょうど会議で出かけるところだから、あとでも――」

「トニー・ドーソンのことです」

それを聞いた秘書はためらわずにインターコムを押した。

「なんだ？　これから会議だからと――」

「トリッシュ・カールドウェルが面会に来ています。トニー・ドーソンのことで至急、話したいことがあるそうです」

「通してくれ」

トリッシュは校長室に入った。

「座りなさい」

トリッシュは校長の向かいに座って膝の上で手を組んだ。「あの、いくつかお話ししなければならないことがあります。まず、トニーは生きていました」

「それはよかった！　すばらしいニュースだ！」校長が心からうれしそうな顔をする。

トリッシュの胃が重くなった。「いいニュースだけじゃないんです。ランダル・ウェルズとジャスティン・ヤングがＦＢＩに逮捕されました。瀕死《ひんし》のトニーを山に置き去りにして、森林警備員に嘘をついた容疑だそうです」

校長が目を見開く。「なんだって？　そんな……まさか……」

「本当なんです」

トリッシュはワイリックから聞いた話を校長に伝えた。いさかいの原因をつくったのが自分であることも隠さずに打ち明けた。話しおわるころには目に涙がたまっていた。「ランダルとつきあっていたことをわたしがちゃんと話していたら、トニーはトレッキングなんて行かなかったと思うんです」そこで言葉を切り、大きく息を吸う。「でも、ランダルたちがしたことは、あのふたりの責任です。わたしのせいじゃない」

「もちろんだ。それでトニーは今、どこにいるんだい？」

「オデッサの病院の救命外傷センターに入っています。ご両親にも連絡しました。今のわたしがトニーのためにできることは、ランダルやジャスティンと仲のいい子たちがトニーを悪者にしないように、学校のみんなに正しい情報を伝えることだと思いました。トニーは何も悪いことをしていないし、彼が助かったのは奇跡です」

校長はしばらく無言で考えこんだ。

「こういうのはどうだろう。トニーが生きていたことは、私から全校生徒に伝える。ランダルとジャスティンがＦＢＩに逮捕されたことも含めてね。逮捕の理由はトニーが死んだと決めつけて山に置き去りにしたうえ、森林警備員や警察に嘘をついたからだ。それ以外のことは言わない。きみがランダルとつきあっていたとしても、それをトニーに言わなかったとしても、それはあくまできみとトニーのあいだの問題だ。あのふたりの行為は正当化できない」

「ありがとうございます」

校長はティッシュの箱を差しだした。

「さあ涙を拭いて。もう一時間めは始まっているからアンジーに一筆書いてもらうといい。今日はトニーが生きていたことをみなで喜ぼう。そして一日も早い回復を神に祈ろう」

「はい」

「教室へ行きなさい。トニーのことはこのあと全校放送で伝えるよ」

トリッシュは急いで校長室を出た。秘書に一筆書いてもらって教室へ向かう。

十分ほどして教室のスピーカーから校長の声が聞こえてきた。

「おはよう、校長のライムリーだ。今日はみなさんと分かち合いたいニュースがある。トニー・ドーソンが生きて見つかった。無事を願うわれわれの気持ちが天に届いたんだ。ただしトニーは州内の病院の集中治療室に入っている。予断を許さない状態だ。もうひとつ、残念なニュースもある。ランダル・ウェルズとジャスティン・ヤングがＦＢＩに逮捕された。トニーが死んだと決めつけて山に置き去りにし、森林警備員に嘘の証言をした。詳しい事情はこれから明らかになるだろうが、トニーが正義を得られるように、そして一日も早く回復するように、引きつづき祈ってほしい」

トリッシュのクラスメートたちは衝撃を受けていた。ほかのクラスも静まり返っている。

クラスメートたちがトリッシュを見た。

「知ってたの？」近くの席の女の子が尋ねる。
トリッシュはうなずいた。「昨日の午後、聞いたの」
たちまちみんながトリッシュに質問を浴びせはじめた。
トニーが生きて戻ってきてくれた。トリッシュにはそれ以上望むものはなかった。

9

ダレル・ボイントンは上機嫌だった。この分なら四半期の利益が十二パーセント増しになる。休日のショッピングに繰りだす人たちが高揚した気分のままスポーツバーにお金を落としてくれるおかげだった。

十月でこれほどの売り上げならクリスマスや新年はさらに高い利益を見込めるだろう。上機嫌に水を差すのはジェイド・ワイリックのことだけだ。

ボイントンは金のために裏稼業をしているわけではない。スポーツバーの経営者として生活に不自由しない金額は稼いでいた。ただ、仕入れた酒瓶が割れているとか、食材が行方不明になったとか――日々のこまごました問題を処理していると窒息しそうになることがある。それを発散させるために刺激が必要だった。獲物を追いかけるスリルや、他人の目から生命の光が消えるのを眺める快感はもはや病みつきだ。ボイントンにとって裏稼業は、神に近づく唯一の方法だった。死んだあと、地獄に落とされるのはわかっているのだから。

そしてこれからも裏稼業を続けるためには、ワイリックという脅威を一刻も早く排除しなければならなかった。そのために彼女のことをもっと知る必要がある。パソコンの前に座ってワイリックの名前を検索してみた。最初のキーワードはテキサスにした。百件近いヒットがある。ダラスという条件を加えるといっきに十件まで減った。それぞれちがうミドルネームだ。本人のミドルネームは知らないので年齢で選別することにした。十歳ずつ年の離れた三人の女性がヒットしたが、どれもワイリックではなかった。

そういえばあの女はベンツに乗っていた。私立探偵の秘書が乗るにはいささか高級すぎる車だ。ジェイド・ワイリックの名前で負債を抱えている者はいないので、おそらく実家が金持ちか何かなのだろう。だとしたらどうして探偵のアシスタントなどやっている？　そう考えた瞬間、自分の間抜けさに笑いがもれた。要するにアシスタントは表の顔なのだ。ただ、ジェイド・ワイリックに表の顔が必要な理由がわからない。

サイラス・パークスに危険だから手を出すなと言われたからといって、従うつもりはなかった。ジェイド・ワイリックは脅威であると同時に興味深い標的だ。手ごわい相手だからこそ期待が募る。ジェイドについて掌握しているのは職場と、彼女がなんらかの特殊能力を持っているということだけ。ボイントンは超能力を否定するつもりはなかった。そもそも超能力でもなければ、自分とサイラス・パークスのつながりを言いあてることができるはずもない。

少なくとも職場はわかっているのだから、次に調べるべきは自宅だ。方法はふたつあった。ひとつは尾行だが、すでに失敗している。もうひとつは車にＧＰＳトラッカーをつけること。

別の人間が試そうとして失敗したことも知らず、ボイントンは金庫からＧＰＳトラッカーをとりだした。ノートパソコンと追跡装置をブリーフケースに入れて部屋を出る。秘書の机で足をとめた。

「ちょっと早いがランチに行く。そのあと次に出店する候補地を見てまわるから午後は戻らない。何かあったら携帯に連絡してくれ」

「承知しました」

スポーツバーの外に出ると冷たい風が吹きつけた。黒い雲が空をおおっている。

「雨か」そうつぶやいて車に乗った。

チャーリーは午前中ずっと所長室にいたが、仕事はまったく進んでいなかった。アニーのことばかりが頭に浮かぶ。昼になって、これ以上、ここにいても無駄だと立ちあがった。ぐんとのびをしてからうしろの窓をふり返る。黒い雲がダラスの市街地をおおい尽くそうとしていた。

駐車場を見おろしたとき、一台の車がかなりのスピードで通りを走ってくるのに気づいた。車がワイリックのベンツのすぐうしろに横滑りしてとまる。

眉をひそめて見ていると、運転席から男が飛びだし、ベンツのうしろで膝をついた。

チャーリーは踵《きびす》を返して駆けだした。


所長室を飛びだして事務所のドアに直進するチャーリーを見て、ワイリックは顔をあげた。何が起きたのかわからないが、ただ事ではなさそうだ。あとを追いかける。廊下に出たとき、すでにチャーリーの姿はなかった。階段室の前を通りすぎざま足音に気づく。ワイリックは階段室に飛びこみ、一段飛ばしで階段をおりた。ロビーに到着したちょうどそのとき、表へ飛びだすチャーリーの背中が見えた。


駐車場に出たチャーリーは、ベンツのそばで立ちあがる男を見た。

チャーリーに気づいた男が身構えようとしたところをタックルして地面に倒す。

タイミングを計ったように雷鳴がとどろき、いっきに雨が降ってきた。

男が早口で悪態をつきながらもがき、チャーリーの胸や肩を殴りつける。

うんざりしたチャーリーは右手をふりあげて男の顔に強烈なパンチをお見舞いした。

男が気絶して、だらりと手足をのばす。

「警察を呼べ」チャーリーは離れたところで様子を見ていたワイリックに向かって指示し

た。

「ダレル・ボイントンですね」ワイリックはそう言ったきり動かない。

チャーリーはため息をつき、ワイリックの手から携帯をとって警察に通報した。携帯を返したとき、ワイリックはまだボイントンを見つめていた。放心している彼女を見るのは初めてだ。

「何があったんです?」

「きみの車に細工していた」

ワイリックの目がぎらりと光る。「冗談でしょう」

「ぼくは好きこのんで男にタックルしたりしない。しかもこんな天気の日に」

ワイリックが携帯をポケットにしまって地面に膝をつき、バンパーを調べる。すぐにGPSトラッカーが見つかった。ワイリックは激しい怒りに声をあげ、車の前方にまわって同じように調べた。タイヤカバーの奥のほうにGPSトラッカーを発見する。

ボイントンに手錠をかけたチャーリーは、ベンツのバンパーに寄りかかった。戻ってきたワイリックがボイントンの靴を蹴る。「よくもこんな真似《まね》を! サイラスと話さなかったんでしょう。さもなきゃこんな愚かなことをするはずない。しかもチャーリーの事務所の下で細工をするなんて」

ボイントンはまぶたをひくつかせ、土砂降りのなかで目を開けた。初心者でもしないようなヘマをしたが、初心者のふりをすれば切り抜けられるかもしれないと思った。「あんたがあまりにも謎めいているからあきらめられなかったんだ。失《う》せろと言われたのはわかってる。ただ住所を調べて花を贈りたかっただけさ」

チャーリーはボイントンを見たあと、ワイリックに視線を移した。

ワイリックはボイントンの話をまったく信じていないらしく、もう一方の靴を蹴った。

「下手な嘘はやめて。サイラス・パークスに雇われたんでしょう。あんたみたいな男は過去に何人もいたし、サイラスには警告をした。あんたたちは自分で地獄の扉を開いたのよ」

サイラス・パークスの名前を聞いたチャーリーは愕然《がくぜん》とした。そうなるとボイントンはただのクレーマーではないということだ。

ボイントンも必死で考えていた。何人もいた？　それを知っていたらこんな真似はしなかった。

「な、なんのことかわからないな。そんな名前のやつは知らない。おれはスポーツバーの経営者だ。あんたのボスとちがって、金をもらって人をつけまわすようなことはしない」

ワイリックはボイントンの前にしゃがんだ。「うちのボスを雇おうとしてたじゃないの」

「あんたに会いたかっただけだ」

「サイラス・パークスが殺せと命じた女に興味があったんでしょう？　あの男はこれまで

何度もわたしを組織に連れ戻そうとした。でもとうとうしびれを切らして殺し屋を雇うことにしたのね」

ボイントンは目を見開いた。ワイリックにはすべてお見通しらしい。

「そんなことはない！」

「なんとでも言いなさい。ストーカー行為で訴えるから」

「弁護士にもみ消してもらうさ」

雷がとどろく。そこへおおいかぶさるようにパトカーのサイレンが聞こえてきた。

「やれるもんならやってみるがいいわ。フリーウェイでわたしを尾行したときにスピード違反で捕まっているし、最初にこの駐車場でいやがらせをしたときの監視カメラの映像に加えて、ＧＰＳトラッカーを仕込もうとしている映像もある。なんといってもチャーリー・ドッジの目撃証言つきでね」

ボイントンがうめく。自分をまったく恐れない相手に会うのは初めてだった。この女はほかの標的とは決定的にちがう。この世に怖いものなど何ひとつないかのようだ。

男がワイリックの車に細工をするところを目の当たりにしたときから、チャーリーの心拍数はあがりっぱなしだった。ＧＰＳトラッカーではなく爆発物だったらどうなっていたことか。彼女の敵ならそのくらいやりかねない。しかも犯人は一度ならずワイリックに接近していたらしい。トニー・ドーソンの捜索とアニーの急変でまったく気づいていなかった。彼女を守れなかったのだ。

怒りを爆発させるワイリックを、チャーリーは黙って見守った。〈ユニバーサル・セオラム〉とサイラス・パークスが何をしたのか正確に理解できているわけではないが、それが法にふれた行為で、かつ非人道的なものだったことくらいはわかる。それだけで充分だ。

パトカーがとまった。誰も武器を手にしておらず、ひとりが地面に倒されて手錠をかけられていることを見た警官たちは警戒をゆるめ、車から降りてきた。

チャーリー・ドッジとワイリックのことはダラス市警の人間なら誰でも知っている。

「ミスター・ドッジ、ダラス市警のラモスです。何があったんですか」

「誤解だ」ボイントンが訴える。

「誤解なんかじゃありません」チャーリーが言い、ボイントンの名前と自分の見たことを伝えた。どうやって捕まえたか、どれほど抵抗されたかを。

「この人はわたしの車にGPSトラッカーをつけようとしていました」ワイリックはGPSトラッカーを警官に渡した。「ストーカー行為はこれが初めてじゃないんです。この駐車場で待ち伏せされたこともあるし、フリーウェイで尾行もされました。駐車場の監視カメラの映像を見れば待ち伏せの様子と、トラッカーをとりつける様子がわかるはずです」

「事情聴取が長くなるようなら屋根の下に入りませんか」チャーリーが口を挟む。

「今のところはこれで充分です。おふたりの名前と連絡先はわかっていますから、都合のいいときに署へ来て苦情申し立ての書類に記入をお願いします」

ラモスはボイントンをふり返り、部下に指示した。「その男を車に乗せて、権利を読みあげてやれ」

ダレル・ボイントンは本気で焦りはじめた。サイラス・パークスから契約を解除するという条件で約束の金をもらった。ワイリックが申し立てをしたら、刑務所をまぬがれたとしてもサイラスに消される可能性が高い。

ワイリックとチャーリーはずぶ濡《ぬ》れで事務所へ引き返した。黙ってエレベーターに乗り、事務所のある階のボタンを押す。

事務所に戻ったところでチャーリーがワイリックを見た。

「必要なものを持って、これから数日は家で仕事をしてくれ。こんなことがあった直後にひとりで通勤してほしくない。ぼくも今は何かあったらすぐ駆けつけるというわけにもいかない。アニーが危篤なんだ。今のぼくにできることは彼女のそばにいてやることだけだ。苦しみをとりのぞいてやることはできなくても看取《みと》ることならできる」

チャーリーの頬が濡れているのは雨のせいだけではなかった。ワイリックには彼のつらさがわかるからこそ、安易に言葉をかけることができなかった。何もせず、ただ彼が先を続けるのを待った。

　チャーリーがゆっくりと息を吸って口を開く。「きみが危険にさらされていると思ったら心配でアニーのことに集中できない。だから無茶はしないと約束してくれ」

　ワイリックはチャーリーをまっすぐに見た。「わかりました」

「ありがとう。今日からしばらくきみが〈ドッジ探偵事務所〉の顔だ。ぼくは仕事に集中できるようになるまで休みをとるが、家でリサーチする程度で解決する依頼があれば、きみの判断で受けて構わない。それ以外は断ってくれ。ぼくは別の案件で忙しいとでも伝えてくれればいい」

「はい」

　チャーリーがワイリックの顔をさぐり見た。

　ワイリックは静かな決意をたたえて彼を見返した。

「いつも支えてくれてありがとう」

「こちらこそありがとうございます。風邪をひくので着替えてから帰ってください。施設へ行ったあとで何か足りないものがあれば遠慮なくメールしてください。どこにいても届けますから」

「ぼくの居場所はお見通しか。それも特殊能力なのか」

「ちがいます。エバーグレーズで連絡がとれなくなった件のあと、あなたの携帯にトラッカーアプリを仕込んだんです。携帯さえ持っていれば地球上のどこにいてもあなたを見つけられます」

チャーリーはやれやれと首をふった。「今度、昇給するよ」

「その前に着替えを」

チャーリーは所長室へ入り、奥のバスルームで服を着替えた。ワイリックも自分の洗面所で同じことをする。

乾いた服を着て仕事道具をまとめているとき、チャーリーが出てきた。手をとめて彼を見たワイリックは、泣きそうになって視線を落とした。無言で作業を続けていると、事務所のドアが開いて、チャーリーが出ていくのがわかった。

ワイリックは椅子に腰をおろし、机につっぷしてむせび泣いた。

数時間後、チャーリーは〈モーニングライト・ケアセンター〉へ到着した。ダッフルバッグを担いでロビーへ入る。

「こんにちは」ピンキーが言った。

チャーリーはうなずいて名前を書き、内扉の前に立った。内扉が開くとまっすぐアニーの部屋に向かう。

このあいだとちがう看護師が付き添っていた。ドリスが言っていたもうひとりの看護師だろう。

「アニーの夫のチャーリーです」

「レイチェルといいます。よろしくお願いします。バッグはクローゼットへ入れてください。このリクライニングチェアはベッドになりますから、お好きなだけ滞在なさってください」

「ありがとう」チャーリーは荷物をクローゼットに入れ、ステットソンとコートをぬいでフックにかけ、アニーのそばへ寄った。

ずっと否定していた現実が目の前にあった。アニーはすっかりやせていた。肌は抜けるように白く、青い血管が浮きあがって見える。点滴の管がつながっているが、血管が細すぎてなかなか針を入れられなかったことがひと目でわかった。

ブロンドの長い髪は束になってもつれている。とかしてあげたいが、手をふれただけで壊れてしまいそうで恐ろしい。しかも今のアニーには外見などなんの意味も持たないのだ。

チャーリーはレイチェルをちらりと見たあと、椅子を引いてベッドの脇に腰をおろした。

「アニー、ぼくだよ、チャーリーだ。約束どおり戻ってきたよ」話しかけながら彼女の手のあいだに自分の手を滑りこませる。

レイチェルがそっと肩にふれた。

「苦しんではいませんから」

「バイタルはどうですか？」

「昨日よりは弱くなっています」

心臓をひと突きされたような痛みが走った。

「彼女が旅立つまでそばにいるつもりです」

「わかりました。何か必要なものはありませんか？　コーヒーでもお持ちしましょうか？」

「大丈夫です。気を遣ってくれてありがとう」

「あとでほしくなったらいつでも言ってください。この部屋にいなくても施設内にはいますから」

チャーリーは返事をするのを忘れていた。かすかに上下するアニーの胸を、息を詰めて見つめていた。彼女がまだ生きていることを教えてくれる唯一の現象を。


ワイリックはゆっくりとフリーウェイを走っていた。降りしきる雨と前の車がたてる水しぶきのせいで前方がほとんど見えない。これほどひどい降りは初めてかもしれない。

いつもより手前で一般道におりる。雨脚は変わらなくても、時速百キロ以上で走っているときよりもずっとよく前方が見えるようになった。それでもゲートを通って屋敷の裏手に車をとめたときは全身の筋肉がこわばっていた。それだけ気を張っていたのだ。

荷物を両手に抱えて走って家に入る。荷物をいったんソファーに置いて玄関の鍵をかけに戻った。かちりという音がして初めて肩の力を抜く。ダレル・ボイントンの件があったせいだ。

チャーリーには言わなかったが、ボイントンはサイラス・パークスに雇われた殺し屋だ。サイラスに改めてメールを送らなければならない。〈ユニバーサル・セオラム〉の関連施設を世界規模で三日間のシャットダウンに追いこんだとき以上の報復をするつもりだった。今度は容赦しない。

その前にしばらく在宅勤務になったとマーリンにメールした。楽な服に着替えてから、〈ドッジ探偵事務所〉の仮オフィスを開く準備を始めた。

夜の七時、チャーリーのもとにメールが届いた。ワイリックからだと知ってメールを開く。

〝食事をしないとだめですよ。フロントに食べものを届けましたからロビーに出て食べてください〟

チャーリーはため息をついた。どうして食べていないことがばれたのだろう。

そうか、超能力か。

レイチェルが点滴の落ちる量を調整しているところで立ちあがる。

てあった。

「私宛てですか?」指さして言う。


「十分ほど外します」

「アニーは落ち着いていますから、ごゆっくりどうぞ」

チャーリーはアニーをちらりと見て部屋を出た。ロビーに出るとカウンターに袋が置い
夜間の受付がうなずいた。「ついさっき届いたところです。ご連絡しようと思っていた
んですよ」

「食事のついでに新鮮な空気を吸ってきます」

「談話室の前に中庭があります」

「すぐそこのベンチで充分です」チャーリーは袋を持って外へ出た。

雨はとっくにあがっていて、濡れた地面のにおいがした。暗がりのベンチに座って袋を開ける。ローストビーフサンドイッチだ。ディップソースもついていた。ローストビーフはやわらかく、パンはぱりっとしていて、あたたかなソースとよく合う。チャーリーは無心にサンドイッチを頬張った。

包み紙を紙袋に入れて捨てようとしたところで、底にまだ何か入っていることに気づいた。ハーシーズのチョコレートバーだ。ワイリックがチョコレートを忘れるはずがない。菓子の包みを破って少しずつ食べる。チョコレートバーを食べおわるころには全身があた

たかくなっていた。

食事が終わってしまったことを寂しく思いながら立ちあがり、紙くずをごみ箱に捨てて館内へ戻る。新鮮な空気とたっぷりした食事で、これから数時間を乗り越える力が湧いてきた。


翌日、ワイリックは仮事務所の設置を終え、事務所の電話を留守番電話にした。マーリンに昨日送ったメールにようやく返事が届く。

〝外にいる。さがしに来てくれ〟

上着をつかんで外へ出たがマーリンの姿はない。しばらくさがしたあとで温室かもしれないと思った。

温室に足を踏み入れたとたんあたたかな空気に包まれた。奥のほうにマーリンがいる。

「見つけた」

ワイリックの声にマーリンがふり返り、ほほえんだ。

「入ってくれ。ここに客人が入るのは何年ぶりだろう。トマトは好きかね？　わしの大好物でね、スーパーで買うトマトはトマトの味がしない。大事なのは完熟しきってから収穫することなんだ」

「トマトは好きよ」

「それはいい。これを食べてごらん」マーリンがすぐそばに実っていたミニトマトをもぐ。

ワイリックは素直に受けとって口に入れた。歯を立てた瞬間に果汁が口いっぱいに広がる。

「おいしい！」

「やっぱりな」マーリンが得意げに言う。「それで、在宅勤務になったって？　どういう事情で？」

「チャーリーがしばらく新しい依頼を受けられないから」

マーリンは棚からプラスチックのボウルをとって、ミニトマトをいっぱいに入れて差しだした。

「召しあがれ。まだまだたくさんある。いつかきみが育てるんだ。実ったらわしの代わりに食べてくれ」

ワイリックは小さなボウルにしがみつくようにして温室を出た。喉が詰まって涙が出そうだった。急いで部屋に戻ってドアに鍵をかける。

ボウルをカウンターに置いた瞬間、ずっと周囲を締めだして生きてきたことを思い知らされた。どこにいても必ずドアをロックする癖がついていた。悪人を締めだすためだと思っていたけれど、自分を気にかけてくれる人まで締めだしてきたのかもしれない。

常に追いかけられているような感覚はいつごろ始まったのだろう？　がんになる前から

だろうか？　がんを克服しても、自由になった気はしなかった。

サイラス・パークスのせいだ。父親面をしておきながら、余命いくばくもないとわかるとさっさとわたしを切り捨てた。しかもがんを克服したとなったら人を雇って行動を監視し、組織に連れ戻そうとした。こちらの恐怖心をあおり、反撃されると命を狙ってきた。

身勝手にもほどがある。

「なんでも思いどおりになると思ったら大まちがいよ、パパ」

ノートパソコンを開いて〝復讐《ふくしゅう》〟という名のファイルを開く。〈ユニバーサル・セオラム〉を三日間の操業停止に追いこんで終わりにするつもりだった。よもやこのファイルを使う日が来ようとは……。

ファイルを開いて次々とプログラムを起動する。キーボードの上に指を躍らせてハッキングを開始した。二時間もしないうちにサイラス・パークスの個人資産のほとんどをかすめとり、すべての痕跡を消した。あとはあいさつをするだけだ。

サイラス・パークスの個人用アドレスに宛ててメールを書く。

〝わたしは生きてる。あんたが雇ったポイントンは牢《ろう》のなか。すべてはあんた自身が招いた結末よ〟

送信を押す。メールは開封して一分後に自動で削除されるようになっていた。

続いて事務所の入ったビルの監視カメラをハッキングして、ポイントンが待ち伏せをしていた映像と車に細工をしている映像を抜きだし、警察に送った。ついでにサイラス・パークスが雇ったほかの男たちの名前も加える。サイラスのストーカー行為のせいで引っ越さざるを得なくなった回数とそれぞれの住所も添付した。電子署名をして転送し、大きく息を吐く。今のところ、これ以上できることはない。裁判になれば証人として呼ばれるだろうが、そうなる前にサイラス・パークスがもみ消すだろう。金があればこの世のほとんどの問題は回避できるのだから。

10

サイラス・パークスはビジネスランチの最中だった。支払いをしようと給仕係にデビットカードを渡す。ところが数分後、給仕係が戻ってきて、このカードは使用できませんと言った。

「そんなはずがない。システムトラブルか何かだろう」代わりにクレジットカードを出したが結果は同じだった。三枚めも同じだ。

最後は一緒に食事をしていた取引先の社長が同情して支払いをすませてくれた。

「何かの手ちがいで信用情報機関に名前がひっかかったんだろう。ここは私が払えばすむことだから気にしないでくれ」

それを聞いたとたん、サイラスの鼓動がとまった。まさかあの女が……いや、そんなことはあるまい。

「誘っておいて申し訳ない。助かった。すぐに部下に調べさせるよ。私に不満を持つ従業員が銀行口座にハッキングしたんじゃないといいんだが」

「従業員も大勢いればいろいろだからな」別の男が言い、会はお開きになった。

リムジンに乗ったサイラスはそれ以上ポーカーフェイスを保てなくなった。携帯を確認してみても関連しそうな着信はない。

「どちらへ向かいますか」運転手が尋ねた。

「家へ行ってくれ」

三十分ほどかかって自宅に到着する。サイラスはまっすぐ書斎へ行った。最初に個人用のメールボックスを確認する。すると一通だけ、送信者のわからないメールがあった。件名は〝復讐《ふくしゅう》〟だ。

「まさか、まさかそんな……」つぶやきながらメールを開く。

〝わたしは生きてる。あんたが雇ったボイントンは牢《ろう》のなか。すべてはあんた自身が招いた結末よ〟

慌てて銀行口座を確認する。残高は一ドルだった。ほかの口座も確認したが、どれも一ドルしか残っていない。

ワイリックに対する怒りよりも先に、ボイントンに対する憤りが噴きだした。かかわるなと言ったのに。しかも契約を解除するために残りの金まで払ったというのに、あの男は性懲りもなくワイリックにちょっかいを出した。そして逮捕された。

最悪の状況のなか、ひとつだけ救いがあった。ボイントンの名前を知っていることだ。

まずはボイントンをさがしだして始末しよう。ワイリックはそのあとだ。もちろんそうだ。あの女は間抜けじゃない。

返信しようとパソコン画面を見るとすでにメールは消えていた。

銀行口座がハッキングされたのだから、消えた金は銀行が補填してくれるはずだが、すぐにとはいかない。銀行以外で金を隠しているところにはそういった補償はない。消えたら最後、とりもどすことはできないのだ。

〈ユニバーサル・セオラム〉は今、この瞬間も利益をあげている。とはいえ、かすめとられたのはサイラス個人の資産だ。もとの状態に戻すには時間がかかる。それまでのあいだは金に不自由することになる。

チャーリーはアニーのベッドの横で肘掛け椅子に腰かけていた。背が高すぎるのでどんな姿勢をとってもフットレストから足がはみだしてしまう。寝不足で目がしょぼしょぼした。ホスピスの看護師やスタッフと話し、アニーの変化を見守り、ときおり椅子から立って脚をのばす。そうしたことは機械的にこなせるのに、眠ることだけはできなかった。アニーの苦しげな呼吸やたまにもらすうめき声を間近に聞きながら眠りに落ちるなんてできるわけがない。

ドリスがベッドをリクライニングさせると、いっときアニーの呼吸が楽そうになるが、しばらくするともとの重い呼吸に戻ってしまう。

ドリスにはわかっていた。チャーリーも、施設のスタッフも薄々気づいていた。アニーとの別れが迫っていることを。

時間の感覚が薄れ、昼と夜の区別もつかなくなってきたころに電話があって、受付に夕食が届いていると言われる。

最初のうちはアニーのそばを離れるのがうしろめたかった。それでもまったく食べないわけにもいかないので席を立った。ところが数日経《た》つと食事の電話を待ち望むようになった。

ワイリックは毎晩、ちがうメニューを届けてくれた。

二日めはバーベキューサンドイッチとフライドポテトとビールだった。チャーリーは泣きながら食べた。

三日めは寒くて風の強い日だった。メニューは鶏肉《とりにく》とピーナッツの唐辛子いためとチャーハンと春巻きだ。

毎日、その日の気分を考えてオーダーしてくれるのが伝わってくる。それを食べることでチャーリーはどうにか自分を保っていた。

四日めはタコスとチュロスとメキシコビールだった。

毎晩、外のベンチで腹を満たすことで次の食事まで耐える力をもらった。

同じころ、ダレル・ボイントンは保釈金を払って留置場を出た。負け犬のようにしっぽを巻いてペントハウスに戻る。警察のシステムに名前が載った以上、二度と殺し屋として仕事を請け負うことはできない。あの女に天職を奪われたのだ。それでもすべては自分が招いた結果だということはわかっているが……。

弁護士はストーカーではなくセクハラで勝負しようと持ちかけてきたが、セクハラでも罰金ですむ保証はない。スポーツバーに出て働いているわけではないので店の経営には影響はないものの、刑務所に入るのはぜったいにごめんだ。

昼食のあと、ボイントンは弁護士からの電話を待っていた。落ち着かないので煙草《たばこ》を吸おうとバルコニーへ出る。

肌寒い日で、風も吹いていた。下から何か騒ぎ声が聞こえたのでとっさに手すりから身を乗りだした。その瞬間、真下からドローンが急上昇してきて、あっと思う間もなく顔の前でとまった。

すさまじい爆風でリビングルームが吹き飛んだ。ボイントンとバルコニーの残骸が通りに降りそそぐ。

サイラス・パークス流の復讐だった。

　ワイリックはマーリンのキッチンで、弁護士のロドニー・ゴードンから署名する書類の説明を受けていた。

　携帯が鳴り、発信者を見て眉をひそめる。

「ダラス市警からなので出たほうがよさそう」断ってから席を立ち、廊下に出る。「もしもし？」

「ダラス市警殺人課のティルマン刑事です。ジェイド・ワイリックの携帯でしょうか」

「本人です。なんでしょう？」

「先日、ダレル・ボイントンをストーカー容疑で通報しましたね」

「はい」

「今、どちらにおられますか？」

「家です。正確には家主のキッチンにいます。二時間前から家主と弁護士と一緒にいますが、どうしてそんな質問を？」

「ダレル・ボイントンが死にました。何者かがボイントンのペントハウスのバルコニーめがけて爆弾を積んだドローンを飛ばしたんです。バルコニーにいたボイントンは即死でした」

「あの男がどういう最期を迎えたのだとしても驚かないわ。そもそも人殺しを稼業にしているのは、わたしじゃなくボイントンよ」

一瞬の沈黙のあと、ティルマンが尋ねた。「それはどういう意味ですか」

「ボイントンは殺し屋です。調べてみてください」

「どうしてあなたは彼が殺し屋だと知っているんですか」

「探偵事務所に勤めていますから、そういう情報には詳しいんです。ちょっと待ってください。家主と弁護士に代わります」

刑事の返事も聞かずにキッチンへ戻る。

「ティルマンという刑事がここ数時間のわたしの所在を確かめたいと言うんだけど、電話に出てもらってもいいかしら」

「もちろんですよ」ロドニーが言った。「電話をスピーカーにしてもらえれば、アートと一緒に話せます」

「スピーカーにしたわ」ワイリックは携帯をテーブルに置いた。

「聞こえた、刑事さん？　家主はアーサー・マーリンで、その弁護士がロドニー・ゴードンよ」

「ティルマン刑事、ロドニー・ゴードンです。裁判所で何度かご一緒しましたね。ミス・ワイリックは二時間ちょっと前からわれわれと一緒にいますよ。その前は同じ建物の地下にある彼女の部屋にいました」

「わしはアーサー・マーリンでワイリックの家主だ。彼女は下宿人でもあり、友人でもある。今朝はうちのキッチンに二時間以上前からいて、コーヒーを一杯とペプシをひと缶とチョコレートバーを二本胃に収めたよ」

ワイリックが声をあげて笑う。くったくのない笑い声だった。

「わかりました。電話をしたのは単にミス・ワイリックがボイントンを通報したばかりだったからです。また何かありましたら連絡します」

ワイリックは通話を切って携帯をポケットに戻した。

「で、なんの話だったかしら?」

マーリンが小さく首をふった。「その前に、死んだ男と何があったのか教えてもらいたい」

「ダレル・ボイントンがわたしの車にGPSトラッカーをつけているのをチャーリーが見つけたの。あの男が職場に現れていやがらせをするのはそれが三度めだったからストーカーで訴えたのよ」

「三度も? 以前から知り合いだったんですか?」ロドニーが尋ねる。

「最初は依頼人として事務所に来て、約束もなくチャーリーに会わせろと要求してきたの。結局、チャーリーではなくわたしに用があったんだけど。ボイントンは……殺し屋だったから」

マーリンの眉間に深いしわが寄る。

「〈ユニバーサル・セオラム〉かね？」

ワイリックはため息をついた。「当たりだけど、どうしてわかったの？」

マーリンがにっこりして片目をつぶる。「わしもいろいろ知っているんだよ」

ロドニーが両手をあげた。「その話はおふたりだけのときにしてもらえますか？　私は下手に首を突っこまないほうがよさそうだ。署名が必要な書類がもう一組ありますしね。でも、それが終わったら――」

「わしが亡くなるまではきみをわずらわせることはない」マーリンがあとを継いでいたずらっぽく笑った。「トマトの世話をして、遺灰はガルベストン湾にまいてくれ。それからは何をしようがきみの自由だ」

アニーもマーリンもこの世を去ろうとしている。そう思うとたまらなかった。だがワイリックはいつものように悲しみを皮肉でおおい隠した。

「墓石に刻む文言を考えなくてすんでよかったわ」

マーリンとロドニーが声をあげて笑う。

「それではマスター・マーリン、下僕はダンジョンに戻ります。必要なときはベルを鳴らしてください」ワイリックはそう言って地下へ続く階段へ向かった。

ワイリックがいなくなったところでマーリンはため息をついた。「戦士のように強靭《きょうじん》に見えて、中身は傷ついた少女のままだ。地球上でもっとも優秀な頭脳の持ち主でもある。わしが死んだあとも何かあったら彼女を助けてやってほしい」

「必ず」ロドニーが言った。


施設に泊まりこんで五日めの午前中、アニーの呼吸が一段と苦しそうになった。ドリスは早々と異変に気づいていたのだが、いよいよ素人のチャーリーでもわかるレベルになったのだ。

「どうしたんです?」聴診器を胸にあてるドリスに向かって尋ねる。

「肺炎を起こしたようです。ドクター・ダンレーヴィーに診ていただきましょう。施設内にいるはずです」

チャーリーはおろおろと立ちあがった。電話をするドリスの横でアニーを見守る。酸素マスクをつけていても苦しそうだ。

両手で髪をかきあげる。疲れすぎて感覚が麻痺《まひ》してきた。ここに来てからアニーの体を清める手伝いをしたり、手足にローションをぬったり、とにかくアニーのためにできることを見つけて実行してきた。今、何もできないのがつらい。

数分後、ドクター・ダンレーヴィーが部屋に入ってきた。チャーリーの肩を軽くたたいてベッド脇へ行く。

　診察はすぐに終わった。アニーの意志ははっきりしている。延命治療はしない。心肺蘇《そ》生《せい》も必要ない。ドクターも看護師も彼女の意志を尊重するだけだ。チャーリーがどう思っているかは関係なかった。だいいちチャーリー自身も、苦しんでいる姿をずっと見てきて、早く苦しみから解放してやりたいと思うようになっていた。

　誰かの死を望むのはつらいことだ。それが愛する人なら、この世でそれ以上につらいことはない。

　ドクター・ダンレーヴィーが体を起こしてチャーリーに近づいた。

「肺炎です。肺に液体がたまっているんです」

「溺れて死ぬのと同じってことですか」

「残念です。本当に。でもアニーの意志は明確でした。蘇生措置はしません」

　それ以上、言葉がなかった。これで終わりなのだ。それでも苦しんでいる彼女をなんとかしてやりたかった。

「このまま見ているしかないんですか?」

「彼女の意志を尊重しましょう」ドクター・ダンレーヴィーはそう言って部屋を出ていった。

「しばらくふたりきりになりたいでしょう」ドリスが言った。「廊下にいますから必要なときは呼んでください」

チャーリーはベッドの横に座ってアニーの手をとった。嗚咽《おえつ》がもれる。

「アニー、きみはぜったいに途中であきらめない。そういうところを尊敬していたんだ。でも、旅立つ準備ができたならもう無理するな。楽になれるから。もとのきみに戻れるんだよ。きみは最高の友だちで、この世でただひとり、ぼくが愛した女性だ」

チャーリーは息を詰めてアニーが息を吸うのを待った。医療機器の音だけが響く。だんだん息苦しくなってきて、初めて自分も息をとめていたことに気づいた。アニーが大きく息を吸う。首を絞められているような苦しみ方だ。

チャーリーはぎゅっと目を閉じて、ひきつれるような呼吸の音に耳を澄ませた。どのくらいそうしていただろう。ドリスが部屋に戻ってきた。

ドリスはアニーの様子を見たあと、チャーリーの耳もとに顔を寄せた。

「離してあげてください」

「我慢しなくていいって言っていたんだ」

「そうじゃなくて、手を離してあげてください。どこにも力をかけないであげて」

チャーリーは慌てて手を離した。「そんなつもりじゃ――」

「いいんです。大丈夫ですよ。ただ、魂が体を去るとき、身体的な刺激が患者さんにどう影響するのかわからないので、わたしはなるべくふれないようにしているんです。アニーの旅立ちをできるだけ穏やかにしてあげたくて」

チャーリーはうなずいた。立ちあがり、椅子を壁際に寄せる。アニーが何にも縛られずにその時を迎えたいと思っているなら叶《かな》えてあげたかった。

きみのためならなんでもする。なんでもするから。

それから四時間、チャーリーはひと言も発せず、身動きもせず、アニーの旅立ちを見守った。

ワイリックは眠れなかった。この世からひとつの魂が去ろうとしていることを感じたからだ。チャーリーの深い悲しみも。

しんとした部屋でひとり、〈モーニングライト・ケアセンター〉からアニーの訃報が届くのを待っていた。


日の出まであと数時間。

チャーリーはアニーが三十歳になったときのことを思い出していた。彼女のリクエストでテキソマ湖へ出かけた。星空の下で料理をつくろうと思っていたのに雨が降ってきた。仕方なく七月だというのに暖炉に火を熾《おこ》し、ウィンナーとマシュマロを焼いた。

腹いっぱい食べて、焼きマシュマロで手や口のまわりがべとべとになったあと、夜中に素っ裸で雨のなかへ飛びだした。

「チャーリー」

はっと体を起こしてアニーを見る。

アニーはさっき見たのと同じ姿勢で横たわっていた。なんの動きもない。苦しげな息遣いも聞こえない。

チャーリーは立ちあがった。彼女が逝ってしまったことは尋ねなくてもわかった。アニーの魂を感じられなかったからだ。

「終わったんですか？」

ドリスがうなずいた。「数分前に。もう一度、息を吸うかと思いましたが、だめでした。アニーは強い女性です。最期まで闘って、今、安らかに眠っているんです」

チャーリーは茫然《ぼうぜん》とベッドに近づいた。

ドリスが携帯を手に廊下に出ていく。

思い出のなかでは、雨に打たれて愛を交わしていたのに。

上体をかがめて額にキスをする。

「きみはずっとぼくのアニーだ。どれほど時間が経とうと変わらない。死もぼくらの関係を変えることはできない。愛しているよ」

ドリスが戻ってきた。「ご愁傷さまです。ドクター・ダンレーヴィーを呼びました。死亡宣告はドクターでないとできないのです。いろいろ手続きがすむまで談話室でお待ちになりますか」

震える手で涙を拭き、部屋を出た。談話室へ行き、暗闇のなかでアニーとの日々を思い出す。パズルのピースをひとつずつ渡してくれたアニーを。ようやくアニーはアニーに戻った。最後のピースがあるべき位置に収まった。

椅子に座ってうとうとしていたワイリックは、携帯の音で飛び起きた。慌てて携帯をとる。

「もしもし？」

「〈モーニングライト・ケアセンター〉からお電話しています。少し前にアニー・ドッジが亡くなりました」

胸をひと突きされたような痛みが走った。「ああ……ついに。チャーリー・ドッジはまだそこにいますか？」

「はい。霊柩車《れいきゅうしゃ》が到着するまで奥様と一緒におられるそうです。あと一時間ほどかかると思います」

「連絡をありがとうございました」

急いでバスルームへ行き、顔を洗う。バッグをつかんで部屋を出た。三十分後にチャーリーのタウンハウスに迎えに来てもらうよう配車サービスを予約する。あとはそこまで自分で運転していくだけだ。

チャーリーは妄想と現実のあいだで揺れていた。アニーの亡骸《なきがら》の横に座って、スタッフの質問に機械的に答える。いつの間にかアニーの所持品は袋に入れられ、チャーリーのバッグの横に置いてあった。しばらくしてそれに気づき、いつの間にやってくれたのだろうと不思議がったあと、どうでもいいことだと考えるのをやめる。

「使えるものはどこかへ寄附してもらえませんか」

「あなたがそれをお望みなら」ドリスが言った。

チャーリーは礼を言った。この施設に来るのも今日が最後だと思うと、ほっとする気持ちもあった。アニーはどこにも縛られていない。そして自分も自由なのだ。

一時間が過ぎ、二時間が過ぎた。誰かがコーヒーを持ってきてくれた。アニーの所持品もどこかへ運ばれていった。

チャーリーはベッドの上に横たわる肉体を見つめつづけた。それはもうアニーではない。アニーらしさが感じられなかった。ほんの二時間のあいだにどうしてそんなことが起こるのか理解できない。

三時間が過ぎようとするころ、廊下から話し声がして、葬儀会社の人たちが部屋に入ってきた。

「ミスター・ドッジ、心からお悔やみを申しあげます。奥様のお支度をしますので、しばらく部屋の外へ出ていていただけますでしょうか」

チャーリーは荷物を持って廊下へ出た。しばらくしてシーツでおおわれた遺体が運びだされていった。もはや人とも思えない。生きていることと死んでいることの差を見せつけられた気がした。

遺体に付き添って裏口へ行く。そこからアニーの遺体は霊柩車に積みこまれ、チャーリーは正面玄関へ引き返した。内扉を開けてもらい、気づいたらロビーにいた。次に何をすればいいのかわからない。

ピンキーが出勤していて、涙を浮かべながら声をかけてきた。「ご愁傷さまでした」

「ありがとう。これまでお世話になりました」チャーリーは言い、茫然としたまま表へ出た。

空を見あげる。いつもどおり太陽が輝いている。ぼくの人生の光は消えてしまったというのに、どうして太陽は輝きつづけられるのか。

片手で顔をこすり、車をさがした。そのとき、シープスキンのコートとブルージーンズに身を包んだワイリックが、腕を組んでジープに寄りかかっているのに気づいた。

チャーリーが近づいていくと、ワイリックが手を差しだした。

「鍵をください」

言われたとおりにした。

ワイリックはロックを解除し、チャーリーが肩にかけていたバッグを奪った。

「乗ってください。運転します」後部座席にバッグを投げる。

チャーリーは助手席に座ってシートベルトを締めた。背中をシートに預けて目をつぶる。

エンジンがかかると同時にジープは駐車場を飛びだし、弾丸のように通りを走り抜けた。

ワイリックは何も言わなかったし、チャーリーのほうを見ることもしなかった。どんな言葉も役に立たないとわかっているのだ。

チャーリーは両手で顔をおおい、体を折って泣きだした。

隣でハンドルを握るワイリックの頬にも涙が伝う。ワイリックはチャーリーの胸の痛みを自分の悲しみのように感じていた。

チャーリーの世界はふたつに裂けてしまった。

すべては時間が解決してくれるだろう。だが、苦しみは始まったばかりだ。

ワイリックは無言で車を走らせ、タウンハウスに隣接した駐車場に入れて、エンジンを切った。

赤い目をしたチャーリーは、ワイリックに続いて無言のまま車を降りた。ワイリックが差しだした鍵とバッグを受けとる。

「ベッドに入って、葬儀関連の電話が鳴るまで何も考えずに眠ってください。わたしは安全なところにいるし、ボイントンは死にました。保釈中にバルコニーに出たら、バルコニーごと吹き飛ばされたそうです。ちなみに犯人はわたしじゃありません。仕事をする気力が戻るまで休んでください」

　ワイリックは踵《きびす》を返し、ベンツに乗って駐車場を出た。あとにはタイヤの焼けるにおいだけが残った。

11

部屋に入ったチャーリーは、ドアに鍵をかけたところで動きをとめた。次は何をするんだっけ?

そうだ、ベッドだ。

リビングの窓から明るい日差しが差しこんでいる。まだベッドに入る時間ではないが、ワイリックに言われたとおり寝室へ行き、服をぬいでシャワーを浴びた。適当に水滴をぬぐってベッドに倒れこむ。心底疲れていた。

葬式の準備はいらない。アニーは火葬を希望したし、アルツハイマーになって以来、友人づきあいもしてこなかった。目をつぶると苦しそうなアニーの息遣いが思い出されて涙が出た。

そのまま眠ってしまい、アニーが溺れる夢を見た。彼女の顔が水中に沈んだところで目を覚ます。たまらなくなってベッドを飛びだし、足音も荒くキッチンへ行った。棚を開けて未開封のウィスキーボトルをつかむ。

震える手で封を切り、コーヒーカップについでいっきに流しこんだ。

「もう夢はいらない。夢なんて見せないでくれ」

ボトルを寝室まで持っていき、テレビをつけて、ボトルが空になるまで飲んだ。


ワイリックは自分を奮い立たせようと仕事に戻った。メールをチェックし、必要なものに返事を返し、ひとりでも対応できそうな案件をさがす。これはという依頼人がいたのでさっそく電話してみた。

「もしもし」

「ミセス・キャロルトン、〈ドッジ探偵事務所〉のワイリックといいます。カトリーナさんの調査についてお電話したのですが、今、話せますか」

「もちろんです！　ワンダと呼んでください」うれしそうな声でワンダが言う。

「ありがとうございます。チャーリー・ドッジは都合がつかないのですが、アシスタントのわたしでよければ調査いたします。どうしますか？」

「孫を見つけてくれるなら誰が担当でも構いません」

「それでは前金の請求書をお送りします。それと調査にあたってお孫さんとご両親のフルネーム、最後に知っている住所と職業を教えていただけますか。社会保障番号もわかると助かります」

「えぇっと……少しだけ待ってくださる？　この電話のあとで調べて、メールで返事をしてもいいかしら」

「もちろんです。調査の進捗状況は定期的にご連絡します。最後に連絡をとってからどれくらいになりますか？」

「二十年になるわ。孫が六歳のときに息子が亡くなって、嫁が別の州に引っ越したの。一年くらいは連絡があったんだけど、それっきり音信不通になってしまって……。あのときはまた息子を失ったような気分がしたわ。嫁にも孫にも新しい人生があるんだからいつまでも縛りつけちゃいけないって自分に言い聞かせてきたんだけど、わたしももう若くないし、たとえ孫がわたしとかかわりたくないと思っていたとしても、元気かどうかだけでいいから知りたいの」

「わかりました。メールで情報をいただいたら調査を始めますので」

「ありがとう！　希望が持てたわ」

「奇跡を起こすことはできませんが、手がかりがあるならとことんお調べします」

「それで充分よ。孫の無事さえわかれば思い残すことはないわ」

ワイリックは電話を切った。仕事に没頭していればチャーリーのことを考えずにすむ。彼がどれほど深く傷ついているとしても、立ちなおるきっかけは本人にしかつくれないし、チャーリーなら立ちなおると確信していた。彼もサバイバーだからだ。

一方のマーリンは病に冒されているかもしれないが、まだ人生を楽しんでいる。このあいだ署名した書類で、いったい何を相続したのかつかみきれていないけれど、彼が自分を身内同然に思ってくれたことがうれしかった。

オデッサの救命外傷センターではトニーが覚醒しつつあった。ある程度の体力が回復したと判断して、医師が鎮静剤の量を減らしはじめたからだ。

集中治療室の看護師からトニーが意識をとりもどしかけていると聞いたバクスターとメイシーは、抱き合って安堵《あんど》の涙を流した。

「息子に会えますか？　あの子は何か言いましたか？」バクスターが尋ねる。

看護師が首をふった。「言葉はまだです。でも光や音には反応しています。どうぞこちらへ」

メイシーがバクスターの手をぎゅっとつかむ。急に不安になったのだ。さまざまな後遺症について医師から説明を受けた。親の顔がわからないかもしれないし、下手をすると自分が誰なのかさえわからない可能性もある。それでも目を覚ましたのがいい兆候であることはまちがいない。

看護師のあとをついて廊下を進みながら、バクスターもメイシーも駆けだしたい気持ちを必死でこらえた。ついに息子のベッドに到着する。息を凝らして見るとまぶたがかすかに動いて、右手の指がぴくりと曲がった。

「話しかけてみてください。ただあまり大きな声は出さないでくださいね」

メイシーは息子の手をとった。指がまた動く。

「トニー、母さんよ。父さんもいるわ。もう山のなかにいるわけでもひとりでもないから、心配することはないのよ」

バクスターがやさしく腕をたたく。「父さんと母さんの声が聞こえるかい？」

とつぜんメイシーが息をのんだ。「トニーが手を握ったわ！　ぜんぶ聞こえているのよ！」

「ああ、よかった」バクスターがむせぶ。「とにかく今は体を治すことだけ考えなさい。父さんと母さんがついているから」

トニーがうめいた。

すぐに看護師がベッドの脇に来る。「痛みです。痛みを感じはじめたんです」そう言って点滴の量を調整する。

「ゆっくり休みなさい。そのほうが早く回復するからな。父さんと母さんは待合室にいるよ。おまえが家に帰れるまでここにいるからな」

トニーの唇が小さく動いたが音は出てこなかった。そして動きがとまった。

「また意識を失ったんだ」バクスターがトニーの手をやさしくたたいた。「いつでもそばにいるから安心してお休み」

　メイシーが上体をかがめて息子の頬にキスをする。

「愛しているわ。きっとよくなる。大丈夫だからね」


　前日、ウィスキーのフルボトルを空にしたチャーリーは激しい二日酔いに苦しんでいた。デンバーのダンレーヴィー家と〈モーニングライト・ケアセンター〉から花が届いて、アニーが死んだことを思い知らされる。彼女が苦しんでいる姿がよみがえった。アニーのことを懐かしく思い出せる日など、永遠に来ないような気がした。

　結局、花は家の掃除を頼んでいる女性に持って帰ってもらった。

　ドーソン家から、トニーが意識を回復しつつあり、呼びかけに応えて両親の手を握ったという知らせがあった。

　トニーの回復は一条の光だったが、悲しみに囚《とら》われた心を解放するまでの力はなかった。アニーを失うことは何カ月も前からわかっていたことだ。そもそも死よりも前にアルツハイマーに彼女を奪われた。心の準備はできていると思っていたのに、実際はぜんぜんできていなかった。

　絶望から這《は》いあがるためには、自分なりの新しい生き方を打ち立てなければいけない。そのためにはいったん慣れ親しんだものから離れなければだめだ。いつもとちがう環境に身を置いて、未経験のことに挑戦したいと思った。

さっそくワイリックに宛てて、数日間、ダラスを出るとメールする。行き先は告げなかった。そんなことをしなくても彼女なら携帯アプリでこちらの居場所を特定できる。

翌日、荷物を積んで行くあてもなく家を出た。インターステート35を北上してオクラホマ州へ入る。マッカリスターという町の近くでロバーズケーブ州立公園の看板が目に留まった。一度も行ったことのない場所だ。ハイウェイ270に乗り換えて公園をめざす。途中、州立公園の管理事務所に電話をしてキャビンを予約した。

人口二千八百四十三人のウィルバートンという小さな町に到着したのは昼ごろだった。サンズボア山地とウィンディングステア山地に挟まれた草原の町だ。

食料品店に寄って買い出しをする。州立公園内にレストランもあるそうだが、できるだけ人とかかわりたくない。

必要なものを買ったあと、州立公園の管理事務所へ寄った。

カウンターのうしろで女性が携帯画面を見つめている。チャーリーに気づくと、女性はすぐに携帯を置いた。

「おはようございます」

「キャビンを予約したチャーリー・ドッジです」

「ようこそロバーズケーブへ。三日間のご予約でしたね」

「はい」

「一号棟はいかがでしょう。公園内で最初に建てられたキャビンで、山の眺望がすばらしいですよ」

「それでいいです。ありがとう」チャーリーは鍵と地図を受けとった。

「今の時期だとハイキングも気持ちがいいと思います。タオルやシーツが汚れたらポーチに出しておいていただければ、新しいものと交換しますので」

ハイキングをする気分ではなかったが、わざわざ言う必要もない。

地図どおりに走ると古い石造りのキャビンがあった。荷物を運ぶのに何往復かしたあと、キャビンのなかを見てまわる。ベッドルームがひとつあり、キッチンスペースも暖炉もあった。テレビもある。荷物をしまって携帯を見る。Ｗｉ‐Ｆｉがないことは予想していたので気にならなかった。サーモスタットのスイッチを入れて部屋をあたためる。バスルームをさっと見てからベッドルームへ行き、ブーツをぬぎ捨ててマットレスに横たわった。

部屋のなかは松とレモンオイルの香りがして、ほのかに灰のにおいも混じっていた。窓のほうから何かをひっかくような音が聞こえたので家のなかにネズミでもいるのかと思ったら、木の枝が窓枠にこすれる音だった。

都会とはちがう静けさに心のなかが静まっていく。知らないうちにまぶたが閉じていた。

どこかで子どもの笑い声がする。幸せな音だ。足をのばすとつま先がマットレスからはみだしたが、ゆったりした気分だった。

空調機の低い作動音を聞きながら、チャーリーは眠りに吸いこまれていった。


昼ごろ、ワンダ・キャロルトンからメールが届いた。調査のとっかかりには充分な情報量だ。街を出るというチャーリーからのメールは気にかかったが、ある程度は予想していた事態でもあった。アフガニスタンからも五体満足で帰ってきた男だ。しばらく日常から離れたいと言うなら好きにさせればいい。

マーリンの様子を見に上へあがると、彼はちょうどキッチンでスープを飲んでいるところだった。

「やあ、お腹は減ってないかい？　ヌードルスープならまだあるぞ」

「ありがとう。でも平気。仕事中だけどちょっと様子を見に来たの。何か必要なものはある？」

「クラッカーがほしいな。パントリーから出してくるのを忘れてしまった」

「とってくるわ」パントリーを開けたところで動きをとめ、にやりとする。見事なまでの種類の多さだ。

「塩味、プレッツェル、小麦、ライ麦のどれにする？」

「定番の塩味がいい」

塩味の箱をとってテーブルに滑らせてから、ピーナツバターの瓶を出す。

「デザートがほしくなるかもしれないから」

「きみは人の心が読めるにちがいない」

「かもね」ワイリックはそう言って地下の部屋へ戻り、ワンダの孫のことを調べはじめた。

一時間ほどで、母親がワンダに連絡しなくなった理由がわかった。亡くなっていたのだ。アンディ・デルガードという男と再婚したあと、カトリーナが七歳のときに交通事故で夫婦ともども死亡した。ひとり残されたカトリーナは里親制度に登録され、その後の消息はわからない。

ワイリックはため息をついた。里親制度に登録されると消息をたどるのが難しい。かなり深く掘りさげないとならないだろう。幸い、情報を掘りだすのは得意だ。カトリーナは今年二十七歳になる。見つける自信はあったが、問題はどんな大人になっているかということ。悲しい結末にならないといいのだが。

チャーリーが目を覚ましたのは夕暮れどきだった。ベッドから起きて外へ出る。空は雲におおわれていて、気温がずいぶんさがっていた。木や炭が燃えるにおい、そして肉が焼けるにおいがただよってくる。ほかのキャビンに滞在している人たちが食事の支度をしているのだろう。

キャビンに戻ってサンドイッチをつくり、ポテトチップスと瓶ビールを持ってテレビの前に陣どった。

〈モーニングライト・ケアセンター〉に電話しなくてはと思ったあとで、アニーが亡くなったことを思い出す。視界がぼやける。瞬《まばた》きして涙をこらえ、ビールを飲んでテレビの音量をあげた。

夜遅く、ベッドに入ったあとで雨が降りはじめた。屋根をたたく雨粒の音にぼんやりと目を覚まし、寝返りを打つ。雨はひと晩じゅう降りつづき、翌朝、キャビン内はかなり冷えていた。起きてすぐにサーモスタットの温度をあげる。窓の外を見ると低木に霜がおりている。

どうりで寒いはずだ。零下まで気温が落ちたのだ。幸い、霜がおりているのは草木だけで、地面は黒々としている。

火を熾《おこ》そうかと暖炉を見た。薪《まき》は組んであるし、火口も用意してあって、あとは火をつけるだけだ。マントルピースの上のライターをとって火口に点火する。それからコーヒーをつくりにキッチンへ行った。

ハチミツとナッツを練りこんだデニッシュとコーヒーを手にソファーに座るころには、暖炉で赤々と火が燃えていた。

テレビをつけ、見るともなく見ながら朝食をとる。意味もなく神経が張りつめていた。

今日一日、何をすればいいのだろう。荷造りをして別の場所へ移ろうかとも思ったが、どこへ逃げても同じだと考えなおした。現実から逃れることはできない。

ソファーに座ってぼんやりと炎を眺める。十時ごろになると何もしないでいることに耐えられなくなって外に出た。コートを着て、内ポケットに拳銃を入れ、キャビンのドアに鍵をかける。

車で湖まで行ってみようかと思ったあとで気が変わり、結局、近くを散策することにした。ほかのキャビンの前を通って道をのぼっていく。宿泊客のいるキャビンもあるものの、空いているキャビンのほうが多かった。これが夏なら休暇を楽しむ人でにぎやかだったにちがいない。

道を外れて木立のなかへ入る。枯れ葉を踏みしめ、松ぼっくりを蹴って歩いた。リスの鳴き声が響き、枝葉の上からタカの鋭い声も聞こえる。顔にあたる空気はひんやりとしていた。コートのおかげで体はあたたかい。

道に戻ると車のエンジン音や人々の話し声が聞こえてきた。何かあったようだ。州警察のパトカーがちらりと見えて、事態の深刻さに気づいた。

木立から出てきたチャーリーを見て州立公園管理局の車がとまる。

「ちょっといいですか？　マッカリスターにある州立刑務所から二名の囚人が脱走して、一時間ほど前に州立公園内で目撃されました。宿泊者のみなさんにはキャビンに戻って待機をお願いしています。安全が確認できましたら連絡しますので」

「脱走？　凶悪犯なんですか？」

「武器を持っていて危険だと聞いています。どちらのキャビンに宿泊していますか」

「一号棟です」

「だいぶ遠いですね。車に乗ってください。キャビンまでお送りしますので」

「ありがとう」チャーリーはやれやれと車に乗った。

キャビンに到着すると玄関の鍵を開け、乾いた薪の予備を運び入れてから室内に入って鍵を閉めた。

リビングルームのテーブルに拳銃を置き、暖炉に薪をくべる。ジープの警報装置を作動させ、キャビンのなかを見まわって窓に鍵がかかっていることを確かめた。

それからテレビをつけ、地元のニュース局をさがした。囚人のニュースを報道しているチャンネルに合わせてから、昼食代わりの炭酸とポテトチップスを手にソファーに座る。

時間の経過とともに警官の数が増えていく。さっきからヘリコプターの音が聞こえるが、森林地帯なので空から捜索するのは難しいだろう。暗くなる前に見つかればいいのだが。見つからなかったら宿泊者はおちおち眠ることもできない。

太陽が沈んですぐ、夜の分の薪をとりに外へ出た。ポーチに立って周囲を見まわしてから薪を腕いっぱいに抱える。室内に戻ろうとしたとき、道の上から血も凍るような悲鳴が聞こえた。

薪を地面に落としてリビングに戻り、拳銃をつかんで外へ飛びだす。

女性の悲鳴はどんどん大きくなった。現場が近いということだ。近くのキャビン三棟に宿泊者がいるのを確認したが、どこから悲鳴が聞こえているのかわからなかった。

そのとき、まんなかのキャビンから女の子が飛びだしてきた。パジャマを着て、裸足《はだし》だ。

「悪い人がいて……ママが逃げろって言ったの」女の子がキャビンを指さしてしゃくりあげる。

チャーリーは女の子の肩をつかんだ。「坂をくだったいちばん端のキャビンがおじさんのキャビンなんだ。ドアの鍵は閉まってない。キャビンに入って鍵をかけるんだ。おじさんか警察が来るまでは、ぜったいにドアを開けちゃだめだぞ。わかったら走って！」

「でも……ママが」

「おじさんが助けるからきみは走れ！　ふり返っちゃだめだ！」チャーリーはそう言って拳銃の安全装置を外した。

少女がチャーリーのキャビンへ走りだす。チャーリーはドアが開いたままのキャビンに突進した。女性の悲鳴はもう聞こえない。

用心するべきだとわかっていたが、事態は一刻を争う。ポーチの階段を駆けあがり、その勢いで室内に飛びこんだ。

男性が床に倒れていて、周囲に血だまりができていた。女性の姿はない。キャビンの奥から何かが割れるような音がして、女性のうめき声が聞こえた。足音を忍ばせて音のほうへ移動する。

寝室のドアが小さく開いていた。オレンジ色の囚人服を着た男ふたりがスーツケースのそばに立っている。

ひとりは囚人服をぬごうとしていて、もうひとりはスーツケースの衣類をあさっている。ベッドのそばに財布がふたつ転がっていた。現金を奪ったのだろう。ベッドの上には女性が手足を広げて倒れている。

「おい、グローバー、車の鍵があったぜ。さっさとずらかろう」

「ちょっと待ってくれ、ジョー。まだ――」

チャーリーはドアを力いっぱい押した。ドアが壁にぶつかって大きな音が出る。

「撃たれたくないなら伏せろ！」チャーリーは怒鳴った。

ライフルのほうへスライディングをしたジョーめがけて発砲する。

ジョーが悲鳴をあげて倒れた。「膝が！　膝が！」

グローバーは床に伏せて叫んだ。「撃つな！　撃たないでくれ！」

パトカーのサイレンが近づいてくる。悲鳴を聞いた別の宿泊客が通報したのだろう。ライフルを部屋の隅に蹴ってから女性のほうへ行き、脈を確かめる。生きている。顎に大きな切り傷があった。

　玄関のほうからどたばたと足音が聞こえた。

「警察だ！」

「こっちだ！　奥の寝室にいる。囚人ふたりはとりおさえた」

　女性がうめいた。意識をとりもどしつつあるようだ。膝を撃たれたジョーは痛みにわめき、身もだえしていた。グローバーはすすんで腹這いになって頭のうしろで手を組んでいる。

　警察がなだれこんできたのでチャーリーも両手をあげた。「拳銃携行の許可証なら持っている」ゆっくりと拳銃を床に置いてさがる。「一号棟に宿泊している者だ。女性の悲鳴が聞こえて走ってきた。女の子がキャビンから飛びだしてきたから、一号棟へ入ってドアに鍵をかけろと言った。リビングの男性は最初から倒れていた。女性もこの状態だった。囚人たちは服を着替えようとしていた」

　警官のひとりがチャーリーの拳銃を拾いあげた。別の警官が救急車を呼ぶ。ふたりの警官がチャーリーのキャビンへ向かい、残りの警官は囚人たちに手錠をかけて外に連れていった。

　最初の救急車が到着して、膝を撃たれた囚人を乗せた。すぐに二台めが到着する。リビングで倒れていた男性が担架で運ばれ、三台めの救急車の救命士が女性の容態を確認しはじめた。

チャーリーは部屋の隅で状況を観察していた。女性が意識をとりもどし、つぶやく。

「ロニー……ロニーがやられて……娘は……シェルビーは……」

州警察がチャーリーの横へ来る。

「身分証を見せていただけますか？」

チャーリーはズボンの尻ポケットから財布を出した。

「チャーリー・ドッジです。これが車の免許証で、こっちが探偵の免許証。拳銃の携行許可証もあります」

「私立探偵なんですか？」

「ダラスで開業しています。休暇で来たんですが、こんなことになってしまって」

ふたりの会話を聞いていた森林警備員が近づいてきた。「ひょっとしてビッグベンドで行方不明の少年を見つけた人じゃありませんか」

チャーリーはうなずいた。

森林警備員がにっこりしてチャーリーに握手を求める。「お目にかかれて光栄です。ビッグベンドで森林警備員をしているアーニー・コリンズは義理の兄なんです。会うたびにあなたの話を聞かされますよ」

「世間は狭いですね。ところでリビングに倒れていた男性は大丈夫そうでしたか？」

「頭をけがしていました。何かで強く打ったようです」

チャーリーは部屋の隅のライフルを指さした。

「あれですかね？」

警官がライフルを回収し、チャーリーの拳銃を返す。拳銃を内ポケットにしまって外へ出ようとしたとき、少女を迎えに行った警官が走って戻ってきた。

「女の子がなかに入れてくれないんです。両親が死んでしまったと思いこんで泣いてばかりいます」

チャーリーはため息をついた。「警察じゃなきゃドアを開けるなと言ったせいかもしれません。おふたりは制服を着ていないから。私が行きます。どっちにしろ鍵を持っていますし」小走りでキャビンへ向かう。

警官たちは巡回車に乗って追いかけてきた。

「おーい、さっきのおじさんだよ。ママから聞いたんだけど、きみはシェルビーっていうんだろう？　もうドアを開けても大丈夫だよ。あの人たちは警察なんだ」

鍵が開く音がしてドアがゆっくりと開いた。

「ママは生きてるの？」

「生きてるとも。あの車に乗ってママのところへ送ってもらうんだ」

女の子は泣きながら外へ出てきてチャーリーの胸に飛びこんだ。

「パパは死んじゃったの？」

「生きてるよ。でも頭にけがをしたから病院に運ばれた。ママも同じ病院にいるよ」

女の子がチャーリーの首にしがみつく。「悪い人たちは？」

「悪い人たちはいなくなった」

「おじさんが助けてくれたんだね」

チャーリーは女の子をぎゅっと抱きしめた。

「きみはとっても勇敢だね。自分の命を守るために行動したんだから。さあ、警察の人たちとママのところへ行きなさい」

「わかった」女の子がチャーリーから離れて二、三歩進んだあと、ふり返った。「おじさんの名前はなんていうの？」

「チャーリー・ドッジだよ」

女の子は目に涙をいっぱいためてチャーリーを見た。「ありがとう、チャーリー。ぜったい忘れない」

すり切れた心に少女の言葉が染みこんでいく。誰になんと言われても、これ以上の癒しはなかっただろう。

少女を乗せた巡回車が行ってしまってから、ゆっくりと息を吸い、ポーチへ戻った。落とした薪を拾い集めてなかへ運ぶ。暖炉に新しい薪をくべてドアの鍵を閉めた。さっきまでの混乱が嘘のようにキャビンのなかはあたたかくて静かだった。

キッチンで食事をつくってからテレビの前に座って食べる。囚人たちが捕らえられたニュースが流れていた。人質になった家族のことが報道されたが、幸いにもチャーリーの名前は出なかった。

12

ワイリックが作業の手をとめるのは食事のときだけだった。外出もせずに調査に没頭していたので、冷凍ピザも中華料理のテイクアウトの残りもぜんぶ食べてしまった。ピーナツバターの瓶は空っぽで、パンすらない。

マーリンは食料品の配達サービスを利用しているが、ワイリックは誰にも住所を知られたくなかった。ダレル・ボイントンのこともあって警戒が最高レベルまであがっている。〈ホールフーズ・マーケット〉のウェブサイトで必要なものを注文して、財布と冷えたペプシコーラの缶を持ち、コートをひっかけて外へ出る。

運転しているとチャーリーのことばかり思い浮かんだ。アニーのことがなかったとしても、彼はずっと働きづめだったのだから休暇をとったほうがいいのだ。チャーリーは立派な大人だ。心配することなどない。わたしと知り合う前から、自分のことはもちろんアニーの面倒もみてきたのだから。

だが、チャーリーが苦しんでいると思うとたまらなく気持ちが沈む。ダラスを出るとメールが来てからすでに三日。苦しくて、寂しい。

午後のフリーウェイは混んでいたが、外へ出るのはいい気分転換になった。何時間もパソコンの前に座ったあとなので、マナーの悪いドライバーにさえやさしい気持ちになれる。

運転しながらサイラス・パークスのことを考えた。どうして今さらわたしを殺そうと思ったのだろう。これまでずっと組織に戻そうとしていたのに。

世界に支部を持つ〈ユニバーサル・セオラム〉をつぶす能力があるとわかったからだろうか。将来の不安要素を排除しようとした？

彼の個人資産を奪ったところで一時的なダメージにしかならないことは承知していた。そもそも汚れた金を着服したと思われるのも癪《しゃく》だ。この際だからサイラスが嫌うようなプロジェクトをさがして全額寄附しよう。そのうえで、あの男が二度とこちらに手出しできなくなるような足かせをつけてやる。

もっと早くそうすればよかったのかもしれない。だが匿名のままサイラスをつぶすことはできない。自分がサイラスにされたことを世間に暴露したら、研究材料にしたがる輩《やから》や、新しいタイプの武器として囲いこもうとする国が出てくるだろう。静かに生きたいという願いは塵《ちり》と化す。

チャーリーと出会ってようやく生きる意味をとりもどしたのに、今さら失いたくない。

ワイリックは小さく首をふって運転に意識を集中した。ともかく買い出しをして、里親制度という名の渦にのみこまれたワンダの孫をさがさなくてはならない。
〈ホールフーズ・マーケット〉に到着するとすんなり注文した品を受けとることができた。袋からハーシーズのチョコレートバーを出して運転しながらかぶりつく。帰りはフリーウエイに乗らず、下道を使った。

車から荷物をおろし、チキントルティーヤキャセロールをオーブンに入れてパソコンの前に戻った。クリックして暗転していた画面が明るくなったとたん、調査以外のことが頭から消えた。いくつかの検索結果が表示されていたが、そのなかにこれはという情報があったからだ。

カトリーナ・デルガードは自分をさがしている肉親がいるなどと想像したこともなかった。幼いころの記憶はほとんどなく、母親のことでさえおぼろげにしか覚えていない。

里親には親切な人も、そうでない人もいた。十八歳になって里親制度の対象から外れたときはフィラデルフィアで一年ほど路上生活を強いられた。友だちになった人が同情してルームシェアをしてくれたから助かったものの、そこから定職につくまでにはさらに一年かかった。今はパンケーキ店で働いている。

仕事が得られたことに感謝して、毎日、必死で働いた。誰よりも早く店に出て、いちばん愛想のよい給仕係であろうと努力し、七年後の今もまったく手を抜かずに働いている。

朝は近所の人に乗せてもらって五時に出勤し、帰りは市営バスを使う。

ボーイフレンドは二年前からいない。前のボーイフレンドが麻薬の密売で刑務所に送られたときに怖くなったからだ。自分の与《あずか》り知らぬところで犯罪に巻きこまれ、苦労して手に入れた生活を台なしにされたくなかった。

その日、シフトが終わりに近づいたころ、雨が降ってきた。最悪だ。傘を持ってこなかったのでバスを待つあいだに濡《ぬ》れてしまう。だが、こういうことはめずらしくない。

コーヒーポットを手に担当のテーブルをまわり、お代わりを注いでいく。三十分後、シフトが終わったので冷たい雨を少しでもしのごうと服を着こみ、店を出ようとした。

「カトリーナ、待って」

店長のブレンダに呼びとめられた。

ふり返るとブレンダが傘を手に走ってくる。

「持っていって」

カトリーナはにっこりした。「ありがとうございます！　明日の朝、お返しします」

「あなたにあげる。傘ならもう一本あるし」

「助かります」カトリーナは傘をさしてバス停へ歩きはじめた。

時間どおりにバスが来たので長く待たされることはなかった。それでも家に帰ったときは寒さに手がかじかんでいた。

家に帰っていちばんにパンケーキのにおいが染みついた服をぬいで洗濯機に放りこむ。それからあたたかなスエットの上下と厚い靴下をはき、紅茶を淹《い》れた。

食器棚を開けてハチミツをさがしているとき、携帯が鳴った。知らない番号からだ。そもそも携帯に電話をかけてくるような友だちはいない。きっとまちがい電話だろう。

「もしもし」

「カトリーナ・デルガードの電話ですか?」

「カトリーナ本人ですが」

「初めまして、ダラスの探偵事務所で働いているワイリックといいます。消息不明のお孫さんをさがしている女性の依頼で調査をしているのですが、いくつか質問してもよろしいですか」

カトリーナはどきりとした。

「はい……どうぞ」

「お母様はあなたが七歳のときに車の事故で亡くなられましたか?」

「はい。義理の父のアンディ・デルガードも亡くなりました」

「あなたの姓はデルガードではなくシャープなんですか?」

「はい。母が再婚したときからデルガードを使っていますけど」

電話の向こうでワイリックがチェックリストを確認する。

「ご両親の死後、里親制度に登録されましたね」

「そうです。イリノイ州で。今はフィラデルフィアに住んでいます」

「生年月日は一九九四年六月四日ですか」

「そうです」鼓動が速まる。

「お母様はヴィヴィアン・レイ・シャープですね」

「はい」

ワイリックが息を吐いた。「おばあ様のワンダ・キャロルトンがあなたをさがしています」

「嘘……おばあ様って、お母さんのお母さんっていうことですか？」

「いいえ。お父様のお母様です。ワンダのひとり息子が、あなたのお母様の最初の夫になるのです。おばあ様と連絡をとりたいですか」

「もちろんです！　本当の家族がいるなんて知らなかった」カトリーナは泣きだした。

「その人はどこに住んでいるんですか」

「テキサス州のダラスです。あなたはダラスで生まれて六歳まで住んでいたんですよ」

「ぜんぜん覚えていません」

「おばあ様にあなたの電話番号をお伝えしていいですか？　わたしの仕事はあなたを見つけるまでなので、あとのことはあなたしだいなんです。連絡しないという選択肢もあります」

「連絡しないなんて、そんなことありえません。ぜひ伝えてください。でも電話をするなら午後六時以降にしてほしいと言っておいてもらえますか。朝五時から午後三時までパンケーキ店で働いて、そのあとバスで帰ってくるので、家に戻るのは早くても四時過ぎになります。六時過ぎなら確実に家にいるので」

「お伝えします」

「おばあさんの名前をもう一度教えてください」

「ワンダ・キャロルトンです」

「ワンダ……わたしにおばあさんがいるなんて！　ひとりぼっちじゃなかった。本当の家族がいるのね！」カトリーナは興奮して話しつづけた。「電話を待ってますと伝えてください。それからありがとうございます！　見つけてくださって本当にありがとう！」

「どういたしまして。それではこれで」ワイリックは電話を切った。

オーブンのタイマーが鳴ったので椅子から立ちあがってキッチンへ急ぐ。初めて単独の依頼を成功させて興奮していた。こんな充実感は久しぶりだ。キャセロールをオーブンから出してふたたび電話をとる。

今夜、ふたりの女性が幸せな気分になる。悪くない仕事だ。

ワンダが電話に出た。うしろでテレビの音が聞こえる。

「もしもし」

「〈ドッジ探偵事務所〉のワイリックです。お伝えしたいことがあります」

「何かしら」

「お孫さんを見つけました」

ワンダが喜びの声をあげる。

「ああ！　神様！　あの子は元気でやっていますか？　わたしのことを覚えていた？　会ってもいいと言っていましたか？」

「お孫さんはちゃんとやっておられますし、あなたに会いたがっています。電話番号をお伝えしますので連絡してあげてください。ただ、お孫さんは小さいころのことをまったく覚えていません。ヴィヴィアンは引っ越して一年ほどで再婚したのですが、新しい夫と一緒に交通事故に遭い、亡くなったのです。カトリーナは里親制度に登録され、いろいろな家庭を転々として育ちました」

「なんてこと！」ワンダは泣きだした。「今、どこにいるの？」

「フィラデルフィアです」カトリーナの電話番号とカトリーナが確実に家にいる時間帯を告げる。

「この電話を切ったらすぐに電話するわ。残りの調査料はどうなっているかしら」

「前金で充分でしたのでこれ以上のお支払いは必要ありません。これからお孫さんといい時間を過ごせますように」

「ありがとう！　本当に感謝しているわ」

「どういたしまして」ワイリックは電話を切った。


カトリーナ・デルガードは夢見心地だった。ふたたび電話が鳴ったとき、ひと晩に二度も電話が鳴るなんて奇跡だと思った。ふと顔も知らない祖母かもしれないと感じて番号を見る。州外の番号だ。カトリーナは慌てて携帯をつかんだ。

「カトリーナです」

「ああ、カトリーナ！　ワンダ・キャロルトンです。あなたのおばあちゃんよ。声が聞けて本当に、本当にうれしいわ」

カトリーナは携帯を耳に押しあてたまま、へなへなとソファーに崩れおちた。自分の過去を知る人の声を聞いているのだ。

「わたし……おばあちゃんがいるなんて知らなくて……わたしと血のつながった人がこの世のどこかにいるなんて想像したこともなかったの。わざわざさがしてくれてありがとうございます」

ワンダが震えながら息を吐いた。「あなたはわたしにとっても唯一の肉親なの。これからふたりで空白の時間を埋め合わせしないとね。もちろん、あなたがいやでなければ」

「いやなわけないです。すごくうれしい」

「敬語はやめて。おばあちゃんと話してるんだもの」

カトリーナは泣き笑いをした。「おばあちゃん……ああ、何から話せばいいかわからない」

「なんでもいいからあなたのことを教えて。声を聞いていたいの」

チャーリーはベッドに横たわっていたが寝てはいなかった。人質事件を解決して脳が興奮状態だ。首にまわされた細い腕や、ぜったい忘れないと言ったときの少女の目を思い出す。

それでも松林を揺らす風の音を聞いているうちにだんだん平常心が戻ってきて、いつしか眠りに落ちていた。朝食にパンケーキを焼くアニーの夢を見た。片面が焼けたらバターを落とし、ブルーベリーを散らしてからひっくり返す。シロップでスマイルマークを描いたら完成だ。

目が覚めたとき、自分をひとりぼっちで空っぽだと感じた。いつかまた声をあげて笑うことができるのだろうか。

ベッドから出て荷造りをし、キャビンを出る。

ウィルバートンを出るハイウェイに乗るのにためらいはなかった。インターステート35

をダラス方面へ戻る。

ロバーズケーブ州立公園の出来事でわかったことがひとつある。それは、誰も自分の人生から逃げることはできないということだ。息をしているかぎり、何かが起こり、何かが変わっていく。

トニー・ドーソンはようやく意識をとりもどし、話もできるようになった。集中治療室から個室に移動すれば、ドーソン夫妻も息子と会う時間を制限されなくなる。

その日、メイシーはオデッサのダウンタウンにある美容院へ行き、ついでにコインランドリーへ寄った。バクスターは病院に残っていたので、息子が個室に移ってすぐに会いに行った。

好きな時間に息子に会えるうえ、ほかの患者に気を遣って話す必要もなくなって、ずいぶん気が楽になった。トニーはランダルたちに騙《だま》されたことがわかっていたし、崖から落ちたときの記憶もあった。洞穴まで這《は》っていったのはたぶん水音が聞こえたからだという。そのあとのことはまったく覚えていなかった。

バクスターは、捜索隊がトニーを見つけられなかったので私立探偵を雇ったことや、その探偵がトニーを発見したことを話した。トニーはいろいろ疑問があるだろうに、自分からは何も質問しなかった。

「痛みはどうだい？」

「なんとか我慢できる。外が見られてうれしいな。太陽の光も久しぶりだ。ところで母さんは？」

「ダウンタウンの美容室へ行って、ついでにコインランドリーへ寄ってくるってさ」

トニーは自分の脚を見おろした。あちこちに金属のピンが刺さって、宙づりになっている。折れたあばら骨はくっついてきているものの、まだ深く息をすると痛みがあった。頭の傷は医療用ステープラーで閉じてある。引きつれやかゆみがあるのは治ってきた証拠だ。体のあざも薄い紫や緑に変わってきた。それでも自分がもとどおりに動けるようになるのかどうかわからず、不安だった。

トニーは父親を見た。

「訊《き》きたいことがあるんだけど、怖くて質問できなかった」

バクスターがうなずいた。「なんでも訊きなさい」

「どのくらい捜索してたの？」

「チャーリーがおまえを見つけたのは行方不明になって五日後だよ」

「でもどうして？　ランダルとジャスティンは落ちるところを見たんだから、捜索隊を案内できたじゃないか」

「あのふたりは朝、起きたらおまえが消えていたと嘘をついた。嘘がばれたあとで、崖から落ちたおまえが死んだと思いこんで、面倒に巻きこまれないように口裏を合わせたと言っていた」

トニーは真っ青になった。目に涙が浮かぶ。「ひどすぎる」

「まったくだ。ランダルはおまえに嫉妬していた。おまえを傷つけたかったんだ。ジャスティンがそれに便乗した」

トニーは一拍おいて口を開いた。「トリッシュは……何か言ってた？」

バクスターがトニーの手に自分の手を重ねた。「あの子のおかげで父さんと母さんの携帯は鳴りっぱなしだよ。捜索しているあいだじゅう、おまえはぜったいに生きていると言い張って、事実を知ったあとはひたすら自分を責めていた。正直に話していればこんなことは起こらなかったと言ってな。トリッシュと今後どうするかはおまえが決めればいい。でもあの子は、おまえさえ生きていてくれたら一生憎まれても構わないと言っていたよ。おまえが助かっただけで充分だって」

トニーの頬を幾筋も涙が伝う。

「トリッシュを憎んだことなんてないし、彼女にはなんの責任もないよ。ランダルはぼくがあいつらの話を信じなかったことに腹を立てたんだ。それで殴りかかってきた」

「ランダルのような息子を持った父親に同情するよ。あの子は性根が曲がっている」

「あのふたりはどうなったの？」

「相応の罰を受けている。保釈中だが連邦裁判所で裁判を受けることになる。少年法が適応されるかどうかが問題だ」

トニーが目を瞬《しばたた》いた。「連邦裁判所？」

「国立公園内で起きたことは連邦政府の管轄なんだ。しかもあのふたりは連邦政府の職員である森林警備員に嘘をついた。さらに捜索隊に見つからないようにおまえのリュックサックを隠した。あのふたりはおまえの死体がすぐに見つかると思っていたんだ。その読みが外れて、自分たちの嘘に首を絞められた結果になった」

「学校で、あることないこと言われているんだろうな」

バクスターがほほえんだ。「ありのままの事実が伝わっているから心配するな。トリッシュのおかげだぞ。あの子が校長にかけ合って、おまえが見つかったことや誰がおまえを傷つけようとしたかを校長の口から全校生徒に伝えてもらったそうだ。おまえが学校に戻ったときにいやな思いをしないように」

トニーは頬の涙をぬぐった。「トリッシュは最高のガールフレンドだよ。そう思わない？」

「それともうひとつ、キャンプのときに彼女についてジャスティンが言ったことは嘘だ。探偵と両親の前で認めたそうだ」

トニーは息を吐いた。「それはわかっていたよ。トリッシュがそんなことをするはずない」

バクスターは息子の肩をたたいた。「おまえみたいな息子を持って誇らしいよ」

トニーは時計を見た。「トリッシュは今、学校だよね」

「どうかな。メイシーの話だと今週は親と教師の面談があって休みになったはずだぞ」

「電話してもいい？」

バクスターはにやりとした。「もちろんだ。父さんは退散したほうがいいんだろう？」

トニーもいたずらっぽく笑った。「五分ですむから」

「わかった」バクスターは携帯を出してトリッシュの番号に発信した。


トリッシュ・カールドウェルは洗濯物を干していた。今日はモールへ行こうという友だちの誘いを断って、家で母親の手伝いをしていたところだ。

携帯が鳴った。発信者の名前を見てどきりとする。バクスター・ドーソンの番号だ。トニーに何かあったのかもしれない。震える手で携帯をとる。お願いだから悪いニュースではありませんようにと心から願った。

「もしもし」

「おはよう、トリッシュ。バクスター・ドーソンだ。きみと話したいという人がいるから代わるよ」

考える間もなく、トニーの声が聞こえてきた。

「元気だった？」

「トニー！　ああ、トニー！」トリッシュは泣きだした。

「泣かないで。お願いだから」

「ごめんなさい。ぜんぶわたしが悪いんだわ」トリッシュは早口で言った。「わたしがちゃんと――」

「しっ！」トニーがとめる。「まだ長くは起きていられないから、ぼくに言わせて。きみを責める気持ちなんてこれっぽっちもない。今回のことできみが責任を感じる必要なんてないんだ。だいいちジャスティンの話なんて一瞬たりとも信じなかった。あいつらはそれが気に入らなかったんだよ。ぼくが計画どおりの反応をしなかったから。ぼくらのあいだは何も変わってない。もちろんきみがいやじゃなければだけど。ぼくはひどいけがをし、ずっと足を引きずって歩くことになるかもしれない。でも歩けるようにはなるし、腕も二本あるからきみを抱きしめることもできる。愛してるよ、トリッシュ。それで満足してくれるなら、ぼくはこれからもきみと一緒にいたい」

　トリッシュは泣き笑いをした。「もちろんよ。あなたがいてくれれば大満足だわ。あなたが死んでしまったと思ったの。そうしたら見つかって、もうそれだけで充分だって自分に言い聞かせてた。愛してるわ、トニー・ドーソン。早く会いたい」

ワイリックは自宅のソファーに座って、ハリケーン・ドリアンで壊滅的な被害を受けたグランド・バハマ島やアバコ諸島のニュースを見ていた。すべてがなぎ倒され、居住不能になった地域もあるらしい。

そのときあることを思いついた。

サイラスから奪った金をここに寄附しよう。損得勘定でしか動かない男だから、自分の金を慈善事業につぎこまれたと知ったら怒りくるうにちがいない。報復されるかもしれないが、それでも構わない。縁を切ることができないなら徹底的に戦うまでだ。

ワイリックは目下、〝保険〟と名づけたファイルを編集中だった。ファイル内には〈ユニバーサル・セオラム〉で得たあらゆるデータが記録されている。世界規模で進行中の遺伝子実験に関する情報も、それを証明する映像もあった。チャーリーとともに壊滅にひと役買った〈フォース・ディメンション〉における人身売買まがいの行為の記録も入れた。

自分がどのように生まれたか。どのように母を奪われたか。自分の前に何人の実験体が失敗の烙印《らくいん》を押されたかについても詳しく記した。乳がんをひとりで克服したあと、何度も尾行され、組織に戻るよう脅迫されたこと。組織に雇われたストーカーたちの名前も入れたし、サイラスがダレル・ボイントンを雇ったことも、ボイントンが失敗したと知って爆死させたことも書いてある。

記録をまとめていく過程で、サイラスが自分を殺そうとした理由がよくわかった。自分は彼らがこれまで行った違法行為の集大成ともいえる存在なのだ。

今やジェイド・ワイリックは〈ユニバーサル・セオラム〉にとって貴重な実験体から最大の脅威になったのだった。

13

オクラホマ州からテキサス州に入った瞬間、チャーリーはこれでよかったのだと思った。自分の場所に帰ってきたという確信があった。

ゲインズビルで給油をして、売店で冷えた飲みものとポテトチップスを買う。運転しながらポテトチップスをぜんぶ食べると空っぽの胃が少し落ち着いた。指についた塩をなめ、炭酸飲料で喉をうるおす。

ダラス郊外でフリーウェイに乗り換え、タウンハウスをめざした。ワイリックに電話しようかとも思ったが、やめておいた。何を言えばいいかわからなかったからだ。あとでメールすればいい。

もう少しでタウンハウスに到着するというところで、バクスター・ドーソンからメールが届いた。トニーが一般病棟に移って、順調に回復しているという知らせだ。改めて、息子を見つけてくれたことに感謝していますと書いてあった。

タウンハウスに隣接する駐車場に車を入れてすぐ、トニーの回復を祝うメールを返した。

これでトニー・ドーソンの案件は完全に終わった。荷物をつかんで車を降り、部屋へ向かう。

スタイリッシュで便利なタウンハウスは石造りのキャビンとは対照的だ。ガス式暖炉の電源を入れるとすぐに火がついた。本物の暖炉で薪《まき》がはぜる音を恋しく思わないでもないが、ガス式暖炉でも充分にあたたかいし、何より面倒がない。

バッグを寝室へ運ぶ。靴をぬいでスエットの上下に着替え、キッチンへ行った。冷蔵庫の中身を確認する。バターの塊とビール瓶三本で夕食をすませるのはいやなので、携帯で食事を注文した。

あとで食料品の買い出しリストをつくろう。

明日は買い物をしなくては。

とりあえず今は、ピザとビールでのんびりするのだ。


通院の日だったので外出の準備をしていたマーリンは、出かける直前になってひとりで運転する自信がないことに気づいた。そんなふうに感じるのは初めてだったので気分が落ちこむ。現実をありのままに受け入れているつもりでも、小さな変化に動揺せずにはいられなかった。

ワイリックに運転を頼もうかとも思ったが、あまりに急すぎる。しかも座っているうちにどんどん具合が悪くなっていった。これではたとえ運転してくれる人が見つかったとしても、車椅子がなければ病院内を移動することもできなさそうだ。そこで担当医に電話をして状況を説明することにした。

「ミスター・マーリン」看護師が応対する。「ドクター・ウィリスはぜひとも今日中に診察したいそうです。そうしないと次の治療を決められないと言っています」

「そうなると救急車を呼ぶしかないな。病院で死ぬのはいやなんだ。悪くなったときのために二十四時間看護を予約したし、最後はホスピスケアも頼んである。もうそのときだというなら彼らに連絡するんだが」

「ドクター・ウィリスに訊《き》いてみます。今はおひとりで大丈夫なんですか？　こちらで救急車を手配しましょうか」

「自分で呼ぶから大丈夫だ」

「わかりました。何かありましたらまたお電話ください。ドクターは救急外来で待機しますので」

「ありがとう」マーリンは電話を切って救急車を呼び、ワイリックにも電話をした。いきなり救急車が敷地に入ってきたら仰天するだろうから。

ワイリックにとってその日は掃除の日だった。棚の埃《ほこり》を払って掃除機をかけ、キッチンとバスルームの床にモップをかけおえたとき、携帯が鳴った。モップを立てかけてジーンズで手を拭いてから電話に出る。

「おはよう、マーリン」

「おはよう、ジェイド。救急車を呼んだんだ。サイレンが聞こえてもびっくりしないでくれ」

ワイリックは青くなった。「具合が悪いの？」

「今日はよくない。でも病院に行かなきゃならないんだ。自分で運転できそうもないから救急車で行くだけで、ちゃんと帰ってくるよ」

ワイリックは悲しくなった。こういう日が来ることはわかっていたけれど、今日がその日だとは思わなかった。

「わたしが運転する」

「ありがとう。でも、体に力が入らないから病院に着いたところで、自力では歩けそうもない。うちに車椅子はないからね。もちろんきみのところにもないだろう」

ワイリックがゆっくりと息を吸う。「なんで用意しておかなかったのかしら」

マーリンは笑った。「まったくだ。心配はしないでくれよ。避けられない未来と闘っても仕方がない。わしはそう思っているから」

ワイリックは目を瞬《しばたた》いて涙をこらえた。「そうね、わかった。そろそろ二十四時間看護を頼むときが来たってことかしら」

「そういうことだろうな。病院から電話するよ」

「とにかくそっちへ行くわ。今、どこ？」

「書斎だ」

「すぐに行くわ」

「ありがとう」

携帯をポケットに入れて靴をはき、地上階へ駆けあがる。マーリンを見つけるのは簡単だったが、憔悴《しょうすい》した様子にショックを受けていないふりをするのは難しかった。

「外は寒いから、もっとあたたかいものを着たほうがいいわ。コートはどこにあるの？」

「そんなに寒いのか？　コートは玄関ホールのクローゼットに入っているよ。キャラメル色のやつだ」

ワイリックはすぐに玄関ホールへ行き、コートをとってきた。

マーリンがジャケットをぬぐ。彼がどれほどやせてしまったかを思い知らされて、ワイリックはふたたび動揺した。コートを着るのを手伝ったあと、マーリンの隣に座る。

「二十四時間看護の連絡先はもらっていたわよね」

マーリンがくすくす笑った。「ロドニーが渡した大量の紙束のどこかに書いてあるだろう」

「さがすわ。あなたが病院へ行ったらすぐに電話する。今日中に誰かに来てもらわなくちゃ」

「そんなに早く対応できないんじゃ――」

「無理なら一時的に来てくれる看護師を見つけるわ。あなたがひとりでぶっ倒れてるんじゃないかと心配していたら、おちおち眠ることもできやしない」

マーリンがまた笑い声をあげる。「ぶっ倒れてるとは乱暴な表現だな。ジェイド・ワイリック、きみにはデリカシーというものが欠けているようだ」

「レディーに向かって何よ。あなたこそデリカシーがないわ」

マーリンが声をあげて笑う。「まったくきみは最高だよ。わしの心配ばかりしていないでちゃんと食事をするんだよ」

ワイリックが眉をひそめる。「わたしがやせっぽっちだとでも？」

「事実だからね」

「忙しかったのよ」

「心配してくれていたんだろう。わしのことも、あの私立探偵のことも。きみを殺そうと企《たくら》む輩《やから》もいたしな。片がついたならいいんだが」

「大丈夫。ちゃんとしたから」

「用心するんだよ。きみは誰よりも幸せになる権利がある」

「泣くつもりはないからやさしい言葉をかけないで」

マーリンがふたたび笑う。

「救急車のサイレンが聞こえてきた」ワイリックが言った。「そこを動かないで。わたしが応対する」

「ありがとう」マーリンは背もたれに体を預けて目を閉じた。寄せては返す波のように吐き気が襲ってくる。

ワイリックは小走りで玄関へ行った。

救急救命士が石段をのぼってくる。

「こっちです」ワイリックはドアを大きく開いた。

救急救命士がストレッチャーを押して入ってきた。ワイリックのあとに続いて書斎へ向かう。

救急救命士はぐったりしているマーリンを抱えて立たせ、担架に乗せた。毛布をかけて落ちないように固定する。

ワイリックはマーリンが救急車に乗せられ、ゲートを抜けて出ていくまで外で見送った。それから戸締まりをして自分の部屋へおり、弁護士にもらった書類を出した。ホスピスと二十四時間看護の連絡先はすぐに見つかった。

「夜になる前に誰かを派遣してほしいんだけど、できますか?」

「はい。ミスター・マーリンには早くから調整していただいていたので、いつでも始められるように準備していました。今夜から派遣しますが、看護師のシフトを調整しますので落ち着くまでは毎回、ちがう看護師になるかもしれません。そこだけご容赦ください」

「わたしが彼の代理として仕事ぶりを点検することも聞いていますか？」

「はい、伺っています。ミスター・マーリンはご希望を明確にしておられたので、何をすべきか、また何をすべきでないかちゃんと承知しております。看護師が到着しましたら連絡先を渡していただけますか。医療的な判断はこちらに任せてください。担当医と連携しておりますので」

「たまに様子を見に行って、満足なケアがされているか確認したいだけです。マーリンにそうしてくれと言われたし、わたしも心配なので」

「もちろん構いません。ご自宅にお戻りになるのか、一時的に入院するのか、わかりましたらご連絡ください」

「そうします」ワイリックは電話を切った。

やるべきことはやったが、まだ心配だった。ワイリックがここまで心を砕く相手は世界でもマーリンとあとひとりしかいない。チャーリーに五体満足でいてもらうことは、もはや使命といってもいい。

四時間ほどして、救急車に乗ったマーリンが戻ってきた。ワイリックは母屋にいて、車椅子も準備していた。病院で処方された痛みどめのせいで、マーリンは朦朧《もうろう》としていて吐き気もあるようだった。救急救命士はマーリンを部屋に運んだところでいなくなった。

「看護師もじきに来るわ」

「ありがとう。病院で注射をしてから震えがとまらなくてね」

「化学療法を受けていたとき、空《す》きっ腹に薬をのんだら気持ち悪くなったわ。朝から何か食べた?」

「朝にコーヒーを飲んだだけだ。食事をつくる気力がなくて」

「スープはどう? 飲めそう?」

「わしのために料理をする必要はないよ」

「あら、誰のためでも料理なんてしないわ。でもあなたは特別だからスープの缶を開けてあげる」

マーリンがくっくと笑った。「やさしいね。それじゃあ頼むよ」

「今日は大サービスでスープを皿に移してあたためてあげるわね」ワイリックは車椅子を押してキッチンへ入った。

マーリンが病院に行っているあいだにパントリーのなかを確認したので、スープの缶はすぐに見つかった。ヌードルスープをボウルに空けて電子レンジであたためる。

車椅子をテーブルに近づけてスープ皿を前に置いたものの、マーリンは手の震えがひどくてスプーンを口に運ぶことができなかった。

「手伝わせてくれる？」返事をする間を与えず、マーリンの手からスプーンをとってスープを口へ運ぶ。

疲れきっていたマーリンは抵抗することもなく、少しずつスープを飲んだ。満足したところでワイリックが顎についたスープをぬぐう。マーリンの頬を涙が伝った。

「自分が情けないよ。こんなことまでしてもらうつもりはなかったのに」

「二度とわたしに謝らないで」ワイリックはぴしゃりと言った。「あなたが望んで病気になったわけじゃない。わたしが手伝うのは、あなたの置かれた状況がいやというほどわかるからよ。わたしもかつて、同じだったから」

マーリンはため息をついた。「そうだな。謝罪じゃなくて礼を言うよ。ついでにひとつ尋ねてもいいかな」

「なんなりと」

「どのくらいの期間、化学療法を受けて回復したんだい？」

ワイリックは深く息を吸い、マーリンをまっすぐに見た。

「化学療法は効かなかったの。医者たちがサイラス・パークスに、打てる手はすべて打ったと告げるのを聞いたわ。サイラスはわたしを欠陥品と見なして組織から追放し、当時の婚約者も〝きみが死ぬのは見たくない〟と言って去っていった」

マーリンが息をのむ。「きみがいちばん助けを必要としているときに……そいつらは人間の皮をかぶったばけものにちがいない」震える声で言う。「だが、待てよ。それでどうやってがんを克服したんだ？」

「自分で治したの。激しい怒りが引き金となって遺伝子に組みこまれていた何かの能力が目覚めたんだと思う。自分でもどんな能力があるか、いまだに把握できていないのよ。ときどきふっと新しい力が目覚めるの。ぜんぜん知らなかったことがわかるようになったり、できなかったことができるようになったりね。それを知っているのはチャーリーだけだったけど、これであなたも知っていることになるわ」

マーリンが息を吐いた。「わしはじきに死ぬから秘密がもれる心配はないな」

ワイリックは手にしていたタオルを投げつけた。

マーリンが笑う。

「ほら、スープを飲んだら少し元気が出てきたでしょう。さあ、部屋で休んで」

マーリンがうなずく。「昼寝をするよ」

ワイリックは車椅子を押して廊下に出ると、マーリンの部屋に向かった。マーリンがベッドに移るのを見守って、靴をぬがせ、上掛けをかける。

「携帯はどこ？」

「ここだ」マーリンがポケットから携帯を出す。

ワイリックはそれを受けとってベッド脇に置いた。「よく休んでね。すぐに看護師が来るわ」

マーリンが目を閉じたので、ワイリックは部屋を出た。

一時間後、訪問看護師がやってきた。表の冷たい風とともに、いかにも有能な看護師が入ってきたのを見て、ワイリックはもう安心だと肩の力を抜いた。

「オラと呼んでください」抜けるような青い瞳をした看護師がやわらかな声で言った。「あなたがミズ・ワイリックですね。ミスター・マーリンのお部屋とあなたの連絡先さえ教えていただければ、あとは任せていただいて大丈夫です」

「わたしの電話番号とメールはキッチンにメモしておきました。でもわたしはここの地下に住んでいるので、何かあれば電話一本で駆けつけます」

「それは心強いです」

「ではマーリンの部屋へ案内します」ワイリックは間取りの説明をしながらマーリンがいる棟へ移動した。

「大きな家ですね！」オラが言う。

ワイリックはうなずいて、左手のドアを指さした。「ここがマーリンの部屋です」眠りを邪魔したくないので、ノックはせず、そっとドアを開ける。マーリンはベッドに入っていたが、眠ってはいなかった。

「マーリン、白衣の天使が到着したわ」

マーリンがほほえんで読みかけの本を伏せる。

「オラ、こちらがマーリン。マーリン、こちらはオラよ。それじゃあ、用がなければわたしは部屋に戻るわね」

「お任せください」オラが言う。

ワイリックはマーリンをちらりと見た。「何か持ってきてほしいものはある?」

「次に来るときでいいからトマトの味見がしたいな」

「摘んでくるわ」

「ありがとう。さあ、きみはきみの人助けに戻ってくれ」

ワイリックは深く息を吸って部屋を出た。キッチンで小さなボウルをとり、勝手口から温室へ向かう。

外は寒かったので小走りで移動した。温室に入った瞬間、ぬくもりと土のにおいに包まれる。心を落ち着けるために深呼吸をひとつしてから、奥のトマトコーナーへ行き、緑や赤のトマトをもいだ。

ボウルがいっぱいになると水やりタイマーが正常に作動していることを確認してから、また走って屋敷へ戻る。トマトはキャビネットに置いた。

自分の部屋に戻ったところで、チャーリーの携帯に仕込んだトラッキングアプリを確認した。ダラスに戻っているとわかってひそかに胸をなでおろす。今、この瞬間、大事なふたりはそれぞれの家にいる。思いつくかぎりでいちばん安全な場所に。

次にやるべきはサイラスの首にもっと大きな鈴をつけることだった。息を吸ってパソコンの前に座る。準備はすべて整い、記者会見の根まわしもした。〈ユニバーサル・セオラム〉をたばねるサイラス・パークスが、ハリケーン・ドリアンで被災したグランド・バハマとアバコ諸島の人々に対して個人の資産から四千万ドルの寄附をするという内容だ。

サイラスの自宅のパソコンにはハッキングずみなので、すべては彼のＩＰアドレスから操作されたように偽装することができる。そして彼の口座から移した金をハリケーン・ドリアンの復興を手掛けるいくつかの団体に送金した。もちろん送金者はサイラス・パークスだ。そのあと大手のマスコミ各社に寄附のことを連絡した。

これでふたつのことが達成される。

ワイリックがキーボードをたたけばサイラスの人生をひっくり返すことができると、本人に思い知らせること。

さらにサイラスの名前をマスコミにさらすことで、裏でこそこそ悪事を働きにくくすること。

これまでサイラス・パークスを知るのは特定の人に限られていた。権力者ほど表舞台に立ちたがらないものなのだ。今回のことでサイラスの名前が広まれば、彼は好奇の的になる。一挙手一投足が注目され、あることないことでっちあげられる。世間に注目されていては新たな刺客を手配するのも容易ではないだろう。

他人を簡単に踏みにじるばけもの相手に良心の呵責《かしゃく》など覚えるものか。人の命をなんとも思わず、ひたすら新人類を生みだそうとしてきた男に同情はしない。

仕返しを終えたところで〈ドッジ探偵事務所〉の仕事を再開する。まずはワンダ・キャロルトンとトニー・ドーソンのファイルを更新した。

そのあと十件以上の新着メッセージに目を通し、留守番電話に吹きこまれていたメッセージを聞いて折り返しの電話をした。いつもどおり忙しい日だった。

ワイリックのハッキングから二十四時間もしないうちに、サイラスの〝寄附〟にマスコミ各社が食いついた。秘書がインターコムを鳴らす。

「ミスター・パークス、〈ニューヨーク・タイムズ〉のリポーターから外線一に電話です」

サイラスは眉をひそめた。「わかった」

外線一のボタンを押す。「サイラス・パークスです」

「ミスター・パークス！〈ニューヨーク・タイムズ〉のエド・ワーナーです。ハリケーン・ドリアンの復興基金に莫大《ばくだい》な寄附をなさったことについて少しお話を聞かせてください。どうしてあれほどの額を出そうと思われたのですか？　四千万ドルというのは途方もない額です。あの地域に個人的な思い入れがあるのでしょうか？　休暇でよく訪れていたとか」

サイラスは息をのんだ。四千万ドル？　そう思ったあとで気づく。ワイリックの仕業だ。あの女め！　寄附しやがった！　よりによって慈善事業なんかに！

「話すことはとくにありません」サイラスはそれだけ言って電話を切った。

三十秒もしないうちにまたインターコムが鳴った。

「ミスター・パークス、インタビューの申し込みが殺到しています。外国のメディアからも」

「コメントはないしインタビューも受けないと伝えろ」

「わかりました」

サイラスは椅子から立ちあがって窓辺へ行った。この季節のリッチモンドは紅葉が美しい。赤や黄色のグラデーションと、常緑樹の緑のコントラストが絶妙だ。そうした美しい景色を前にしたら、暖炉に燃え盛る炎や芳醇《ほうじゅん》なワインの香り、寒い日に実家のキッチンで母親が入れてくれたホットチョコレートの味などを連想するべきだろうが、サイラスの頭を占めていたのはジェイド・ワイリックのことだった。

三日間の操業停止に追いこまれたことで、あの女の恐ろしさは身に染みてわかった。

〈フォース・ディメンション〉が壊滅した際も陰であの女が動いていた可能性が高い。組織の人間にはひと言も言っていないが、〈フォース・ディメンション〉のセキュリティーシステムを破れる者はこの世でひとり。それはあのシステムの開発者――つまりジェイド・ワイリックだ。チャーリー・ドッジが介在したと聞いてすぐにわかった。

ワイリックが組織に盾つくようになったのは自分にも責任がある。だが彼女の存在はもはや組織の脅威でしかない。

ジェイドががんを克服したと知って、最初は興味本位でちょっかいを出した。しかし今はそんな段階をはるかに超え、刺すか刺されるかの関係だ。

木の枝から一枚の葉が離れて、くるくると舞いながら落下していった。赤い葉が地面についたとき、サイラスは息をついた。美しいものの最後は、すべての命に限りがあることを思い出させてくれる。自分はあと何回、この景色を目にするだろう。

秘書の机からひっきりなしに鳴る電話の音が聞こえる。気の毒だが今日は電話の対応に追われるだろう。殺し屋を雇ったのは失敗だったかもしれない。だが裏に自分がいることがどうしてわかったのだろう。ワイリックの脳内で新たな進化が起こったのだろうか。あの女ときたらまるで超能力者だ。

そこではっとした。DNA提供者のひとりが超能力者だったことを思い出したのだ。

くそ！　本物だ！

数字にめっぽう強く、コンピュータを操らせたら右に出る者がいない。がんでさえ克服してみせた。加えて超能力まで芽生えたのだとしたら、ポイントンごときの手に負えるはずもない。

「どうして私は組織を滅ぼすばけものを創りだしてしまったのだろう」そうつぶやいて机の上のコーヒーカップを部屋の奥へ投げつける。

カップは壁にあたって砕け、液体と陶器のかけらが飛び散った。

物音を聞きつけた秘書が飛んでくる。

「ミスター・パークス、大丈夫ですか？」汚れた壁や床を見て目を見開く。

「ちっとも大丈夫ではない。さっさと片づけさせてくれ。今日はもう出かける。誰からの電話もつなぐな」

「承知しました」秘書はそそくさと部屋を出ていった。

サイラスは裏口からビルを出て自宅へ向かった。〈ユニバーサル・セオラム〉に投資している人々の反応が気がかりだった。彼らは投資したら倍以上にして返してもらうのが当然だと思っている。寄附などするのは愚か者だけ。たとえ寄附に使われたのがサイラス個人の資産であってもいい顔はしないだろう。

投資家たちの攻撃をどうかわそうか考えているうち、クレジットカードが使えなかったときにハッキングされたかもしれないと言い訳したことを思い出した。今回の寄附もどこかのハッカーの仕業にすればいい。世間の噂《うわさ》など一時的なものだ。

問題はワイリックだ。あの女は今後もずっと目の上のたんこぶで居つづけるだろう。


翌朝、チャーリーはワイリックにメールを送った。

〝ダラスに戻った〟

〝知ってます〟

〝そうか、残念なことにきみの携帯にはアプリを仕込んでいないんだ。問題なくやってるか？　まだ自宅勤務中か？〟

〝どちらの質問も答えはイエスです。孫をさがしている祖母の依頼を受けました。調査はネットで行い、すでに解決しています。マーリンは悪くなる一方です。家には二十四時間看護のスタッフが入りました。わたしは彼の遺産相続人に指名されました。金ならもう使いきれないほどありますけど〟

チャーリーはメールを読みなおした。自分が愛する人を失ったばかりだからかもしれないが、淡々とした文面から恐怖と深い悲しみを感じた。だが慰めの言葉をかけても反撃されるのがおちだ。

〝親愛なる父上からのいやがらせは？〟

〝パパはハリケーン・ドリアンの被災者に四千万ドルの寄附をしたばかりです。ものすごく心が広いでしょう?〟
チャーリーは目を瞬いた。殺し屋を雇った男が四千万ドルの寄附だって?
一瞬遅れてワイリックの仕業だと気づいてにやりとする。
やっぱり彼女は最高だ。

14

三日後

チャーリーが遺灰とともにダラスを出たのは夕方近くになってからだった。アニーと車に乗るのは、彼女が〈モーニングライト・ケアセンター〉に入所して以来だ。そしてこれが正真正銘、最後のドライブになる。助手席に置かれた遺灰の箱をちらりと見て、ハイウエイに視線を戻す。涙があふれそうになって目を瞬《しばたた》いた。

「本当に……きみが隣にいるような気がするよ。ドライブにはいい思い出が多いからかな」

もちろん返事はなかったが、期待していたわけではないのでがっかりすることもなかった。シリウスMXラジオをつけてウィリー・ネルソンのチャンネルに合わせる。《セブン・スパニッシュ・エンジェルズ》の最後のサビが流れた。

「きみのお気に入りの曲が終わってしまったね。いや、きみにはもうこの曲はいらないのかもしれないな。本物の天使になったんだから。あ、次はぼくのお気に入りだ。《きみは《オール》いつもぼくの心に《ウェイズ・オン・マイ・マインド》》、まさに今のぼくの心境だよ。どこにいようと、何をしていようと、きみはいつもぼくの心にいる。きみがぼくを忘れても、きみ自身のことを忘れても、ぼくがぜんぶ覚えているから」

　ウィリー・ネルソンをＢＧＭにアニーに語りかけながら、二時間半かけてテキソマ湖へ到着した。湖の縁をぐるりとまわって、湖畔に立つ思い出のキャビンへ向かう。後部座席には食糧、助手席にはアニー。こんな休暇を何度過ごしただろう。

　車をとめたとき、ちょうど夕日が湖の向こうに沈むところだった。しばらく眺めてからアニーと食糧をなかへ運ぶ。すべてをキッチンテーブルに置いてサーモスタットのスイッチを入れた。

「えらく冷えるな。暖炉に火を入れてからウィンナーとマシュマロを焼こう。最後にここに来たときのことを覚えているかい？　バーベキューをするつもりだったのに大雨になった。人生でいちばん情熱的で楽しい一日だった」

　手を動かしながら話しつづける。静寂が怖かった。種火が薪《まき》に燃え移ったのでキッチンへ戻る。

「今日は満月だよ、アニー。予報では雨も降らない」

　食器棚からロースト用の串を出してウィンナーを三本刺し、暖炉へ運んだ。

　炎の上にウィンナーをかざすと、やがて溶けた脂肪がしみだしてじゅっと音をたてた。

煙とともに香ばしい香りがただよってくる。片面にしっかり焼き目がついたところで火からおろした。

「おいしそうだ」キッチンへ運んでウィンナーとマスタードを挟んだホットドッグを三つつくる。瓶ビールをコップに注ぎ、料理と一緒に暖炉の前へ運んで静かに食べた。

一時間後、ビールを飲み干し、ホットドッグも食べてしまった。立ちあがってマシュマロをとりに行く。できるだけたくさんのマシュマロを串に刺して、炎にかざした。ときどき角度を変えながら、焦げる寸前まで焼く。

「きみはこのくらいが好きだったね」串をとってアニーの遺灰とともにポーチへ出た。

遺灰箱を横に置いてひとつずつマシュマロを串から外し、闇に沈む湖を見ながら食べる。

気温が低いせいかカエルやコオロギの声は聞こえなかったが、夜に活動する鳥の鳴き声が聞こえた。フクロウの声に驚いて、小さくてふわふわした生きものが茂みの下へ隠れる。

月光に輝く湖面を横切る水鳥のシルエットが幻想的だ。

最後のマシュマロを口に放りこむ。

冷たく光る月が自分の心を映しているような気がした。先延ばしにしても気持ちが楽になることはない。指先をジーンズで拭き、遺灰の入った箱を見る。

「準備はいいかい？　最後の共同作業だ」

箱を抱えて湖畔におりる。岸辺の岩をたたくやさしい水音が聞こえた。

水際で足をとめて空を見あげる。月と無数の星が、最愛の人を抱えたチャーリーを見おろしていた。視界が涙でかすむ。込みあげてきたものをのみこんで、箱のふたを開けた。

「いつも一緒だ……きみはぼくの心のなかにいる」そう言いながら弧を描いて灰をまく。アニーの一部が宙を舞い、風に乗って湖面を滑る。そして消えた。

手放すことなどできないと思っていた。

それをやってのけたのだ。

キャビンに戻ってベッドに入り、翌日は日の出前に出発した。湖から離れれば離れるほど心が軽くなっていった。悲しみは依然としてそこにあるが、闇にひっぱられるような感覚は消えていた。

一度にひとつずつ、焦らず前進するしかない。

事務所へ直行しようかとも思ったが、髪や服が煙くさかった。いったんタウンハウスに戻ってシャワーを浴び、事務所へ向かう。すぐに行方不明者の捜索ができるとは思えなかったが、自分のこと以外に何か集中できるものがほしかった。

ワイリックはいなかった。よく考えると新しい事務所にひとりでいるのは初めてだ。ドアの鍵を開けて明かりをつける。パソコンの電源は入っていないし、コーヒーもできていない。給湯室のガラスの器に砂糖をまぶしたベアクロウも並んでいない。もちろん共用スペースの机からあれこれと偉そうに指示されることもない。

所長室へ入ってステットソンを帽子掛けに、コートをクローゼットにしまった。コーヒーメーカーをセットしてからパソコンを起動して、個人用のメールボックスを確認する。四百件も未読メールがあったので、コーヒーを淹《い》れて一通ずつ開いた。

メールを読みおわるころには午後二時を過ぎていて、胃がぐるぐると鳴っていた。パソコンの電源を落として照明を消し、戸締まりをする。ワイリックがアシスタントになる前は当たり前にやっていたことだ。改めて彼女の存在の大きさを痛感する。

ワイリックが現れて人生は大きく変わった。ここ最近の依頼は彼女なしには解決できなかったのだ。むかつくことも多いが、もはや欠くことのできない存在だ。

帰宅途中にあるステーキハウスに寄って早めの夕食をとる。タウンハウスに帰ったときは少しだけ気分がましになっていた。生産的な一日だったし、腹も満たされている。今のところはそれで充分だ。

サイラス・パークスは相変わらずマスコミに追いまわされていた。インタビューを受けず、会見も開かなかったため、マスコミは好き勝手な解釈をした。幼いころからいろいろな場面で撮られたサイラスの写真を掲載し、サイラスがどんな人物で〈ユニバーサル・セオラム〉がどんな組織なのか、サイラスの個人資産がどのくらいなのかといったことについてわずかな情報をふくらませて物語をでっちあげた。

加熱する報道を警戒して、組織を陰で支えていた何人かが離れていった。

さらに悪いことに、ＦＢＩの捜査官二名が自宅へやってきた。捜査官たちはダレル・ボイントン殺害事件を捜査しており、ワイリックを殺害しようとした人物としてサイラスの名前が挙がっているという。

「殺し屋のことなんて知りません」サイラスが言った。

「しかしジェイド・ワイリックのことは知っていますね。かつて〈ユニバーサル・セオラム〉で働いていたのですから」

「それはそうですが。彼女はがんになって退職しました。それから何年にもなるし、今、どこで何をしているのかぜんぜん知りません」

「それは事実ではないでしょう。ポイントンをストーカーで訴えたとき、ワイリックはあなたが雇った複数の私立探偵の名前も挙げました。その全員があなたから金を受けとったことを認めています」

サイラスは強気に顎をあげた。「私を逮捕するつもりなら弁護士に電話しますが」

「逮捕はしませんが、これからもちょくちょくお話を伺うことになるでしょう」

「弁護士の立ち会いがなければ応じません。さあ帰ってください」サイラスは家政婦を呼んだ。「ルーシー、お客様がお帰りだ。玄関までご案内してくれ」

「かしこまりました。こちらへどうぞ」

捜査官が部屋を出ていくとすぐ弁護士に電話をする。次から次へと予想外のことが起こる。ミスを犯したのだ。それもかなり大きなミスを。なんとか逃げ道を確保しなくては。

サイラス・パークスがなんの動きも見せないことをワイリックは不思議に思っていた。マスコミの取材攻勢でそれどころではないということだろうか。タブロイド紙に何度か写真が載っているのを見た。

あの男がどんな苦境に立たされようが知ったことではない。自分がやられたことを考えればまだ十分の一も仕返しできていなかった。だいいち、今の自分にはもっと考えるべきことがある。上の階で大事な友人が生涯を閉じようとしているのだから。

いつでも上の階に越してきていいと言われたものの、マーリンの生活を邪魔するつもりはなかった。残された日々を自分の城で、望むとおりに過ごしてほしい。

清掃業者が入っているので広い屋敷は隅々まで美しく保たれているし、二十四時間看護のおかげで身体的にも可能なかぎりの快適さを追求できているはずだ。

ワイリックは毎晩、食事のあとに話し相手をした。マーリンの気が向いたときは寝室でポーカーゲームなどをすることもある。勝つのはいつもワイリックだ。手抜きなどしてもマーリンは喜ばない。

「もうすぐ死ぬ相手に容赦ないな」ワイリックのロイヤルフラッシュを見てマーリンがぼやく。

　ワイリックは目を細め、テーブルの上のチップをかき集めた。「お金があったところで天国へ行けるわけじゃないでしょう。だいいち看護師のお尻に見とれていなければ引き際をまちがえることもなかったのよ」

　マーリンは急速に薄くなりつつある髪を手ですいた。

「お尻なんて見とらんぞ」

「ごまかしても無駄よ。わたしは事実を言っているだけだから」

　マーリンはのけぞって笑ったあと、苦しそうに胸をたたいた。

「頼むから笑わせないでくれ。笑いながら息を吸うなんて芸当はもうできないんだ。負けっぱなしで死ぬのもいやだ」

「だったらわたしを負かしてごらんなさいよ」

　マーリンは首をふって、手にしたカードをテーブルの上に放った。

「きみは無敵だ。何にも動じないし、腹が立つほど頭が切れる。まあ、負ける相手を選べるならきみに負けるさ」

「あら、光栄だわ」トランプカードを集めてきちんとそろえ、箱に入れる。「さあ、今日はこの辺で勘弁してあげる。明日はババ抜きでもしましょう。それならあなたも勝てるんじゃない?」

　マーリンがにやりとする。

「おやすみなさい」マーリンの額にキスをする。

「またトマトを持ってきてくれ」

「わかった。トマト栽培はあなたの勝ちね」

「きみは植物を育てたことがあるのかい」

　ワイリックは少し考えてから肩をすくめた。「ないわ」

「だったらまだわからないじゃないか」

「わたしには向いてないと思う」

「いや、凝り性のきみのことだ、栽培だけじゃ飽き足らなくなって新種のトマトでも開発しそうだ」

　ワイリックは笑いながら部屋を出た。

　マーリンが床におろしていた足をベッドにのせてほほえむ。ワイリックが声をあげて笑うなんてめったにないことなのだ。

「あとはお願いね」ワイリックはキッチンで紅茶を淹れているオラに声をかけた。

「笑い声が聞こえましたね。笑うのはとても体にいいんです」

「がんを治すことはできないわ」

オラが手をとめる。「この仕事を始めてずいぶん経《た》ちますけど、ひとつ学んだとするなら、誰にも寿命があるのです。わたしの仕事は患者さんの毎日をよりよいものにすることであって、あとは神様の領域ですから」

ワイリックはオラの言葉を反芻《はんすう》した。そんなことを言われたのは初めてだった。がんを克服したことをまったく別の視点から考えられそうだ。

「ありがとう。明日は午前から仕事へ行くわ。必要なときは携帯に連絡して」

「わかりました。マーリンのことはわたしたちに任せてよく寝てください。全力でお世話しますから」

「わかってる」

ゆっくりと階段をおりる。明日の朝、トマトを摘んでマーリンに届けるのを忘れないようにメモをした。それからチャーリーにメールを送る。

〝隠れるのは終わりにします。明日は事務所を開けますから。あなたはあなたの望むように〟

リクライニングチェアに体を預け、アメフトを見ながらタコスを食べていたチャーリーのところにメールが届いた。

メールを読んで眉間にしわを寄せる。あなたの望むようにと言いながら、実際はさっさと仕事へ戻れと尻をたたいているのだ。実際、彼女ひとりで事務所にいるときにサイラス・パークスが何か仕掛けてきたら、そばにいなかった自分を責めながら残りの人生を過ごすことになる。だが事務所へ戻るということは、他人の苦悩をも背負いこむということだ。そしてワイリックにあれこれ指図されるということでもある。

タコスをもうひと口食べながら考える。

砂糖のかかったベアクロウ。

うまいコーヒー。

気が乗らなければ依頼を断ればいい。

チャーリーは親指を立てた絵文字を返信してアメフト観戦に戻った。

ワイリックを放っておくわけにはいかない。アニーを失った日の朝、施設を出て、ジープの横に立つワイリックを見たとき、心底救われた気がした。〝相棒〟という言葉の意味を初めてちゃんと理解した。

いつもより三十分早く目覚ましが鳴る。ベッドの上に体を起こしたワイリックは、どうして薄暗いうちから起きなくてはならないのかを考えた。

「あ、トマトだ」思い出してベッドを飛びだす。

数分後にはプラスチックのボウルを手に、温室へ走っていた。テニスシューズのひもは結んでいないし、バスローブの腰ひもが風になびいている。

「なんでこんなに寒いのよ」ぶつぶつ文句を言いながら温室へ入る。

照明に照らされた温室は昼間とはちがう空間に見えた。地面にのびる影が人骨のようだ。そこらじゅうに死体が転がっているみたいで気味が悪い。

「さっさとトマトを摘まなくちゃ」ひとり言を言いながら奥へ進む。

ボウルが小ぶりな赤いトマトでいっぱいになったところでいそいそと出口へ向かった。自分が暗闇に本気でびくついていることが驚きだった。温室を出て小走りで屋敷へ戻る。トマトをマーリンのキッチンのカウンターに置き、次は出勤の準備だ。ずっと家で仕事をしていたので、久々の出勤にふさわしい格好をしなくては。

クローゼットをざっと見て、金のラメのついたパンツを選ぶ。トップスはVネックセーターと白いレザージャケットにした。同じくレザーのハーフブーツには金のメタルチップがはまっている。派手な服を着なくても注目されるのはわかっていた。ゴールドのアイシャドウや燃えるような赤いルージュはふつうの人ならやりすぎになるところだが、ワイリックには不思議とよく似合った。

荷物はもうまとめてあるので、あとは車に乗るだけだ。途中でベアクロウを買っていくつもりだった。チャーリーが来たときのために。

日の出とともに目を覚ましたチャーリーは、サーモスタットの温度をあげ、コーヒーメーカーをセットしてからバスルームへ向かった。

シャワーを浴びてひげを剃《そ》り、服を着る。ステットソンを頭にのせて玄関へ向かう。いつもと変わらない一日が始まった。いらいらするダラスの渋滞でさえも日常を感じさせる不可欠な要素に思えた。今はふだんどおりを実感することが大事なのだ。

事務所の入ったビルに到着してエレベーターに乗ったとき、わずかに脈が速くなった。依頼を受けて調査を開始するときと同じ反応だ。やはり自分にはこの刺激が必要なのだ。

事務所の前まで来るとコーヒーの香りがした。第二のわが家に帰ってきた気分でほっと息をつき、ドアを開ける。

ワイリックは顔をあげることさえせず、いつものように高速でキーボードをたたいていた。

「シナモンローストコーヒーにベアクロウ、伝言は机の上」

「おはよう、ワイリック」

「あいさつの押しつけはやめてください」

不愛想な返事にさっきとはちがう種類のため息がもれる。だが、気持ちが折れることはなかった。

ワイリックの机の前を通りすぎ、給湯室でコーヒーをついでベアクロウをひとつとり、所長室に入った。机の上に荷物を置いて帽子とコートをぬぐ。コーヒーを半分飲んでベアクロウを平らげたところで、チャーリーは伝言のメモを引き寄せた。

隣の部屋ではワイリックが目を閉じて深呼吸をしていた。チャーリー・ドッジが復帰した。今日はもうそれだけで充分だ。目を開けてメールの分類を再開する。

そうやってふたりの一日が始まった。


サイラス・パークスはマスコミの関心が薄れるまで出社を控えることにした。その前に支援者ひとりひとりに連絡して、巨額の寄附は私的な口座から金を奪ったハッカーの仕業だと説明しなければならなかった。

支援者たちはいちおう納得してくれたものの、サイラスの怒りは収まらなかった。このまますませるわけにはいかない。失敗の要因は特定の人物に仕事を任せたことではないだろうか。

そこで今回は一度に複数の人間を使ってワイリックを徹底的に監視し、無防備になる瞬間を狙うことにした。ワイリックという障害物をとりのぞくには息の根をとめるしかない。

一週間後
午後二時を過ぎたころ、オラからメールがあった。

〝マーリンにお別れを告げるなら家に戻ってください〟

〝すぐに帰ります〟

返信を打ちながら立ちあがる。ついにそのときが来たのだ。

所長室に入ってきたワイリックを見て、チャーリーはすぐに異変を察知した。

「早退します。マーリンが危篤です」

チャーリーは立ちあがった。「送っていこうか」

ワイリックが首をふる。「いつ戻れるかわかりません」

「ここはぼくひとりでなんとでもなる。すぐに行ってあげなさい。ぼくにできることがあれば遠慮なくメールしてくれ」

ワイリックは踵《きびす》を返して自分の机に戻り、パソコンの電源を落として事務所を飛びだした。

チャーリーは立ちあがって窓辺へ行った。

ワイリックが駐車場へ走って出てくる。

自分が同じ境遇にいたのはつい先日のことなので、とても他人事とは思えなかった。

ベンツが猛スピードで駐車場を出ていく。

チャーリーはワイリックとマーリンのために祈った。

マーリンの屋敷までどうやって運転して帰ったのかよく覚えていない。屋敷の裏にベンツをとめて部屋へ駆けこみ、スエットシャツとジーンズに着替えて化粧を落とした。偽りの部分をマーリンの空間に持ちこみたくなかったのだ。

まだ湿った肌のまま階段を駆けのぼり、キッチンを抜けて寝室へ向かった。

ベッド脇に座っていたオラが立ちあがり、ワイリックに席を譲った。

「マーリンがお待ちかねです。お医者様には連絡しました。痛みは感じていないはずです」

ワイリックは椅子をどけてマーリンの手をとった。ひんやりとして、命のぬくもりは感じられない。ときおり指先がぴくりと動かなかったら、間に合わなかったかと思うところだ。

「マーリン、わたしよ」

まぶたが震えて薄く開いた。唇が動いたが声は出てこなかった。たぶん〝ありがとう〟と言おうとしたのだろう。

「お礼を言うのはわたしのほう。友だちになってくれてありがとう。安心して眠れる場所をくれてありがとう。あなたはいつも味方でいてくれたし、わたしを自慢の友だちとして扱ってくれた。そんな変わり者はあなたくらいよ。屋根の上のサーチライトも温室のトマトも大好き。あなたから譲り受けたものはぜんぶ、命が続くかぎり大事に守っていくから」

マーリンの手がワイリックの指をぎゅっと握る。深く息を吸うと、力をふりしぼってマーリンは言った。「負けるなジェイド……わしの自慢の娘」

「負けない」

マーリンが最後の息を吐く。

オラが隣へ来て手首にふれ、脈をさがした。

ワイリックはじっと待った。一分が経過したがマーリンが次の息を吸うことはなかった。

オラが聴診器を胸にあて、時計を見る。

「午後三時十八分、お亡くなりになりました」

アーサー・マーリンは逝ってしまった。

「わたしは何をすれば？」

「わたしが担当医と葬儀屋に連絡を入れます。マーリンのご遺体がこの屋敷を出たところでわたしの仕事は終わりになります。あなたは弁護士に連絡したほうがいいかもしれません」

「そうね、ロドニーに連絡します」

オラがベッドに背を向けて携帯をとりだしたので、ワイリックはマーリンの顔にかかった毛を横へなでつけた。「痛みも苦しみも終わったのよ。あとのことはちゃんとするからゆっくり眠ってね」

寝室を出てリビングへ行く。古き良き時代を思わせる優美な内装に、初めてマーリンと会ったときのことがよみがえった。

きっかけはダラスに来てすぐに受けとった、メンサのグループミーティングの知らせだった。サイラス・パークスはワイリックの頭脳が自慢で、あらゆるＩＱテストを受けさせた。メンサのテストを受けることになったのも、ひとえにサイラスの虚栄心を満足させるためだ。当時のワイリックはメンサに関心などなかった。高いＩＱは生まれつき備わっていたもので、そうあるのが当たり前だった。しかし〈ユニバーサル・セオラム〉を去ったあと、初めて世界とつながりがほしいという気持ちが芽生えた。そしてメンサを思い出した。胸にぽっかり空いた空洞を埋める何かがほしい。メンサに属す人たちなら通じるものがあるのではないかと思ったのだ。

髪の毛のない頭にスカーフを巻いたやせっぽっちのワイリックを、長い白髪と白い顎ひげを蓄えた男性がにこやかに迎え入れ、お茶を淹れてくれた。

あれは冬だった。暖炉の前のふかふかの安楽椅子に座って、お茶を飲みながらほかの人たちの話に耳を傾けた。みんな親切だったし、いやな顔をせずに受け入れてくれたが、やはりワイリックは異端児だった。どこへ行っても変わり者は変わり者だったのだ。

それでもいいと思った。人とかかわりたいという欲求を満たすことはできたから。ところがようやく慣れて世間話ができるようになったころ、サイラス・パークスに見つかった。それでミーティングに顔を出さなくなった。サイラスにプライベートを知られたくなかったし、メンサの人々を巻き添えにするのもいやだった。

チャーリー・ドッジのことを知り、アシスタントとして働きはじめたのはそのころだ。チャーリーのもとで一年が過ぎ、二年が過ぎ、そのあいだもサイラスに見つかるたびに引っ越しをした。

サイラスのいやがらせに我慢ならなくなったとき、マーリンのことを思い出した。彼が屋敷の地下室をアパートメントとして貸していたことを。そしてマーリンの家がふたたびほっとできる場所になった。ここならサイラスの手先も近づけなかった。

初めてマーリンの屋敷を訪れたとき、通されたのがこの部屋だ。暖炉の前を通りすぎてふかふかの椅子に座る。暖炉に火が入れば完璧だ。目を閉じて息を吐き、ふたたび目を開いて携帯を出す。

「〈ゴードン弁護士事務所〉です」

「アーサー・マーリンの代理で電話しています。ミスター・ゴードンと話したいのですが」

「少々お待ちください」秘書が電話を保留にする。

待っているあいだ、椅子の背に寄りかかって目をつぶった。

「もしもし、ワイリック？」

「マーリンがさっき息を引きとりました。わたしが連絡することになっていたと思って」

「ああ、ついに……お悔やみ申しあげます。本当に惜しい人を亡くした。これから彼の遺言どおりに処理を進めていきます。今すぐにしてほしいことはありますか？」

「お気遣いをありがとう。でも大丈夫。ご存じのとおり、死亡記事を出したり葬式をやったりしないでくれということだったし。遺灰を受けとったらマーリンが望んだ場所にまきに行きます」

「そうですか。連絡をありがとうございました。決まった弁護士がいないなら資産の名義変更後、マーリンのときと同じようにサポートできますが、どうしますか」

「そうしてもらえると助かります。それから、わたしがやらなきゃいけないことがあったらまた連絡してください」

「わかりました。本当にご愁傷さまでした」ロドニーはそう言って電話を切った。

ワイリックは携帯をおろした。コーヒーでも淹れようか迷ったあと、暖炉に火を熾《おこ》す。といってもガス式なので、スイッチを入れれば薪の下に仕込んだ火口に点火する仕組みだ。あっという間に大きくなった炎が薪の表面をなめ、ぱちぱちと音をたてた。

静かに座って窓の外を眺める。

自分は結婚しないだろう。

子どもも産めない。

つまりマーリンと同じような最期を迎える可能性が高いということだ。年老いて、ひとりで、財産だけはうなるほどあって。チャーリー・ドッジが自分より一日でも長生きしてくれるなら、ほかに望むものはない。

一時間が過ぎ、二時間が過ぎようとしたとき、ゲートに霊柩車《れいきゅうしゃ》が到着した。マーリンの亡骸《なきがら》が屋敷を出るときが来たのだ。

オラにメールで霊柩車の到着を知らせる。誰かがしなければいけない仕事だとわかっていても、葬儀屋だけにはなりたくないと思った。葬儀屋が霊柩車から台車を出し、玄関前まで来ると、台車の前後を持ちあげて階段をのぼる。

呼び鈴が鳴ったところでワイリックは立ちあがった。玄関へ行くと代表の男があいさつをして名前と社名を告げた。

ワイリックは男の言うことをほとんど聞いていなかった。

「こちらへどうぞ」葬儀屋を玄関ホールに招き入れ、マーリンの部屋まで案内する。ドアの前でオラが待機していた。

葬儀屋がマーリンの体を抱えて台車にのせ、頭からつま先まで白い布でおおって布の上からストラップを締めた。代表の男がワイリックを見てうなずき、名刺をとりだす。

「このたびはご愁傷さまでした。後日、連絡させていただきます」

ワイリックは玄関まで先導し、台車が通りやすいようにドアを押さえた。葬儀屋が台車を持ちあげて階段をおり、霊柩車へ向かう。

数分後、オラが荷物を肩にかけて玄関ホールへ出てきた。

「わたしの仕事は終了しました。あとで会社からアンケートが届くと思います。ミスター・マーリンがお亡くなりになったのは悲しいことですが、あなたに会えて光栄でした。ミスター・マーリンがあなたを好く気持ちがよくわかりました。あなたは偽りがない。今のご時世、それはとても貴重な資質です」

「ありがとう。親身になってマーリンの世話をしてくれたことに感謝しています。あなたはとてもあたたかな人。この仕事が天職だと思う」

オラがほほえんだ。

「見送りはいりません。どうかよい人生を送ってください。この屋敷はあなたによく似合っています。ミスター・マーリンが、あなたはこの場所に魔法をかけるはずだとおっしゃっていました」

胸が熱くなる。「マーリンがそんなことを？」

「はい。あなたがどんなふうにここで暮らすかをいろいろ想像しておられました。きっとあの世でわくわくしながら見ておられますよ」

ワイリックはうれしくなった。「だとしたら期待を裏切らないようにしなくちゃ」

オラが去り、ワイリックはひとりになった。足を踏み入れたことのない部屋のほうが多いというのに、この屋敷は自分のものなのだ。いずれ全体を見てまわりたいとは思っているが、今は一刻も早く自分の巣に戻って慣れ親しんだものに囲まれたかった。

15

そろそろ日が落ちるというころ、ワイリックは地上階へあがってセキュリティーシステムが作動していることを確認し、防犯のためにランダムに部屋の明かりをつけた。地下へ続く階段の上のドアをロックしてから、階段をおりて下のドアにも鍵をかける。以前は上にマーリンがいたので気にならなかったが、広い屋敷に自分ひとりだと思うとどうにも落ち着かなかった。

無音なのがいやでテレビをつけ、キッチンへ行ってテイクアウトの容器をすべて出した。しばらく迷ってから中華料理をあたためることにする。

いつものようにリビングのテレビの前に座って食事をした。チャーリーに電話をしようかと思ったが、声が聞きたいというだけで電話するほど親しい間柄でもないので我慢する。アニーが死に、ボイントンが殺され、マーリンが病との闘いに敗れても、チャーリーとの関係が変わるわけではない。一定の距離を保っておくほうが安全だ。

一方のチャーリーはワイリックのことばかり考えていた。マーリンはどうなったのだろう。まだ生きているのだろうか。マーリンが家主で、ワイリックと以前から知り合いだったことは知っているが、それ以上のことはまったくわからない。ただ、危篤の知らせを受けたときの様子からして、ワイリックにとって単なる家主という以上に大事な人だということは察しがついた。

メールでもしてみようかと思いかけてやめる。ワイリックが広大な屋敷にひとりきりで、サイラス・パークスが彼女の息の根をとめるチャンスを狙っていることを、チャーリーは知らなかった。

ワイリックは枕もとに拳銃を、ベッドサイドのテーブルに催涙ガスの缶を置いて眠りについた。午前四時前に目が覚めて、そのまま眠れなくなった。

頭の上に未知の空間が広がっているみたいで気味が悪い。そんなふうに思うのはサイラス・パークスのせいだが、認めるのは癪《しゃく》だった。

寝るのはあきらめ、ベッドを出て照明をつける。サーモスタットの温度をあげてから、わざと足音をたてて階段の前に移動した。

「あんなやつに怯《おび》えてたまるもんですか」そうつぶやいて地上階にあがる。ついでにあちこちの電気をつけてまわった。

「マーリンはあなたをわたしに託したの」屋敷に向かって語りかける。「だからスキンヘッドのやせっぽっちが夜中にうろついてもびっくりしないで」

マーリンの寝室まで来て足をとめる。ドアは閉まっていた。このまま立ち去りたい気持ちもあったが、たとえそれがマーリンであっても幽霊の存在など信じない。そっとドアを開ける。

大きなベッドはシーツをはがされマットレスがむきだしになっていた。ほかは何も変わっていない。深く息を吸って部屋のなかに足を踏み入れる。

「わたしはここにいるわ。これからはわたしがこの家に新たな記憶を刻むから。そのためにはお互いに慣れないといけないでしょう。だから脅かすのはなしにしてよね」

ひとり言を言いながらすべての部屋を見てまわる。

二階は客間が並んでいて、その上の屋根裏は地下の部屋と同じくらい広かった。一部は物置として使われているが、残りはこぢんまりとした小部屋に分かれている。かつての使用人部屋だ。

すべて見おわる前に六時になった。自分の部屋に戻って出勤準備をしなければ。

チャーリーはわたしが仕事を休むと思っているだろうが、現時点でマーリンのためにできることは何もない。家でぼうっとしているくらいなら仕事をしているほうがましだ。

さすがに派手な服装をする気分にはなれず、ロイヤルブルーのVネックセーターにベルボトムジーンズを腰ばきして、青いスエードのハーフブーツを合わせた。

鏡の前へ行って自分の顔をじっくり観察する。アイシャドウはやめにして、ブルーのリップグロスに手をのばした。ジーンズと色味が同じだ。黒っぽい瞳はよく人から、何を考えているのかわからないと言われる。アイメイクをしないとどこかもの足りず、無防備な気がした。

化粧品の入った引きだしをひっかきまわしてフェイスジェムシールを見つける。青い星形シールをはがして、ヒンズー教徒が額につけるビンディーのようにおでこにはった。

鏡のなかの自分を見る。瞳の色は黒に近い茶色だ。額には青い星、唇はメタリックブルーのグロスで艶めいている。レザーの服や派手な化粧はなくても自分らしいことはまちがいない。喪服ではないが死者を悼む気持ちを表したつもりだ。

自分の姿に納得したあと、バッグをつかみ、玄関の鍵を閉めて車に乗った。


事務所に近づくにつれ、チャーリーの足どりは重くなった。ところがガラス戸の向こうが明るく、ドアの隙間から淹《い》れたてのコーヒーの香りがただよっていることに気づいてほっと息を吐く。

ワイリックが出勤しているのだ。

ドアを開けたところで動きをとめた。正面にワイリックが立っていたからだ。彼女がこんなに飾り気のない格好で出勤したのは初めてで、それをどう理解すればいいのかわからなかった。

「昨日、マーリンが亡くなりました」

ワイリックの発言でチャーリーはすべてを理解した。

「早退させていただいたおかげでちゃんとお別れが言えました。皮肉ですよね。マーリンはわたしにとって唯一の、そしてかけがえのない友人でした。それなのに彼はもういない。あるのは彼の遺産だけ。お金なんて、わたしがこの世でいちばん必要としていないものなのに。いちばん必要としている友人を失い、必要のないお金と屋敷を手に入れるなんて、人生は質《たち》の悪い冗談としか思えないわ」

最後の台詞《せりふ》が心に刺さる。ひとりぼっちの子ども時代を送った彼女が、マーリンの死によってまたひとりぼっちになったのだ。

慰めの言葉が見つかる前にワイリックが話題を変えた。

「ところで新しい依頼を受けますか？」

チャーリーは肩をすくめた。「内容による。国立公園には当分、近づきたくないな」

ワイリックが眉をひそめた。

「メールをチェックして、これというのがあったら持っていきます。今日はベアクロウがなかったのでデニッシュを買ってきました」ワイリックは自分のカップをとって給湯室へ向かい、コーヒーのお代わりをついで机に戻った。

　チャーリーは所長室へ入って帽子とコートをぬぎ、チェリーデニッシュとコーヒーをとりに戻った。

　隣の部屋からキーボードをたたく小気味よい音が聞こえてくる。何かよい案件があったのだろうかと思いながらデニッシュを食べる。

　一方のワイリックはオクラホマ州のロバーズケーブ州立公園に関するニュースを検索していた。脱獄犯のせいで公園が一時閉鎖されたことを知って驚く。

　こんなときまで事件に巻きこまれるチャーリーにあきれつつ、五体満足で帰ってきてくれたことに感謝した。

　ウェブサイトを閉じて、六件ある新規依頼のうち二件についてまとめる。電話が鳴った。チャーリーに用件だったので転送して作業に戻った。所長室からチャーリーが出てきてワイリックにメモを渡す。

「やっぱり新規の依頼は待ってくれ。ランダル・ウェルズとジャスティン・ヤングの裁判で証言することになった。検察側は、きみがふたりと話したときの映像がほしいそうだ。メールに添付して送ってもらえるか」

「はい」

「審理前手続きで、少年裁判所で裁判をするかどうかを検討するそうだ。まったく親不孝な連中だ」

　ワイリックは渡されたメモを見ながらうなずいた。

「あの子たちは大事なことを学び損ねてあの年になってしまった。それは親の責任でもあります。今すぐ映像を送ります」

「ちょっと雑用をすませてくる。大して時間はかからないから」

　ワイリックは時計をちらりと見て給湯室からチーズデニッシュをとってきた。チャーリーが事務所を出ていったのを確認してからロバーズケーブの事件を掘りさげる。キャビンに滞在中の家族が人質になった顛末《てんまつ》が地元紙に掲載されていた。二度、記事を読む。

　どうやらチャーリーはシェルビーという名の十歳の女の子を助けたあと、脱獄犯をとりおさえて両親を救ったようだ。これで国立公園絡みの依頼を避けたがる理由がよくわかった。

　デニッシュを食べて机の上を片づけているとき、事務所のドアが開いた。五十代らしき女性がふたり入ってくる。似たような顔立ちで、髪は濃淡のあるブロンド、どちらもダイヤモンドの指輪をつけてファーのついたコートを着ていた。

　一卵性双生児だ。ふたりを見ただけでワイリックの頭にいろいろな情報が流れてきた。双子は幼いころからライバルでもある。

　入り口で足をとめた双子は、ワイリックのスキンヘッドや青くぬった唇、額の星を無遠慮に眺めまわした。

ワイリックも瞬《まばた》きひとつせずに見返す。

「それ以上見るなら鑑賞料をいただきますよ。そろそろ自己紹介をして用件を教えていただけませんか」

ふたりは同時に息を吸い、ワイリックの机に駆け寄った。

「わたしはポーシャ・カーライル」

「そしてわたしはポーラ・カーライルよ」

ふたりは名前を言ったあと、同時に話しはじめた。完璧にシンクロしている。

「先日、母が亡くなったのだけど、父が五十回めの結婚記念日に贈った四カラットのイエローダイヤが消えたことに気づいたの。チャーリー・ドッジに見つけてほしいのよ」

「本当に困っているの」

「どうしていいかわからない」

「チャーリー・ドッジの専門は行方不明者の捜索です」

「お金ならあるのよ」ポーシャが声をあげる。「必要なだけ払うわ」

「本人と直接話したいんだけど」

「今、外出中でして――」

「だったら待たせてもらうわ！」ふたりはそう言い放ち、勝手にソファーに座ってしまった。ワイリックをにらみつけ、秘書のくせに生意気だとか、ウィッグくらいつければいいのになどと小声で悪口を言う。顔にシールをはるなんてばかげているとも言った。

　ワイリックは無視した。

　時間が経《た》つにつれ、ふたりはお互いをなじりはじめた。

「最後にさわったのはあなたでしょう！　指にはめているのを見たんだから」ポーシャが大声を出す。

　ポーラが息をのんだ。「わたしが盗んだって言いたいの？」

「あなたならやりかねないわね！」ポーシャがポーラを小突く。

　ポーラが小突き返し、ソファーの上で争いが始まった。

　ワイリックはあきれて携帯をとった。チャーリーに電話をする。

「もしもし？　どうした？」

　ワイリックは電話をスピーカーにした。「これが聞こえます？」

　チャーリーはどきりとした。女性の叫び声や何かがぶつかる音に、火事でも起きたのかと思ったのだ。

「何事だ？　大丈夫なのか？」

「新規のクライアント候補です。双子の姉妹なんですけど、あなたを待っているあいだに小競り合いを始めたんです。わたしでは話す気にならないんですって。早く戻ってきてもらえませんか？」

チャーリーはうめいた。「十分で戻る」

「十分を過ぎたら警察を呼びます」

「携帯をその人たちの前に持っていってくれ」

ワイリックは机の上にあった水のボトルをつかんで席を立ち、けんかをしているふたりにぶちまけた。ふたりがショックで硬直する。

「チャーリー・ドッジが話したいそうです」

ふたりは茫然《ぼうぜん》と携帯を見あげた。

「ふたりともよく聞け。今すぐ立ちあがってソファーに戻ること。おとなしく待てないならワイリックに警察を呼んでもらう」

ふたりは沈黙したままワイリックをにらみつけ、それからお互いをにらむ。

「返事は？」チャーリーが言った。「私の話が理解できたのか？」

「はい」ふたり同時に返事をして床から立ちあがり、ソファーに座る。それから告げ口をしたワイリックを恨めしそうに見た。

「すぐに戻る」チャーリーはそう言って電話を切った。

ワイリックは空のボトルをごみ箱に捨て、自分の机に戻った。

「あなたのせいで髪も化粧も台なしよ」ポーラが責める。

「自業自得でしょう」ワイリックはそう言って出口を差した。「廊下に出て右へ進むと化粧室があります」

「共同の化粧室を使えって言うの？」ポーシャが叫ぶ。

「文句があるならそのままでどうぞ」

ふたりは黙って立ちあがり、競うように出ていった。じきに戻ってきて、最初のときとは打って変わっておとなしくソファーに座る。

ふたりはソファーの端と端に座って相変わらずワイリックをにらんでいた。

チャーリーが戻ってきて、音をたててドアを閉めた。ふたりがびくりとして縮こまる。チャーリー・ドッジがこれほど長身で威圧的だと思っていなかったのだろう。

チャーリーはふたりの無残な様子を見たあと、ワイリックに視線を移した。

ワイリックが肩をすくめる。

チャーリーはにやけないように頬の内側を噛《か》んでふたりの前へ行った。

「ご用件は？」

ふたりが同時に話しだしたので声を荒らげる。「一度にひとりずつ話してください！」

ポーラが縮みあがりながらも口を開いた。「母の指輪をさがしてほしいんです。四カラットのイエローダイヤモンドよ」

「最後に見たのはいつなのか、母上に確認しましたか？」

「母は亡くなりました」ポーシャが言い、ポーラを指さした。「最後にさわったのはこの人よ」

「そんな言い方しないでよ！」

「静かに。そもそも私は家庭内のもめごとには関与しない」チャーリーはきっぱりと言った。「専門は行方不明者の捜索だから。指輪の件を警察に届けるといい。盗難なら警察が質屋をあたってくれる」

「ジェイルーというのは誰ですか？」気づくとワイリックがチャーリーの隣に立っていた。

ポーラが眉をひそめた。「わたしたちのスピリチュアル・ガイドです。なんで彼のことを知って――」

チャーリーはワイリックを横目で見た。遠くを見るような目つき――この目つきはおそらく……。

「本名はグレゴリー・フォスターですね。どちらかが彼に口座情報を教えませんでしたか」

ポーシャが息をのんだ。

「どうやらパートナーが謎を解いたようだ。あとは警察に頼んでください。それから口座の暗証番号はできるだけ早く変えたほうがいい」

双子はショックを受けていた。「はい、でも、まさかあの人が……」

ワイリックを見るふたりの目つきは先ほどまでと明らかにちがっていた。「どうしてわかったんです?」

ワイリックはふたりの質問を無視した。「用件は終わったはずです」

チャーリーは所長室に入ってドアを閉めた。

双子は無言で事務所を出ていった。

しばらくしてチャーリーが戻ってきた。ラグが濡《ぬ》れているのを見てにやりとする。

「ぼくも見たかったな」

ワイリックが肩をすくめた。「猫のけんかをとめるには水をかけるのがいちばんですから」

「どこでそんな知恵を?」

「本で読んだんです」

「実践したことはあるのか?」

「今日が初めてです」

チャーリーは声をあげて笑いながら部屋に戻った。席についてから、そんなふうに笑ったのは何週間ぶりだろうと驚く。

回復のプロセスはすでに始まっているようだ。

くだらない依頼にふりまわされた一日が終わった。チャーリーが帰宅したあと、ワイリックは事務所の戸締まりをした。バッグを肩にかけてエレベーターで一階へおり、ベンツに乗る。通りの端にいる物乞いが自分を見ていることには気づかなかった。

その物乞いはベンツに乗るワイリックの写真を撮り、五ブロック先にとまっている配達車のドライバーに送信した。

その配達車がウィンカーをあげて車の流れに合流し、フリーウェイに乗ったワイリックの後方に車をつける。さらにフリーウェイの路肩で作業していたレッカー車のドライバーがピンクのフォルクスワーゲンを運転している女にベンツの現在地を知らせ、フォルクスワーゲンの女は一般道におりて給油するワイリックを監視しながら、別のドライバーに情報を流した。

給油が終わってガソリンスタンドを出たベンツのうしろに小型トラックがつく。小型トラックは屋敷の近くまでベンツを尾行したあと逆方向へ曲がった。

同じタイミングで老人の運転する白のフォード・フォーカスがベンツのうしろにつく。屋敷の手前まで来て、ワイリックはリモコンでゲートを開けた。

白のフォーカスは閉まるゲートを見ながら屋敷の前を通りすぎた。

それから九日間、同じ顔ぶれがちがう車でワイリックをつけまわした。

マーリンの遺灰の準備ができたというメールが届いたのは土曜日だった。地上階の改築プランを考えていたワイリックは、すぐに作業を中断して葬儀屋へ出かけた。そのときも尾行されていることには気づかなかった。彼女の行動について、サイラスに逐一報告があがっているなど夢にも思わなかった。

屋敷へ戻ってマーリンの灰をテーブルに置き、椅子に座ってチャーリーにメールをする。

〝明日はヘリでガルベストンへ飛んで、マーリンの遺灰を海にまいてきます。午前中に出発して昼前には戻ります〟

〝帰ったら連絡してくれ〟

〝わかりました〟

葬儀屋から帰るときベニーにヘリの整備を頼んだ。

テーブルに肘をついて遺灰箱を見つめる。

「明日は一緒にガルベストンへ行きましょう。とりあえず今からサンドイッチをつくるわ。あなたのトマトもいただくわね。ポテトチップスより体にいいから」

食事のあと、遺灰を海に散布できるよう改良した小型ドローンを点検する。ガルベストンまで飛んだらどこかに一時着陸して、機体の下にこのドローンを装着する。湾の上を飛行中にドローンを切り離して遺灰をまくのだ。

何度か動作を確認してからドローンを箱にしまい、遺灰と一緒にバッグに入れてカウンターに置いた。

ベッドに入ったが眠れなかったので、もう一度起きてテレビをつけた。それでも緊張が解けない。どういうわけか胸がざわざわして不吉なことばかりが頭に浮かんだ。マーリンの最後の願いを叶《かな》えたら少しは心が落ち着くだろうか。

しばらくしてワイリックはようやく眠りについた。

翌日は朝日が昇るのと同時に飛び起きた。誰かに名前を呼ばれた気がしたのだが、部屋のなかはしんとしている。耳を澄ませても、シャワーヘッドからしたたる水音が小さく聞こえるだけだった。あとで修理しなくてはと思いながらベッドを出てコーヒーをつくる。

これからフライトなので朝食はバターをぬったトーストだけにして、スニッカーズをいくつかバッグに放りこんだ。飲みものはベニーが用意してくれるにちがいない。

車まで何往復かして荷物をベンツに積む。ベンツでゲートを出たワイリックはまたしてもチームで尾行されていた。

ハイウェイでワイリックを尾行していたのは、配達車に乗ったエドとアルマのコンビだった。怪しまれないように車間距離を保ちながらベンツのあとを追ってハイウェイをおりる。高台に車をとめたふたりは、ベンツが小さな民間飛行場のゲートをくぐってハンガーのそばにとまるのを監視した。つなぎの作業服を着た男が出てきて、ワイリックの荷物をヘリに積む。そこでようやくワイリックがヘリに乗ることに気づいて、ふたりは焦った。

ヘリの操縦ができるなんて聞いていない。離陸されたら尾行する術《すべ》がないではないか。そんなふたりを嘲笑《あざわら》うようにワイリックの操縦するヘリは地上を離れ、飛行場の上空で旋回して南東方向へ向かった。

「どうする？」アルマが言った。

エドが整備士を指さして車を出した。

ハンガーに戻ろうとしていたベニーは配達車が近づいてくることに気づいた。封筒を手にした女性が慌てた様子で車を降りてくる。

「ミス・ワイリック！　ミス・ワイリックはいませんか？　至急のお届けものがありまして、飛行場へ向かったと聞いて追いかけてきたのですが」

ベニーは眉をひそめた。家主が亡くなった今、ワイリックをさがす人がいるとすればチャーリー・ドッジだけだ。

「もう発《た》たれましたよ。残念ですが」

「まあ、どうしましょう！」アルマが叫び、封筒を胸に押しあててハンガーのなかを行ったり来たりした。「どちらへ向かわれたかご存じではありませんか？」

ベニーは眉根を寄せた。行き先は知っているがもちろん教えるつもりはない。「知りません。私の仕事はヘリに燃料を入れることなので」

アルマは心のなかで舌打ちした。エドをふり返って肩をすくめる。

配達車の運転手が車を降りて近づいてきた。

ベニーの倍は体重がありそうだ。武器も持っている。

「まずい」ベニーはつぶやき、一目散に走りだしたが、運転手に背後からタックルされた。

「痛い目を見たくなきゃさっさとしゃべれ」

「話すことなどありません」即答したベニーめがけて拳が落ちてきた。

一発で顎の骨が砕けた。男はふたたび拳をふりあげて何か叫んだが、ベニーは頑として答えなかった。

そしてすべてが闇にのまれた。

16

「殺しちゃだめ！」アルマが叫んだ。

　エドはベニーの頭や体を殴りつづけている。

「殺すなって言ってるでしょう！」アルマがエドの後頭部を殴った。

　エドが顔をしかめ、ベニーの体を離して立ちあがる。

「死んだの？」

「さあね。ハンガーのなかに行き先がわかるものがないか見てこい」

　アルマはほかのハンガーを見渡したあとで、離れたところにある事務所に目を留めてうめいた。

「さっさとここを出なきゃまずいことになるわ。まったくなんてことをしてくれたのよ！」

　エドがアルマの腕をつかんだ。「聞こえなかったのか？　ハンガーのなかに手がかりがないか見てこい！」

アルマはハンガーに駆けこんで事務机の上にのっていた書類をひっかきまわした。次に引きだしをさがす。何もない。ふと壁のボードに目が留まった。〝ガルベストンまでの燃料〟とメモしてある。

アルマは走って車に戻った。「たぶんガルベストンへ行ったんだわ」

「よくやった。車に乗れ。ダラスに戻る途中でボスに電話する」

アルマはハンガーの前に横たわっている整備員をふり返った。

「あの人はどうするのよ！　救急車を呼んだほうがいいんじゃない？」

エドがアルマの頬をはたいた。「馬鹿か！　あいつはおれたちの顔を見たんだぞ！」


地上でそんなことが起きているとは露知らず、ワイリックはマーリンの願いを叶《かな》えるためにガルベストンへ向かっていた。これから行くのはあたたかな南の地。マーリンは寒いのが苦手だった。化学療法を始めてからはとくに寒さがこたえるようだった。せめて死んだあとはあたたかな場所へ行きたいと思ったのだろうか。とにかく彼の希望を叶える手伝いができてうれしかった。

予定どおりガルベストンに到着し、フォート・クロケット通りにあるヘリポートに着陸してエンジンを切る。給油をしたあとドローンを機体にとりつけ、マーリンの遺灰をドローンにセットした。位置がまちがっていないか何度もチェックする。満足したところで操縦席に戻り、エンジンをかけた。ヘリは離陸して高度をあげ、ガルベストン湾の上を南西に向かった。

海面が太陽の光を反射してきらめいている。まるで神のてのひらの上にいるようだ。果てしなく広がる清らかな眺望に涙がにじんだ。自動操縦のボタンを押してドローンを切り離し、ヘリを上昇させる。ドローンが海面すれすれを飛行するのを上空から監視した。

今にもマーリンの声が聞こえてきそうだ。

〝ジェイド、やるんだ〟

リモコンのスロットルを前に倒して息を詰める。ドローンがマーリンとともに海面に没した。

波の下に消えるドローンとともに、マーリンの人生に幕がおりる。目を瞬《しばたた》いて涙をこらえ、海岸へ向かった。

ガルベストン湾からダラスをめざして北上し、ちょうどサム・ヒューストン国立森林公園の上を飛行しているとき、視界の右端で何かが光った。光はあっという間に大きくなる。

ワイリックは左に急旋回した。接近してきたヘリコプターの脇から突きだすライフルがこちらを狙っているのに気づいて緊急周波数でエマージェンシーを宣言し、コールサインと現在地点の座標を告げた。

鈍い音がしてコックピットに弾丸が命中した。さらに二発が発射され、ワイリックのヘリは錐《きり》もみ状態で落下しはじめた。

再度、対空無線でコールサインと座標を告げる。「チャーリー・ドッジに連絡を。ダラスの〈ドッジ探偵事務所〉に連絡して」

高度が低すぎて雑音がひどくなってもコールサインを連呼しつづけた。ウィンドシールドが粉々に砕け、肩に焼けつくような痛みが走る。次は太ももだ。そこでワイリックの意識は途切れた。

ヘリコプターは重なり合う木の枝にひっかかって、斜めになってとまった。ローターで枝が裂け、がくんと機体が傾く。ローターの先が地面にあたって折れ、ミサイルのように勢いよく飛んでいった。

シートベルトで操縦席に固定されたワイリックは、横向きになったまま意識を失っていた。煙がコックピットに侵入してくる。切れたワイヤが火花をあげ、機体に引火したところで意識をとりもどした。肩がずきずきと痛み、太ももから大量に出血していた。シートベルトを外そうと手をあげただけで血の気が引き、気絶しかける。

墜落で死ななかったことがすでに奇跡だ。せっかくの奇跡を無駄にするつもりはなかった。しかし脱出しようにも出血をとめなくては死んでしまう。

がんの闘病中、なりたい状態をイメージすると体に変化が起きることを学んだ。意識を集中させて、五体満足で出血していない自分を思い浮かべる。

気絶するのが恐ろしくてなかなか動けずにいたが、だんだん煙が濃くなって咳《せき》がとまらなくなった。もう待てない。動くほうの手でシートベルトのバックルをさぐる。

波のように襲ってくる痛みと吐き気に歯を食いしばりながら手を動かすうち、ベルトが外れ、副操縦席側へ落下した。反対の腕はまったく力が入らず、脇に垂れたままだ。肩を撃たれたようだが、弾が貫通したかどうかまではわからなかった。太ももからもかなりの出血がある。

選択肢は三つ――ここで失血死するか、その前にヘリと焼死するか、自力で脱出するかだ。

もちろん脱出するに決まっている。激しく咳《せ》きこみながらその方法をさぐる。

ウィンドシールドは粉々になっているものの、火の勢いが激しくてそこから外へ出ることは不可能だった。座席の背もたれを踏み台にして動くほうの腕をのばし、やっとのことでドアのハンドルをつかむ。

ハンドルが動いた。しかし機体が横倒しになっているせいでドアはびくりとも動かなかった。片足を計器パネルにのせ、もう一方をシートに突っぱって、反動をつけてドアを押す。大きな音とともにドアが上に跳ねあがった。

背伸びしてコックピットの外に顔を出し、新鮮な空気を胸いっぱいに吸いこんだ。そのまま体を持ちあげ、ボディを滑りおちるようにして地面に飛びおりる。力が入らないほうの腕が地面にあたって、激痛に気を失った。

どのくらい時間が経《た》っただろう。炎の熱さで意識をとりもどした。コックピットの炎がさっきよりも激しくなっている。起きあがって走ろうとしたが脚に力が入らなかった。けがをしていないほうの手で地面の草や木の枝をつかみ、這《は》いずって機体から離れた。十メートルほど進んだところで体力の限界に達し、ふたたび意識を失った。

どこかから聞こえる水音で目を覚ました。相変わらず時間の感覚はないが、林冠の上にのぞく空は明るい。二十四時間経過したということはないだろうが、夜までどのくらいの猶予があるかはわからない。

チャーリーに連絡がつけば見つけてくれるはずだ。間に合わなかったとしても遺体は回収してもらえる。

それはわかっていた。チャーリー・ドッジに対する信頼は絶対だった。

飛行場の職員が、負傷して倒れているベニーを見つけて救急車を呼び、警察に通報した。ベニーがダラスの病院に運ばれるころには、警察がハンガーの監視カメラの映像から配達車のナンバーと襲撃者の人相を突きとめていた。配達車と襲撃犯が一斉手配される。ベニーは意識がないままだが手術で一命をとりとめた。

チャーリーはリクライニングチェアを倒してフットボールの試合を見ていた。昼が来てもワイリックから連絡がない。午後二時になろうかというころになってさすがに心配になってきた。メールを送っても返事はなく、電話をしてもすぐに留守番電話に切り替わる。

二十分後、携帯が鳴った。

ワイリックからだと思ってリクライニングチェアから起きあがったところで、飲みものをとりに行ったときに携帯をキッチンに置き忘れたことに気づいた。急いでキッチンへ行き、発信者が連邦航空局だと知ってふたたび不安になる。

「もしもし」

「連邦航空局のローレン・フランクリンです。ミスター・チャーリー・ドッジと話したいのですが」

「本人です」

「ジェイド・ワイリックの操縦するヘリコプターがエマージェンシーを宣言しました。対空無線で本人が、あなたに連絡を希望したのでお知らせしています」

チャーリーの頭は真っ白になった。「ヘリはどうなったんですか？」

「操縦不能で墜落したようです」

「嘘だ」チャーリーはうめいて膝をついた。「墜落地点はどこです？」

アニーを失ったばかりで、ワイリックまで失うわけにはいかない。

「現在、捜索中です。対空無線の雑音がひどくて、正確な場所が聞きとれなかったのです」

「彼女は生きているんですか？」

「それもわかりません。最後に聞きとれたのは、あなたに状況を伝えてくれという言葉でしたので、お電話しました」

チャーリーの脳がいっきに覚醒した。立ちあがってペンとメモ用紙をとる。

「現地へ行きます。捜索している場所を教えてください」

「でも――」

「いいから教えてください」ローレンの言う情報をすべて書きとめたあと、電話を切って書斎へ行った。インターネットでチャーターヘリをさがす。

三度めの電話でスケジュールの空いているパイロットが見つかった。フライトスクールを経営するビリー・ライトという男だ。

「いつ出発しますか？」ビリーが尋ねる。

「今すぐ。三十分でそっちへ行けます」

「給油しておきます。着いたらすぐに離陸しましょう」

「よろしく」チャーリーは電話を切ると寝室へ駆けこんで着替えをした。悪い夢を見ているようだった。またしても国立公園だ。

　キャンプ道具の袋をつかんでテントをよけ、防寒具と水ボトルとプロテインバーを追加して玄関を飛びだした。

　フリーウェイに乗ったところで、ベニーがハンガーでワイリックの帰りを待っているかもしれないと気づく。ベニーの番号に発信したところ、知らない声の男が出た。

「もしもし」

「あれ？　これはベニーの携帯では？」

「どちらさまですか？」

「チャーリー・ドッジです。あなたは誰ですか？　ベニーに大至急伝えたいことがあって電話したんですが」

「ダラス市警のデュプレインです。ベニー・ガルシアは暴行され、意識を失ってハンガーで倒れていました。現在は病院です。失礼ですが、どういうお知り合いですか」

　チャーリーはみぞおちに一発くらったようなショックを受けた。ワイリックの墜落と関係がないとは思えない。

「ジェイド・ワイリックを介して知り合いました。ワイリックはそのハンガーにロングジェットを駐機していました。ベニーは整備士です。私は私立探偵で、ワイリックはうちの事務所のアシスタントをしています。ついさっき、ワイリックの操縦するヘリが墜落したと連絡がありました。ベニーに知らせようと思ったんですが、無理そうですね。墜落事故の詳細はまだわかりません。今から墜落現場に向かうところなので、これで失礼します」

いっきに言って電話を切り、運転に意識を集中する。フライトスクールまで三十分とかからず到着した。

事務所らしき建物の前に四十代後半の背が低くてがっちりした男が立っていた。

「チャーリー・ドッジです。あなたがビリーですか？」

「そうです。事務所でフライトの料金を払ってもらえればいつでも出発できますよ」

チャーリーは駆け足で料金を払いに行った。

「あれに乗ります」ビリーがヘリポートに駐機されたヘリに案内する。

チャーリーが目的地の緯度経度を伝えると、あっという間にヘリは空へ舞いあがって南へ針路をとった。

最速で現場に向かっているのはまちがいないのに、永遠に目的地に到達できない気がした。ワイリックがごくたまに見せてくれた笑顔や、スニッカーズとペプシを至福の表情で味わっているところが思い出される。仕事でも私生活でも何度も助けられている。ワイリックは誰よりも聡明《そうめい》で、信頼した相手に対してはとことん誠意を尽くす人間だ。

その彼女が、今、この瞬間もどこかで助けを待っている。見つけだす自信はある。だが、果たして間に合うかどうか……。

目的地が近づいてきて、ビリーが言った。

「もうすぐ着きます。帰りはどうしますか？」

「それがなんともいえないんです。捜索にどれくらいかかるかわからないので」

「ピックアップが必要なときは事務所に電話をしてください。調整しますから」

「ありがとう。そうさせてもらいます」

空き地にヘリが着陸すると、チャーリーはまっすぐ捜索隊本部に向かった。最初に目についた捜索隊員に声をかける。

「ワイリックの上司のチャーリー・ドッジです。ダラスからヘリで来ました。捜索隊はもう出発しましたか」

「はい。三つのチームに分かれているんですが、二十分ほど前に出発しました」

チャーリーはうめいた。「私も捜索します。重点的に捜索する地点の座標を教えてください」

「しかしあなたは本部で――」

「私はダラスの私立探偵で、人さがしを専門にしています。ワイリックは私に助けを求めてきました。たとえあなたから情報がもらえなくても捜索に入ります」

隊員はしばらく考えてからうなずいた。「わかりました。座標はこれです」

チャーリーは隊員が見せてくれた情報をＧＰＳに入力し、彼のあとについて本部テントに入った。テーブルの上に大きな地図が広げてある。

「機体がレーダーから消えた地点がここで、本部はここにあります。このテントの奥に森へ入る道がありますから、北北東へ向かってください。途中でどこかのチームと合流できると思います。無線機は持っていますか?」

「はい」

「捜索用の周波数はこれです。この周波数で情報共有してください」

「ありがとう」チャーリーは周波数を合わせてリュックサックを背負いなおした。無線機を持ってテントから駆けだす。

捜索隊に追いつこうと山道を走る。水しぶきをあげて小川を渡り、坂道になっても速度をゆるめなかった。小動物が驚いて茂みに隠れる。

のぼりはじめて十五分ほど経ったころ、木々のあいだを縫って声が聞こえてきた。立ちどまって呼吸を整えながら、声のする方向をさぐる。GPSを確認してから道をそれ、木立のなかを歩いていくと捜索隊らしき人たちを見つけた。ワイリックの上司だと名乗ってさっそく質問する。

「機体の残骸は見つかりましたか?」

チームリーダーが首を横にふった。

「まだです」それからチャーリーをまじまじと見る。「チャーリー・ドッジというと、ひょっとして行方不明の子どもを見つけるのが得意な探偵ではないですか？　噂《うわさ》を聞いたことがありますよ」

チャーリーはうなずいた。「子どもに限りませんが、人さがしを専門としています。墜落したヘリのパイロットは、うちのアシスタントなんです」

「ああ、それはお気の毒に」

「ぜったい生きています。簡単にくたばるような輩《やから》じゃないので」

「必ず見つけましょう」

チャーリーが加わって、捜索隊のメンバーは決意も新たに活動を再開した。捜索は時間との闘いだ。

二十分ほどして叫び声があがり、無線から報告が流れてきた。

〝尾翼部分を発見しました！〟

チャーリーの心臓が一瞬とまる。機体が見つかったということは墜落現場が近いということだ。歩くペースをあげ、茂みや下草の陰に目を凝らす。ときおり上を見あげて木の枝に何かひっかかっていないかも確認した。

ふたたび無線機から声が聞こえた。

〝ローターの一部を発見しました〟

〝コックピットのドアです！〟

機体の一部が見つかるたびに墜落の衝撃を思い知らされた。深く考えると頭がどうにかなってしまいそうなので、とにかく足をとめないようにした。

最初に煙のにおいがした。墜落現場特有のにおいは兵士なら誰もが知っている。自然と駆け足になった。ほかの隊員たちも走りだした。

横倒しになったコックピットがぶすぶすと音をたてて煙をあげていた。機体に銃弾が貫通した穴を認めて、チャーリーは愕然《がくぜん》とした。

「誰かがヘリを撃ちおとしたのか！」

スキッド部分をつかんでコックピットによじのぼる。ドアを開けてなかを見るのが怖かったが、えいやっとドアを開けた。

「空だ！　なかに人はいない！」上体を起こして周囲を見渡すと、機体と地面にブーツのあとがついていた。「靴あとだ！　ワイリックはヘリから脱出したんだ！」

コックピットから飛びおりて地面を詳しく調べる。

土や草に残ったあとから這いずって移動しているのはまちがいない。となると遠くには行けないはずだ。チャーリーは地面に目を凝らしつつ大声で呼んだ。

「ジェイド！　ジェイド・ワイリック！」

ジェイドはメリーゴーランドに乗って回転しつづけていた。母親の前を通るたびに大きく手をふる。

母はジェイドを見るとカメラのシャッターを押して手をふり返してくれた。音楽が大きくなって回転速度があがる。息が苦しくなってきた。腕が痛い。

「ママ！　ママ！」ジェイドは叫んでいた。回転木馬に必死でしがみつく。

「がんばって、ジェイド、がんばるのよ。ママはあなたを愛してる。負けないで！　ぜったいひとりにしないから」

ジェイドは泣いた。助けて、助けて。誰か！

次の瞬間、頭のなかに響く声が現実の声と一致した。

誰かがわたしの名前を呼んでいる。ママの声じゃない。男の人がわたしの名前を呼んでいる。

「ジェイド！　どこだ？」

目の端から涙がこぼれて頰を伝った。

チャーリー、わたしはここ。助けて、チャーリー！

頭のなかで必死に呼びかけたが声にならなかった。意識が遠のき、そしてまた暗闇が訪れた。

チャーリーが最初に見つけたのはブーツだった。ブーツの先に脚が見えて、茂みに分け入る。倒れているワイリックの脇に膝をついて脈を確かめた。

まだ生きてる！

「ああ神よ、感謝します」つぶやいて無線機を口にあてた。「ドッジです。ワイリックを見つけました。生きています」

隊員たちが走ってくる。そしてチャーリーが傷の状態を確認する横で、本部に発見の連絡をした。ぱっと見ただけでも頭部と首に切り傷がある。シャツとジーンズにおびただしい量の血が染みていて、肩と太ももにそれぞれ銃創らしき傷があった。このままだと失血死するかもしれない。

チャーリーはリュックサックをおろして応急セットから外科用のはさみをとりだした。シャツを切って肩の傷を露《あら》わにする。赤と黒のドラゴンがのぞく。驚いたことに傷口の出血はほとんどとまっていた。

ガーゼの包みを破って傷口にあてる。

「こっちも封を切ってくれ」近くにいた隊員に粘着包帯の包みを投げた。肩の反対側をさぐったが銃弾が通過したあとはない。銃弾が骨にはじかれて体内に留《とど》まっているのだ。ガーゼを傷口に押しあてて、隊員に包帯を巻いてもらう。

肩の傷の処置が終わるとジーンズを切って太ももの傷を確認した。こちらは弾が貫通していたが、やはり出血はとまっていた。ふつうなら考えられない。ガーゼを重ねて傷口を保護し、粘着包帯を巻く。

「ストレッチャーは？」

「まだ一キロほど後方です」

遅すぎる。

「待っている余裕はない。おい、ジェイド、聞こえるか？」

ワイリックがうめいた。

「チャーリーだ。聞こえるか？」

「聞こえる」ワイリックは弱々しく返事をした。

「誰の仕業だ？」

「ヘリ……ライフル……」そう言ってチャーリーの手をつかみ、目を開く。「サイラスが来る……行かないで」

「きみをひとりにはしない。約束する」

ワイリックはため息をついた。ママも同じことを言っていた。安心して闇に身を任せる。

チャーリーは意識を失ったワイリックを見おろした。ストレッチャーの到着を待つつもりはなかった。

「ワイリックはコックピットから脱出してここまで這ってきたんだから、多少なら動かしても大丈夫だと思う」そう言って彼女を抱きあげる。

「本部に戻りたいので道案内をお願いします」

チャーリーたちは山道を引き返し、ストレッチャーを運んできた隊員と途中で合流して、本部近くで待機していたドクターヘリにワイリックを乗せた。

チャーリーもそのままヘリに乗った。

「あなたは降りてください」救急救命士が指示する。

「残念だがそれはできない。誰かが彼女を狙撃した。彼女は肩と太ももに銃弾を受けた状態でコックピットから自力で脱出したんだ。その彼女が私に〝行かないで〟と言ったんだから、誰に何を言われてもそばを離れるつもりはない」

救急救命士が驚いた表情で銃創を確認する。「わかりました。では、処置の邪魔にならないところにいてください」

チャーリーはストレッチャーの横を通って奥に進み、脚を組んで座った。ヘリが離陸するのでストレッチャーを押さえる。

救急救命士が点滴をし、傷口を確認するためにシャツを完全に切り裂いた。乳房があるはずの場所に彫られたドラゴンを見て、チャーリーに目をやる。

「彼女は一度、地獄から這いあがったんだ。ここで死なせないでくれ」

「全力を尽くします」救急救命士はそう言って点滴を落としはじめた。

「行き先は？」

「メモリアルハーマン医療センターです。ザ・ウッドランズにあって、外傷レベルⅡに対応しています」

チャーリーはうなずいた。

17

ワイリックは現実と夢のあいだをさまよっていた。プロペラの音がするということはまだフライト中なのだ。操縦桿《そうじゅうかん》に手をのばそうとしたが腕が動かず、パニックに陥る。

チャーリーがその手をつかんだ。

「ワイリック、ワイリック、もう大丈夫だ。きみは病院へ向かっている。頼むからがんばってくれ」

ワイリックがうめく。「撃たれた……どうしようも……」

「わかってる。わかってるよ」

「サイラスに、見つかった……どうやって」

ベニーのことを教えるつもりはない。チャーリーは出会ってから初めてワイリックに嘘をついた。「わからない。それよりじっとしているんだ。出血がひどいんだから」

「出血は……とめた」ワイリックはうわごとのように言い、ふたたび意識を失った。

チャーリーはワイリックがみずからの肉体に奇跡を起こしたことを悟った。しかし救急救命士にそれを説明したところで信じてもらえるはずがない。

ヒューストン上空を通過して北上し、〈メモリアルハーマン医療センター〉に着陸する。ヘリポートの脇に医師や看護師が控えていた。

チャーリーはワイリックと一緒にヘリを降り、手術室の前までストレッチャーの横をついて走った。目の前で手術室のドアが閉まったとき、アニーの亡骸《なきがら》が〈モーニングライト・ケアセンター〉を出たときのことを思い出した。

廊下の先の待合室へ向かいながら、ワイリックとアニーはちがうと自分に言い聞かせる。アニーが死んだとき、人生にこれ以上のどん底はないと思ったが、それはまちがっていたようだ。アニーに続いてワイリックまで失うなんて耐えられるはずがない。今すぐサイラスを見つけだし、両手で首を絞めあげたい衝動にかられた。

ベニーを襲ったふたり組が乗った白い配達車は、モールの駐車場に乗り捨てられていた。監視カメラのない一画をわざわざ選んだと見えて、ふたり組が次にどんな車で逃げたのかはわからなかった。また、ナンバーを照会した結果、その配達車には二カ月前に盗難届が出されていた。

ベニーの手術が終わって担当医が待合室に入ってきた。ベニーの家族と、事件を担当している刑事が立ちあがる。

「ベニー・ガルシアのご家族ですか?」医者が尋ねる。

「そうです」父親が応えた。「息子は大丈夫なんですか?」

「容態は安定していて回復していますが、まだ意識が戻りません。鼻と顎、それからあばら骨が折れていました。顎の骨がもとに戻るまでは流動食になるでしょう。脾臓《ひぞう》を摘出し、肺虚脱を治療しました。まぶたが腫れあがって目が開けられない状態なので、視力に異常がないかどうかは腫れがおさまってから検査します」

ベニーの母親が泣きだす。「命が助かったならそれ以上、望むことはありません。本当にありがとうございます」

「あと一時間ほどリカバリー室にいてもらいます。個室へ移ったら面会できますが、くれぐれも安静にしてください」

「わかりました」父親が言い、妻と喜びの抱擁を交わした。

「本当によかった」刑事が名刺を差しだした。「話ができるほど回復したら連絡していただけますか」

「わかりました」母親は名刺をハンドバッグにしまった。

サイラス・パークスは時計をにらみながら自宅のリビングを行ったり来たりしていた。

ワイリックがヘリでダラスを出たと聞いてようやくチャンスが訪れたと思った。だから航空局に手をまわしてワイリックのヘリを特定し、スナイパーを向かわせたのだ。

なんとしても仕留めろと指示を出したが、作戦がうまくいったかどうかはまだわからない。

そのとき、携帯が鳴った。

「標的は煙をあげて墜落した。弾は命中。任務達成」

サイラスは息を吐いて電話を切った。

ワイリックは〈ユニバーサル・セオラム〉が生んだ傑作だけに苦渋の選択だった。だが制御不能になった以上、ほかにどうしようもない。

これで片がついたのだ。


永遠とも思える時間が過ぎたあと、執刀医が待合室に入ってきた。

「ジェイド・ワイリックのご家族は？」

「ここにいます」チャーリーは立ちあがった。「彼女は——？」

「手術は成功しました。肩の銃弾は鎖骨にあたってとまっていたので摘出しました。太ももの銃弾はきれいに貫通しており、主要な血管は傷ついていませんでした。脳震盪《のうしんとう》と複数の打撲があります。あの神がかったタトゥーにも傷が残らないようにベストを尽くしました。不思議なのは手術中にほとんど出血しなかったことです。メスを入れたそばから皮膚が自然治癒していくように見えて驚きました。とにかく、撃たれて墜落したことを考えれば奇跡とも思えるいい状態です。一日も早く犯人が見つかることを祈ります」

「ありがとうございます。いつ面会できますか?」

「じきに四階の病室へ運ばれます」

「私のような大男も滞在できるスペースがある個室をお願いします。誰かが彼女を殺そうとして、失敗したんです。しかもこれが初めてではない。彼女が命をとりとめたと知ったらまた何か仕掛けてくるかもしれないので、入院中もひとりにはできません」

医師が眉をひそめた。「私立病院に移したほうが警護しやすいかもしれませんね」

「どのくらい入院が必要ですか?」

「現時点でははっきりわかりませんが、最低でも一週間は入院しないといけないでしょう」

「そのくらいならここに置いてください。ただ、病院の職員にも事情を知らせておいてほしいのです。ヒューストン市警にはこちらから連絡します。警察が動くかどうかはわかりませんが、いずれにせよ私が警護しますので」

「ほかの患者に被害が及ばない範囲であれば好きにやってください。状況が変わるようなら転院を考慮してもらわなければなりません」

チャーリーはうなずいた。病院の事情もわかるが大事なのはワイリックだ。執刀医が部屋を出ていくと、すぐに荷物をまとめてエレベーターへ向かった。

大勢の人の話し声と機械音、それにうめき声がした。

誰かが自分の名前を呼んでいる。今度は女の人の声だ。

「ジェイド、ジェイド、手術は成功しましたよ。わたしはスージー。目を開けられますか？　ジェイド、目を覚まして」

返事をしようとしたがうめき声にしかならなかった。

「聞こえているんですね？　さあ目を開けて。あなたならできますよ」

まぶたをわずかに開けると、まぶしい光が見えた。医療用のスクラブ剤や消毒液のにおいが鼻をつく。いろいろな種類の機械音がリズムを刻んでいる。前にも似た場所にいたことがある。両方の乳房を切除したときだ。でも、どうしてまた――。

ああ、墜落したんだ！

「チャーリー……」かすれ声で言う。

スージーが肩をたたく。「チャーリーというのは恋人ですか？　あなたがここに運ばれたことを知っていますか？」

ワイリックは息を吐いた。

「知ってる……」

「何が起きたか覚えてますか？」

唇が乾燥しているのでなめようとして、下唇がひどく腫れていることに気づいた。

「痛い」

「唇が？」

ワイリックは瞬《まばた》きをした。「そう」

「ちょっと待っててくださいね」スージーが冷たくてとろみのあるものを唇にぬった。

ワイリックは目を閉じた。このままもう一度暗闇に吸いこまれてしまいたかったが、スージーが許してくれなかった。しばらくするとストレッチャーに乗せられたままリカバリー室を出て廊下を進み、エレベーターに乗った。目に入るのは知らない顔ばかりだ。サイラスの手下に見つかってとどめを刺されるのではないかと思うと緊張が解けなかった。

エレベーターを降りて部屋に入る。ワイリックはストレッチャーからベッドに移された。看護師が点滴を持って控えている。壁際の黒っぽい人影が動いたとき、ワイリックはパニックを起こした。

「だめ！」

次の瞬間、チャーリーがベッドの足もとに立っていた。黒い髪のこめかみにわずかに白いものが交じっている。広い肩はどんな重荷でも受けとめられそうだ。唯一の家族を失って打ちのめされているのに、自分のために駆けつけてくれたのだ。

「ぼくだよ。きみはもう安全だ」

その言葉で嘘のようにパニックは消えた。

「見つけてくれたのね」

「どうにかね。けがが治ったら、ぼくの携帯に入れたトラッキングアプリを自分の携帯にも入れるんだ。居場所がすぐにわかるように。いいかい？」

「わかった」ワイリックはつぶやいて目を閉じた。


それから三日のあいだ、ワイリックは目を閉じるたびに過去の記憶に悩まされた。痛みが強くなるたび鎮痛剤を投与されて意識が朦朧《もうろう》とする。自分では気づかないうちに寝言を言っていたらしく、傍らのチャーリーはとぎれとぎれの言葉をつないでは彼女の壮絶な過去を垣間見るのだった。

サイラス・パークスは幼い子どもから母親を奪って実験対象にした。研究所に閉じこめて、遊んだり甘えたりしたいという子どもの自然な欲求を無視し、テスト責めにしたのだ。誘拐、監禁、殺人、児童虐待……罪状を挙げたらきりがない。

ワイリックは生々しい夢にうなされてはパニックを起こして飛び起きた。目を覚ますたびに、チャーリーが手を握ってくれたり、もう安全だと声をかけてくれたりした。

ワイリックにはそれが何よりの救いだった。

そうやって何日かが過ぎていき、ワイリックは医者の予想をはるかに上まわる勢いで回復していった。本人もチャーリーもその理由はわかっていたが、病院のスタッフには言わなかった。ワイリックはとにかく一刻も早く退院したかった。病院は無防備すぎる。しかも早く家に帰れば、それだけ早く決着がつけられるというものだ。サイラスの息の根をとめるためなら、しばらくプライバシーを放棄する覚悟はできていた。


ベッドの上に上半身を起こしたワイリックは、膝にのったトレイの上の食べものをフォークでつついた。ケチャップのついたミートローフ、塩を使わずに仕上げたポテトグラタン、プラスチックの入れものに入った副菜のサラダ。サラダの上にミニトマトがのっている。トマトを見るとマーリンの温室を思い出して、いっそう家に帰りたくなった。

「どれもこれもまずい」思わず口をつく。

「そんなに悪くないよ」チャーリーは機嫌よく食事をしている。

「あなたは胃に入ればなんでもいいんでしょう」

チャーリーがサラダの上にのったトマトを口に放りこむ。

「そう言うきみはスニッカーズとペプシがないからすねているんだろう」

図星を指されたワイリックはチャーリーをにらんだ。

「すねてなんかないし、明日には退院だからいいの。早く家に帰りたいわ」

「自由に動けるようになるまで誰かが補助するなら退院してもいいと言われたんだろう。ということは看護師を雇わなきゃいけない」

ワイリックは眉をひそめた。「看護師なんていらない。他人を家に入れたくないから。わたしが生きていることがわかったら、サイラスはどんな手を使っても息の根をとめようとするわ。でも、ぜったいに明日退院する。医者がだめだと言っても家に帰る」

チャーリーがミートローフを指さした。「それ、食べる？」

ワイリックはあきれ顔をした。「いいえ、食べません。どうぞ」

チャーリーがミートローフを自分の皿に移して食べはじめる。

「まあ、そんなにかっかしないで。誰もきみに危害は加えないから」

「どうしてわかるの？　あなたにも超能力が芽生えたの？」

「どうしてわかるかっていうと、ぼくがきみを家に送って、本調子に戻るまでそばにいるからさ」

ワイリックは息をのんだ。言葉に詰まるのは人生で二度めだ。

マーリンはワイリックの将来を思って屋敷や資産を残してくれた。チャーリーはアニーを失って悲しみのただなかにいるというのに、こうして泊まりこみで付き添ってくれる。

にまで、どうしてあなたにこうまでしてもらえるのか、不思議だった。

「どう思う？」チャーリーが尋ねる。

「……ありがとう」

チャーリーはうなずいた。「どういたしまして。えっと、そのプリンは食べるの？」

「食べるわ」

「そうか、ならいいんだ。もしいらないならと――」

「冗談よ」チャーリーにプリンを渡す。

チャーリーがプリンにスプーンを突き刺した。

「少なくともそういう冗談が言えるようになったのはいいことだな」

ヒューストンは晴天だが、目的地のダラスには嵐が近づいていた。嵐の到達は午後なので、朝九時のフライトにする。それなら家に帰って悪天候に備える時間もあるからだ。

チャーリーはビリーのヘリを病院のヘリポートに着陸させる許可をもらった。リスクを最小限にするために病院からワイリックの家へ直行するのだ。退院の手続きをして部屋で待っていると、看護師が車椅子を押しながら小走りで入ってきた。

「十五分後にヘリが到着すると連絡があったそうです。これに乗ってください。屋上のヘリポートへ移動しましょう」

着替えを持っていないワイリックは看護師のユニフォームを着たうえにチャーリーのパ

ーカーをはおっていた。ベッドからおり、撃たれなかったほうの脚でバランスをとりながら車椅子に移る。松葉杖《まつばづえ》を使おうにも肩を負傷していて負担をかけられないのだ。家に帰ればマーリンの電動車椅子がある。

チャーリーは自分のバッグを肩に担ぎ、車椅子の隣を歩いた。周囲の誰もがサイラスの刺客に思えて緊張する。エレベーターで屋上へ出て、待機所でヘリの到着を待った。

ビリー・ライトが予定より早く飛来したのでチャーリーはほっとした。ヘリをヘリポートに着陸させたビリーが、操縦席から降りて副操縦席側のドアを開ける。

ローターの回転音と噴きだす風に、ワイリックはひるんだ。どうしても墜落の瞬間を思い出してしまう。きついフライトになりそうだ。

ビリーがチャーリーの苦労をねぎらうように肩をぽんぽんとたたいた。「見つかってよかったですね」それからワイリックに向かってほほえむ。「横になりたければ新しい寝袋を出しますよ。どうします?」

「座れるから大丈夫」ワイリックは騒音に負けないように叫んだ。チャーリーの手を借りて車椅子から立ちあがり、座席にのぼる。

両手をつっぱってどうにかバランスを保っていると、チャーリーが乗ってきた。

「窓側に寄って座れば脚を曲げなくてすむぞ」

言うとおりにするとシートベルトを締めてくれた。ヘッドセットを頭につけたあと、肩の傷や腕をつっているスリングにシートベルトがあたらないよう調節もしてくれる。

「これで大丈夫か？」

ワイリックはうなずいた。

チャーリーが満足顔で自分の荷物をのせる。ビリーが操縦席に乗って、ヘリは離陸した。いつ別のヘリが現れて攻撃してくるかとひやひやした。じっと座っていられず、身を乗りだして窓の外を何度も確認する。

ふいにチャーリーの声がした。

「ワイリック、目を閉じろ。ぼくがちゃんと見ているから心配するな」

それだけのことでパニックがおさまっていく。危険と自分のあいだにチャーリーが立ちはだかっている構図が浮かんだ。彼がいれば心配することはないのだ。

素直に目を閉じる。次に気づいたときは着陸寸前だった。

「よく寝たか？　もう着くぞ」チャーリーが言う。

ヘリが高度を落としていく。

「ダラスなの？」

「〈ライト・アビエーション〉に着陸するんだ。ダラス郊外にあるフライトスクールだ」

「ライト兄弟と関係がある？」

ビリーが声をあげて笑った。「残念ながら。操縦を教えてくれたのは親父《おやじ》のデルロイですよ」

　ビリーがヘリのエンジンを切る。

「ジープをまわしてくるからきみは座っていてくれ」チャーリーはそう言ってヘリを降り、事務所のほうへ走っていった。

　ワイリックはそのときになってベンツをハンガーにとめたままなのを思い出した。当分、運転は無理だろうが、車は家に置いておきたい。

　ジープがやってきた。

「助手席に座る？　それとも後部座席に横になるほうがいい？」

「助手席がいいわ」そう言って移動の痛みに備えて息を詰める。それでも抱きかかえられたときはうめき声がもれた。

「鎮痛剤が切れてきたんだろう。ちょっと待ってくれ」チャーリーがポケットから薬を、リュックから水ボトルを出して、ふたを開けてワイリックに差しだす。

　ワイリックは錠剤をのんで助手席に背中を預けた。なるべく体の力を抜いて楽な姿勢をとる。ジープはハイウェイに乗り、ダラスに向けて走りだした。

「忘れていたけどベンツをハンガーに入れっぱなしだったの。ベニーに電話して、家まで届けてくれないかお願いしてみる」

　チャーリーがもぞもぞと尻の位置をずらした。「たぶん、ベニーは対応できない。何か方法を考えるよ」

　ワイリックは眉をひそめた。「対応できないってどういう意味？」

　チャーリーが深く息を吸う。「実は、きみが離陸したあと、配達車に乗った男女ふたり組がハンガーに現れて、ベニーからきみの行き先を訊《き》きだそうとした。ベニーはしらを切って暴行されたらしい。病院へ運ばれた。警察の話だと事務所が荒らされていたそうだから、ふたり組は行き先が書かれた書類か何かをさがしたんだろう。それできみの居場所を突きとめたんだ」

　ワイリックは青ざめた。歯を食いしばり、鼻の穴をふくらませてどうにか怒りをこらえる。

「きみのせいじゃ――」

　ワイリックは右手をあげてチャーリーを制した。「わたしのせいに決まってるじゃない！　サイラスは自分の望みを果たすためなら手段を選ばない男よ。でも、おかげでこれからやろうとしていることに確信が持てた。言っておくけど、それをやるとわたしの人生もめちゃくちゃになる。とばっちりを受けたくないならわたしから距離を置いたほうがいい。あなたが望むなら、これからも探偵事務所のリサーチは続ける。表向きは無関係を装って」

「いったいなんの話だ？　何をするつもりなんだ？」

「サイラス・パークスと〈ユニバーサル・セオラム〉の実態を世間に暴露するの。あいつらがしていることをひとつ残らず公表する。〈フォース・ディメンション〉や、人身売買まがいの行為、実験の犠牲になった人のこと。わたしはやつらの悪事の生きる証拠よ。だから命を狙われた」

チャーリーは胸が苦しくなった。敵を倒すために、ワイリックは自分自身を犠牲にしようとしているのだ。

「ぼくはきみの味方だ。それは今までもこれからも変わらない。きみはやるべきことをやればいい」道路を見つめたまま言う。

その発言がどれほど深くワイリックの魂を揺さぶったかは、言葉で説明してもわからないだろう。たとえチャーリーから〝愛している〟と言われても、これほど感動しなかったにちがいない。

ありがとうと言おうとしたが、口を開いたら号泣しそうだった。無言でうなずきながら幾筋も涙を流す。

フリーウェイに乗ったところで北の方向に黒い雲が見えた。秋の嵐が近づいていることを思い出す。

「きみの家がある地区は知っているけど、正確な場所は知らないんだ。道案内を頼む」

「ああ……そうだったわね」ワイリックは方向を指示しはじめた。マーリンから相続した屋敷が見えてくる。「黒い鉄の門がある三階建ての煉瓦《れんが》の建物よ」

チャーリーが目を見開く。「ひょっとしてあれか？　大豪邸じゃないか」

「そうね」ワイリックは淡々と答えた。「マーリンはお金持ちだったの。残念なことにゲートのリモコンはベンツのなかだから、ゲート前でとまって直接コードを打ちこまないといけないわ」

チャーリーはゲートに近づいて窓を開けた。

「コードは？」

「七、三、四、三」

チャーリーがコードを打ちこむとゲートが内側に開いた。

「屋敷の裏に車をつけて。そこがわたしの間借りしていた地下室の入り口なの」

「鍵は？」

ワイリックはため息をついた。「ベンツのなか。予備の鍵は家よ」

「ピッキングしたらアラームが鳴るかな」

「アラームはセットしなかったわ。すぐに戻るつもりだったから」

チャーリーは家の裏にジープをとめてグローブボックスを開け、ピッキングの道具をとりだした。

「きみは車にいてくれ。五分くらいで開けられると思う」

　ワイリックはうなずいた。

　チャーリーが大股で玄関に近づく。鍵の種類を確認して道具を選び、ドアの前にしゃがんだ。二分もしないうちに立ちあがってドアを開け、ジープに引き返してくる。

「そんなに簡単なの？」ワイリックは過去数カ月、この部屋で安心しきって眠っていた自分にあきれた。

　チャーリーが肩をすくめる。「ぼくは腕がいいからね」

　ワイリックは目玉をまわした。

　チャーリーがにやりとする。「自分の脚で歩く？　それとも抱えていこうか？」

「抱えてもらうほうがいいわ」

　チャーリーが身をかがめ、ワイリックをお姫様抱っこする。そのまま家に入って足でドアを閉めた。

　リビングの電気をつけっぱなしで出かけたので室内は明るかった。

「寝室は廊下の奥よ。病院で目を覚ました瞬間から自分のベッドで眠ることを夢見ていたの」

　チャーリーはワイリックを抱えたまま寝室へ行き、マットレスの上にそっと彼女をおろした。上着とブーツをぬがせる。

　ワイリックはうめき声をあげて仰向けになった。上掛けをかけてもらってほっと息を吐く。

「少し休んだら書斎へ行く。〈ユニバーサル・セオラム〉をこてんぱんにするために」

「サーモスタットの設定温度はこのままでいい？」

「ええ。家に帰って着替えなんかをとってきたいなら今のうちよ。午後には嵐がダラスに到達する予報だし、北の空が真っ暗だったから」

「きみをひとりにしたくない」

「拳銃をとってきて。ドレッサーのいちばん上の引きだしに入っているから」

チャーリーはワイリックを見つめた。「拳銃を持っているのか」

「ええ。あなたが携帯しているのより大きいやつをね」

チャーリーは引きだしを開けた。

「ブラの下を見て」

実際はブラジャーなど入っておらず、いろんな色の靴下が並んでいた。ワイリックに胸がないという事実を改めて実感する。チャーリーはふり返ってワイリックをにらんだ。

「笑えない冗談だ」ソックスの下にあった拳銃をベッド脇のテーブルに置く。

「ふん、さっさと用事をすませてきて。ゲートのリモコンとこの部屋のスペアキーは上の階のキッチンにあるわ。廊下の反対側にある階段をあがればキッチンに出るから。流しの横の引きだしをさがして」

チャーリーは寝室を出て、好奇心を覚えながら言われたとおり階段をのぼった。広々としたキッチンに出る。全体的にクラシカルな雰囲気だが設備は最新だった。この分ではほかの部屋もすごいにちがいない。ただ、今は見学している場合ではなかった。リモコンと鍵を見つけて急いで下へおりる。

「あった。戸締まりをしていく。長くはかからないから、戻ったときに不審者とまちがえて撃たないでくれよ」

「射撃は下手だから、撃ってもあたらないわよ」

「その拳銃は威力があるから狙う必要もないさ」チャーリーがぼやきながら小走りで家を出ていく。

玄関のドアが開いて閉まり、鍵のかかる音がした。ジープのエンジンがかかり、車が遠ざかっていく。ワイリックは目を閉じて痛みに意識を集中させた。どういう仕組みかわからないが、出血をとめたときと同じように痛みをブロックすることができることがわかったからだ。サイラス・パークスの足もとをすくうなら頭をすっきりさせておかなければいけない。トランプでつくった家と同じで、土台を崩せばあとは勝手に自滅するはずだ。

18

思いつくかぎりの近道をしてタウンハウスへ戻ったチャーリーは、スーツケースを出して着替えを詰めた。どのくらい滞在することになるかわからないし、気楽な滞在になるとも思えない。一緒にいるとお互いにいらいらするようなことを言ったりしたりしてしまう。それでもワイリックのためなら辛抱する価値はあった。ここ数日で彼女の壮絶な過去を知り、彼女を守るためならなんでもしてやりたいという気持ちが高まっている。

ノートパソコンとiPadと充電用ケーブル、それから着古したスエット上下と洗面道具を入れる。キッチンへ行って買い置きの菓子類を残らずビニール袋に入れ、それもスーツケースに入れた。

チョコレート。

ワイリックの内なるドラゴンを手なずける小道具だ。

スーツケースを引いてタウンハウスを出たとき、風が変わったのを感じた。気温もみるみるさがっていく。ジープに乗りこんでエンジンをかける。この分だと雪が降るかもしれない。

ワイリックは動きをとめ、肩で息をした。痛みをブロックすることには成功したものの、ひとりで書斎に移動するのは容易なことではなかった。上掛けを跳ねのけて上体を起こしただけで息があがる。脚に少し体重をかけただけでも拷問されたような痛みが走った。

それもこれもサイラス・パークスのせいだ。

片足でジャンプし、家具につかまってバランスをとりながら寝室を出た。壁に手をついて廊下を進み、どうにか書斎へ移動する。

ようやく椅子に座って胸をなでおろした。パソコンを起《た》ちあげ、筋肉がひきつれる感覚にびくりとしながらスリングから腕を抜く。

迷うことなく〝保険〟と名前をつけたファイルを開く。誰に最初に情報を流すか、どうやって流すかについては時間をかけて何度も検討した。それによってどれほどの騒ぎになるかが変わってくる。

結局、告発者を装うのがいちばんだという結論に達した。AP通信から始まって世界じゅうのメディアに同じ情報を送るのだ。続いてFBIとCIA、司法長官にも情報を送る。告発内容が事実であることを証明するデータはいくらでもあった。人間を使った違法な実験の記録や、そうした実験の犠牲となって闇に葬られた人々の個人情報がいくつものファイルに保存してある。

暴露の雪崩は誰にもとめられない。サイラス・パークスは共謀した人々を道連れにどこまでも堕《お》ちていくしかない。

FBIのハンク・レインズ捜査官には、サイラス・パークスと〈ユニバーサル・セオラム〉の関係を決定づけるデータを送った。ちなみにハンク・レインズは〈フォース・ディメンション〉の一斉捜査を実行した捜査官だ。〈フォース・ディメンション〉のセキュリティーシステムは〈ユニバーサル・セオラム〉に所属していたとき、ワイリックが開発したシステムだった。だから開発者であるワイリックはシステムを解除することができたのだ。あの施設にそのセキュリティーシステムを導入できたのは世界でただひとり、サイラス・パークスしかいない。ワイリックは自分が開発したシステムの設計図と〈フォース・ディメンション〉のシステムの設計図を添付した。

どんなデータにも勝る証拠はワイリック自身だ。〈ユニバーサル・セオラム〉は科学者と超能力者のDNAをもとに受精卵をつくり、代理母に植えつけた。天才的能力を持つ超人類をつくろうとしたのだ。

ワイリックは自分の生い立ちを隠さず書いた。五歳まで育ててくれた生みの親のこと、彼女がワイリックの親権を渡したがらなかったために殺されたこと。

〈ユニバーサル・セオラム〉に連れていかれ、実験対象として毎日のようにテストや検査を受けさせられ、観察されたこと。がんになって組織に見放されたこと。がんを生きのびたとわかってつけまわされたこと、今は組織の脅威として排除されかかっていること。すべて包み隠さず記した。どうして自分の存在が彼らの脅威なのか。脅威を排除するために彼らが何をしたかを。生きるためにこれまで秘密にしてきたすべてを光のもとにさらした。

最後のファイルを送ったあと、疲労と無力感で泣くこともできなかった。これから先、二度と人間らしい生活は送れないだろう。

立ちあがろうとしてベニーのことを思い出す。肩の傷がうずいたが、まちがいを正すまで終わりにはできない。ベニーには毎月、ヘリを整備してもらう報酬を口座に直接振りこんできた。自分の口座にログインして、ベニーの口座に五十万ドルを送金する。それからメールを書いた。

〝ベニー、あなたに何があったかを今日、知りました。わたしのせいでけがをしたことに対して、どう謝罪すればいいかわかりません。医療費はすべて負担しますので経済的なことは一切、心配しないでください。体が治るまで仕事もできないでしょうから、まとまった額をあなたの口座に送金しました。誰かに何か訊《き》かれたら、わたしはクライアントのひとりにすぎず、個人的なことは何も知らないと言ってください。それがあなたのためなのです〟

部屋のなかはしんとしていた。浴室のシャワーヘッドから水がしたたる音が、窓の外からは風の音が聞こえる。急に冷えてきたようだ。

机の引きだしを開けて携帯を出す。墜落でなくした携帯の予備だ。メールボックスは空だが連絡先は残らず入っている。ワイリックは携帯をポケットに入れ、腕をスリングに通してサーモスタットの温度をあげた。片足に体重をかけてベッドへ戻る。マットレスに横たわって上掛けを顎まで引きあげ、まぶたを閉じた。

ワイリックのメールを読んだベニーの妻はすぐに銀行口座を確認した。残高を見て悲鳴をあげ、泣きだす。驚いた子どもたちが駆け寄ってきた。父親の容態が悪化したのかと思ったのだ。母親から話を聞いて、子どもたちも歓喜の声をあげた。ベニーは明日、退院する。一刻も早くこのニュースを伝えたかった。

ワイリックの落とした爆弾がどれほどの破壊力を持つか知らないまま、チャーリーは屋敷に戻ってきた。スーツケースを引き、ダッフルバッグを肩にかけて部屋に入る。まずは荷物をリビングに置いてワイリックの様子を見に行った。

「なんだ、起きてるじゃないか」

「見ればわかるでしょう」

チャーリーはため息をついた。「言い方が悪かった。ぼくのせいで目が覚めたんじゃないといいけど」

「ジープの音が聞こえる前から起きていたわ。天気はどう？」

「まだなんとか。何かほしいものはあるかい？」

「チョコレートとか？」

チャーリーが踵《きびす》を返して廊下へ出ていく。

あきれて出ていったのかと思っていると、チャーリーが袋とペプシを持って戻ってきた。菓子の入った袋をベッドの上に落とし、ペプシのキャップをゆるめて拳銃の隣に置く。それからテレビをつけてリモコンをワイリックに渡した。

「ここには予備のベッドルームなんてないよな？」

「八部屋ほどあるわ」ワイリックが天井を指さす。

「上と下じゃ離れすぎだ。今日はソファーで我慢するけど明日は上へ引っ越そう。きみの屋敷なんだから」

「引っ越す前に改築するつもりだったの」

「その前にヘリごと撃ちおとされてしまったってわけか。きみが不死身なのは知っているが、今は休養が優先だ。改築は体が治ってからにしてくれ」

「そうしたいのはやまやまだけど、サイラスに向けて拳銃の引き金を引いてしまったわ。近いうちに大騒ぎになるから覚悟して」

チャーリーはワイリックをまじまじと見つめたあと、ベッドの横に腰をおろし、持ってきたチョコレートバーの包みを破って食べはじめた。

ワイリックはその姿をじっと見つめた。チャーリーが当然のような顔をして自分のベッドに座り、家から持ってきたチョコレートバーを食べていることがなんとも奇妙だ。

眉をひそめる。「何をしてるの？」

「騒ぎに備えてエネルギーを補給しているんだ。戦争を始めるならチョコレートのひとり占めは許されない」

ワイリックから〈フォース・ディメンション〉という件名でメールが届いたことに気づいて、ハンク・レインズ捜査官はやりかけの作業を中断してメールを開いた。

メールの内容が衝撃的すぎて理解するまでにしばらくかかった。われに返って添付ファイルをひとつずつ開く。ワイリックの生い立ちが綴《つづ》られたファイルに目を通したときは、文字どおり椅子から転げおちそうになった。

「なんてこった！」机の上の携帯をつかむ。

どんな心境の変化があってこんな情報を公にしようとしたのかはわからない。どう受けとめればいいかすらわからなかった。だが相談すべき相手はひとり――チャーリー・ドッジしかいない。

ワイリックが休んでいるあいだ、チャーリーは上の階を探索した。一階のベッドルームに車椅子が置かれているのを見て、マーリンの部屋だったにちがいないと思った。ワイリックはこの部屋を使いたがらないかもしれない。だが現実的に考えて、この部屋で寝起きするのがいちばんだ。

エレベーターがあったのでそれで二階へ移動した。八室の客間があり、どれも豪華だった。デンバーにあるダンレーヴィー城をひとまわり小さくしたようだ。

いずれにしてもエレベーターがあるなら、ワイリックは二階で寝ることも可能なわけだ。キッチンへ戻ったチャーリーは冷蔵庫をのぞいた。電源は入っているが空っぽだ。パントリーは巨大で、食器を収納する小部屋と食料品を保管する小部屋に分かれていた。あまりの贅沢《ぜいたく》さに、自分が場ちがいなところにいるような気がしてくる。

個人的には、金があってもこんな屋敷に住みたいとは思わない。ワイリックとこの屋敷もちぐはぐに思えた。ただ、自分の知るワイリックは彼女のほんの一面でしかない。人類を超越する能力を備えたワイリックが、自分と出会う前にどんな暮らしをしていたのか想像することもできないのだ。

そろそろ下へ戻ろうと思ったときに携帯が鳴った。ハンク・レインズの名前を見て足をとめる。

「ハンク？　どうかしたのか？」

「それがわからないから電話したんだ。ワイリックにいったい何があったんだ？」

チャーリーは眉をひそめた。「彼女なら家で……静養しているが」

「静養って、どうかしたのか？」

「先週、ヘリでガルベストンから帰る途中、別のヘリに乗ったスナイパーに撃たれたんだ。肩と太ももに銃弾を受けて、ヘリはサム・ヒューストン国立森林公園に墜落した。救助されたあとドクターヘリで病院へ運ばれ、緊急手術をして、今日、退院してきたばかりなんだよ」

「なんてこった！　いったい誰が、どういう理由でそんな真似《まね》を」

「彼女の口を封じるためさ」

「ひょっとして黒幕は〈ユニバーサル・セオラム〉と呼ばれる大企業を率いるサイラス・パークスか？」

「どうしてわかった？」

「私のところに彼女が膨大なデータを送ってきたからだ。どうすればいいか戸惑っていたんだが、今の話で見えてきた。これから長官に相談して――」

「その必要はないと思う」

「どうして?」

「ワイリックの気が変わっていなければ長官にも同じものが送られたはずだ。ほかの主要な捜査機関にもな。彼女はこれまでもサイラス・パークスに釘《くぎ》を刺してきた。おそらく墜落事故を経験したことで、生き残るためにはすべてを暴露するしかないと腹をくくったようだ。彼女は人体実験の犠牲者で、実験をやった連中はいまだに神の真似事をしているってことを。そいつらは保身のために彼女を殺そうとした。だからみずからをさらし者にしてそいつらを弾劾しようとしているんだ」

「主要な捜査機関というのはどの範囲だ?」ハンクの声は震えていた。「テキサス州か? 国か? やりすぎだと思わないか?」

チャーリーは顔をしかめた。「やりすぎなものか。ワイリックは誰も信じていない。特定の機関に限定したら、政治的配慮から事実を隠蔽しようとするかもしれない」

「気持ちはわかるが、世のなか悪人ばかりじゃない」

「ワイリックの周囲は悪人ばかりだった。同じデータをマスコミにも送ったはずだ。名前を伏せるつもりはないんだよ。自分の人生を犠牲にして悪事をとめようとしている。だからぼくは彼女を守ることで目的達成を助ける覚悟だ」

「マジなんだな」

「とにかく急いで行動することだ。早く逮捕状をとらないと、サイラス・パークスとその一味が証拠隠滅にかかるぞ」

「証拠隠滅なんてしたって無駄だ。ワイリックのファイルがあれば言い逃れはできない。人体実験の様子を録画したデータまであるんだぞ。それにさっきの話では、この情報を持っているのはうちだけじゃないんだろう。あらゆるメディアで報道されるだろうし、宗教団体だって黙っちゃいない。人身売買撲滅を掲げている活動家も声をあげるはずだ。医療過誤や遺伝子操作に目を光らせている団体も、とにかくあらゆる組織が動きだすはずだ。〈ユニバーサル・セオラム〉本体はもちろん関連企業もただではすまないぞ」

「だったら今すぐ重たい腰をあげて捜査を開始してくれ。税金泥棒と言われないようにな」

「辛辣な言い方だな。私たちは正義の味方だぞ」

「この世に正義なんてものがあるのかどうか、ときどき確信が持てなくなるんだ。とにかくワイリックの覚悟を無駄にしないでくれ」

「わかった。ワイリックによろしく伝えてくれ。彼女には感謝している。そして早い回復を祈ってる。世界じゅうの目が彼女に注がれることになるぞ。誰もが彼女の姿をひと目見ようとやっきになるはずだ。連邦政府の保護が必要になったらいつでも連絡してくれ。彼女のボディガードを務められれば本望だ」

ハンクの口調から、ワイリックのファイルに深く心を動かされたことが伝わってきた。彼女がいったい何を暴露したのか、自分も知っておくべきかもしれないと初めて気づく。

どう切りだそうか考えながら地下へおりると、ワイリックはキッチンにいて、ピーナツバターを瓶から直接食べていた。腕をスリングから抜いている。

「そんなことをしたら傷が――」

「知ってた？　上のキッチンの空調用通気孔はここの天井につながっているってこと。あなたがハンクと話したことはぜんぶ聞こえたわ」

「なら説明する手間が省けた。ひょっとして超能力でハンクの声も聞こえたとか？」

「残念ながら聞こえたのはあなたの声だけよ」

「だったらハンクが早い回復を祈っていると言っていた。今後、どこかで証言しなきゃならなくなったとかで保護が必要なときは、喜んでボディガードを務めるってさ」

ワイリックが目を見開いた。スプーンについたピーナツバターをなめとってからシンクに入れ、瓶のふたを閉める。顔をあげたワイリックの目には涙が光っていた。

チャーリーは足もとの床が崩れおちたような衝撃を受けた。

「頼むから泣かないでくれ」

ワイリックがチャーリーをにらむ。「泣いてなんてないわ」

「わかったから怒るな」チャーリーは両手をあげた。「ところでハンクの話でよくわからないところがあったんだが、きみが暴露した情報をぼくにも読ませてもらえないかな」

ワイリックは肩をすくめた。「一緒に闘うんだから知る権利はあるわね。ノートパソコンは持ってきた？」

「ああ」

「ほかの人に送ったファイルをあなたのアカウントに送るからぞんぶんに読んでちょうだい」

ワイリックがぎこちない足どりで廊下を進みはじめたので、チャーリーはあとを追いかけてうしろから抱きあげた。

「いつもいつも運んでもらうわけにはいかないわ」

「上に引っ越すまでのことさ。電動車椅子があったじゃないか。あれを使えば自由に動きまわれる」

「あれはマーリンのよ」

「そうだと思った。車椅子が置いてあったのがマーリンの部屋かい？」

ワイリックがうなずく。「これからはわたしの部屋ね」

チャーリーは眉をあげた。「いやがるかと思ったよ」

「わたしを殺そうとしているのは生きている連中だもの。死んだ人は怖くないわ。それにこの屋敷とは話をつけたから」

「屋敷と？」チャーリーは目をぱちくりさせた。

「そうよ。さあ、もう行って。ファイルを送るから。あなたがそこに立っていると気が散るの」

チャーリーは部屋を出ようとして立ちどまった。

「気が散るだって？　仕事中はまわりで何が起きてもぜんぜん動じないくせに」

「空から落っこちて神経質になったのかもしれないわね。ほら、ファイルを読みたいんでしょう？」

チャーリーは彼女の発言を反芻《はんすう》しながら部屋を出た。ノートパソコンを開くとファイルが届きはじめていた。ひとつめのファイルを開いた。

次に顔をあげて時計を見たときは数時間が経過していた。このまま読みつづけたらワイリックが飢え死にしてしまう。ノートパソコンを脇へ押しやって様子を見に行く。ワイリックはベッドに横たわって、穏やかに眠っていた。

しばらく部屋の入り口にたたずんで、頭の傷や顔から首についたあざをひとつひとつ目でたどった。この感情をなんと呼ぶのだろう。これまでも、そしてこれからもワイリックが仕事をするうえで欠くことのできないパートナーであることは変わらない。だが傷ついて横たわっている女性が、短い人生のあいだにどれほどの苦しみを味わったかを知って、今までとはちがう感情が湧いたことも事実だった。

最初に反応したのはマスコミだった。世紀の大スクープが降ってきたのだから当然だ。自分のところだけに情報が送られてきたと思いこんだジャーナリストたちは、猛然と裏どりを始めた。

ところがわずか二十四時間後にオンライン上で最初の記事が発表され、続いて別のメディアが同様の記事を掲載し、また別の地方新聞に記事が載った。その時点で、ジャーナリストたちは同じ情報があちこちにばらまかれたことに気づいた。そうなったら早い者勝ちだ。そもそも裏どりなどほとんど必要なかった。〈ユニバーサル・セオラム〉の正体とジェイド・ワイリックの生い立ちについて、送られてきたファイルにあらゆる情報が網羅されていたからだ。

皮肉なことに最初にマスコミが食いついたのはジェイド・ワイリックその人だった。ワイリックは唯一無二の〝新人類〟と書き立てられ、その背景としてモラルを無視した科学者たちが違法な実験をしたことが紹介された。

あとになってサイラス・パークスと科学者たちの関係に目をつける記者が現れ、さらにサイラス・パークスが最近、ハリケーンで被災した島々に四千万ドルもの寄附をした人物だと判明した。しかし、いちばんにサイラスのもとを訪れたのはＦＢＩだった。

　バージニア州は雪が降っていた。サイラスの母親が〝羽毛みたい〟と言ったふわふわした雪片が、風に舞うように落ちてきて、地上に達したと同時に消える。

　会社のリムジンで家に帰る途中、サイラスの携帯が鳴った。捜査機関に潜りこませた部下の番号だったのですぐ電話に出る。

「もしもし」

「ターゲットは墜落しましたが死にませんでした。もうダグラスに戻っています」

　サイラスはショックで卒倒しかけた。死ななかっただと？

「どうしてそれがわかった？」

「彼女が、あなた方のしたことを世間に暴露したからです。人体実験にかかわった人物の氏名、実験が行われた場所、さらに実験の模様を撮影した映像まであります。彼女は自分自身を人体実験の生きる証拠と主張しています。マスコミ各社にも同じ情報が届いているようです。ここまでの騒ぎになるともみ消すことは不可能です」

　電話が切れてもサイラスは携帯を耳にあてたまま固まっていた。

　ヘリで墜落していたのに生きていただと？　あの女は不死身か？

　とにかく最悪の事態が現実のものとなってしまった。追いつめすぎたのだ。おまけに二度も殺し損ねた。だからジェイドは捨て身で反撃に出た。

　私は賭けに負けたのだ。それは認めざるを得ない。自由の身でいられるのはあと何日か。

とっさに逃げようと思ったが、国外逃亡はできそうもないし、外国へ行ったところで状況は変わらないだろう。被害は〈ユニバーサル・セオラム〉に留《とど》まらない。本格的な捜査が始まれば、組織に協力した国内外の有力者が次々と逮捕される。ジェイドのことだから完全な証拠を提示したはずだ。言い逃れはできない。

〈ユニバーサル・セオラム〉が所有するすべてのパソコンから情報を削除したところで、情報を復元させる技術は存在する。内偵者の話からして暴露された情報は質、量ともに圧倒的で、司法取り引きをする余地もなさそうだ。

いっそ頭に銃を突きつけて自殺しようかと思った。いや、死は最大の敗北だ。

二日後、なんの前ぶれもなくＦＢＩが自宅にやってきた。捜査官たちはバッジを見せ、何通もの捜査令状を差しだした。

「ＦＢＩはノックもしないのか」サイラスは皮肉を言った。

「捜査令状です。あなたと〈ユニバーサル・セオラム〉には次の容疑がかけられています。違法な遺伝子操作および医学実験、代理母と赤ん坊の死の隠蔽工作、人身売買――」

捜査官は話しつづけたがサイラスは聞いていなかった。いちいち説明されなくても自分がやったことくらいわかっている。

「私を逮捕するのか？」

「取り調べのために同行願います」

誰かが権利を読みあげ、また別の誰かが武器を持っていないか体をたたいて調べるのを、サイラスは他人事のように感じていた。贅沢なオフィスと、大きな窓から見えるリッチモンドの風景に目をやる。手錠をかけられた瞬間、二度とここへ戻ってくることはないのだとわかった。

捜査官に連れられて部屋を出たサイラスは、秘書と目を合わせて最後の指示を出した。

「弁護士を呼べ」


朝食のあと、ワイリックはネットでニュースを確認していた。サイラス・パークスに向かって引き金を引いてから数日が経《た》った。これまで報道されたニュースには残らず目を通している。サイラス・パークスは勾留され、関係者も逮捕されつつある。

一方でマスコミがやっきになって自分をさがしていた。早い時期に会見を開かなければ報道は過熱するばかりだ。

ワイリックは手はじめに、しばらく放置していたメールアカウントを確認することにした。予想したとおり、ファイルを送ったメールアドレスに続々とメールが届いていた。ざっと四千通を超える。それだけの人が自分とコンタクトをとりたがっていると思うだけで寒気がした。これまでも注目されることはあったが、あくまで無名の変わり者としてだった。しかしもう無名ではいられない。

幸い、墜落で負った傷は通常では考えられないスピードで回復している。もうチャーリーに助けてもらう必要もなくなっていた。彼を解放しなくては。避けられない未来をじっと待つなんて自分らしくない。時は満ちたのだ。ワイリックはノートパソコンを閉じてチャーリーをさがしに行った。

19

最初は贅沢《ぜいたく》すぎると思った古い屋敷を、チャーリーはすっかり気に入っていた。ダークウッドの質感や、大理石の床が美しい玄関ホールはいかにも趣がある。高さのある折りあげ天井も、リビングと書斎にある飾り彫りが施された大きな暖炉もいい。

ワイリックがマーリンの部屋に落ち着いたので、チャーリーは廊下を挟んだ書斎で寝起きすることにした。大きくてクッションのきいた肘掛け椅子は大柄なチャーリーにもぴったりのサイズだし、ソファーも足をのばして眠れる長さがある。

壁には最新型のテレビがとりつけられていて、小さな冷蔵庫つきのミニバーまである。夜中に小腹が空《す》いたからといってわざわざ台所に行く必要がないのだ。

書斎といってもチャーリーのタウンハウスがまるまる入るほど広かった。簡易の洗面所とトイレもついているが、シャワーを浴びたりひげを剃《そ》ったりするときは二階のちゃんとしたバスルームを使うことにした。

ワイリックは息をひそめて動きだすタイミングを計っている。今は墜落事故の衝撃から立ちなおり、傷を癒すのが優先だが、いずれ世間に姿を現すときのことも考えているにちがいない。

世間の大多数は正義感ではなく好奇心から騒いでいるだけだ。そのことに怒りを感じつつ、どうにもできない自分が悔しかった。

朝食のあと、ワイリックがパソコン仕事を始めたのでチャーリーは三階へ行った。三階は物置と小部屋が並んでいて、かつては使用人が使っていたらしい。ひと部屋にひとつしか窓がないので夏はかなり暑いだろう。

部屋のなかで見つけた箱を開けて中身を確かめているとき、ワイリックに名前を呼ばれた。部屋を出て階段へ近づき、手すりから身を乗りだす。

「三階にいる！　今おりるから」

ワイリックは一階の階段の下でコートを手に立っていた。

「どうしたんだ？」

「ハンガーに置きっぱなしの車をとりに行きたいの」

「体は大丈夫なのか？」

「大丈夫よ。飛行場まで運転してくれる？」

「わかった。でも右肩と右太ももを撃たれたんだから、帰りに運転するときは制限速度を守ると約束してほしい」

「いいわ」ワイリックが即答する。

「免許証は？」

「ベンツのなかよ」

「だったら出発しよう。コートと車の鍵を持ってくる」

チャーリーは走って書斎へ行き、フランネルの裏地がついたジャケットを着た。ステットソンをかぶって階段の下へ戻る。

ワイリックにコートを着せてやり、裏口から外へ出た。

「ここで待っていてくれ」

四台分の駐車スペースがあるガレージからジープを出す。

風は冷たいが空は澄み渡っていて、気持ちのよい陽気だった。ジープを裏口へまわすと、フェイクファーの白いコートを着てフードをかぶったワイリックが待っていた。彼女は何かを期待するような顔つきで車に乗り、シートベルトを締めた。

チャーリーはワイリックをちらりと見てから車を出した。ゲートが開き、自動で閉まる。

さほどしないうちにワイリックが口を開いた。

「連邦政府の捜査機関でわたしと話したがっている人はいる？」

「いる。きみはまだ療養中だと言っておいた。体力が戻ったら本人から連絡すると」

「誰？」

「司法省の人間だ」

「家に帰ったら準備ができたと伝えてくれる？」

「わかった。屋敷に来てもらうかい？」

「いいえ。弁護士に立ち会ってもらったほうがいいと思うの。マーリンの弁護士をしていたロドニー・ゴードンがわたしの弁護士になってもいいと言ってくれたけど、彼は不動産が専門だから、刑事事件に強い弁護士がほしいわ」

「心当たりはある。ぼくの紹介でよければ」

ワイリックはうなずいた。「お願い。それともうひとつ。わたしのメールボックスに四千通を超えるメールが届いているの。世間の好奇心を満足させるためにも記者会見を開こうと思うんだけど」

「いいんじゃないか。具体的な案はあるのか」

「あちこちのニュース番組で同じ話を繰り返して、同じ質問をされるのはわずらわしいから、記者会見を開いて、こちらから簡潔な話をしたあと記者の質問に答える形式にしたいと思っているの。それと記者会見の様子をライブ配信したい。あとから都合よく発言を編集されたくないから」

「なるほど。うまいことを考えたもんだ」

「プライバシーを放棄するんだもの。情報を出す前にあらゆる可能性について徹底的に検討するのは当然よ」

　ワイリックの声には感情がこもっていなかった。他人と距離をとるのは彼女の自衛手段のひとつだ。

「すべてきみの考えたとおりに実行しよう」

　ワイリックが満足そうな顔でシートに体を預けた。

　飛行場のハンガーに到着し、ベニーが暴行された現場が立ち入り禁止テープで囲われているのを見て、ワイリックはふたたびぴりぴりしはじめた。事務所のなかは事件が起きたときのままだ。

　ワイリックが小さな声で悪態をついた。

「ベニーは家族のもとで回復している。このあいだ電話をしたら、きみの気前のよさに感激してたぞ。いったい何をしたんだ？」

「べつに……当たり前のことをしただけよ。車を出すからハンガーのシャッターを閉めてくれる？」

「わかった。屋敷までうしろをついていく。くれぐれもスピードを出しすぎるなよ。騒ぎがおさまって、犯人が終身刑になるまで安全とは言えないんだから」

　ワイリックは車に乗り、コンソールの隠し場所から鍵をとりだした。エンジンをかけてシートベルトをつけたところでため息をつく。

車があればどこへでも行ける。

バックでハンガーを出たところで車をとめ、チャーリーがハンガーのシャッターを閉めてジープに乗るのを待った。約束は約束だ。

屋敷に戻ると、まずはワイリックがベンツをガレージに入れ、チャーリーもベンツの隣にジープをとめた。

どちらも無言のまま屋敷に入り、キッチンで立ちどまる。

「本当にいいんだな?」

ワイリックがうなずいた。「まずはメールのチェックをするわ。市内で記者会見が開けるホールもさがす」

「ぼくは司法省に電話して、きみの準備ができたことを伝えるよ。それから友だちに弁護の件を頼む。さあ忙しくなるぞ」

ふたりは目的を持ってそれぞれの部屋へ行った。

二時になるころ、チャーリーはワイリックの部屋のドアをノックした。

机の上には空のペプシボトル、その横にチョコレートバーの包み紙が転がっていた。本人は思いつめたような表情をしている。思わず抱きしめたくなって、そんなことを考えた自分にぎょっとした。動揺を隠すためにわざとしかめ面をする。

「何をしているにせよ、いったんやめてキッチンへ来い。ピザを食べよう」

ワイリックは立ちあがってごみを持ち、あとをついていった。ごみを捨ててテーブルにつく。そのテーブルでマーリンと死後について話し合ったことが思い出される。

「話はあとだ。とにかく食べろ」

ハンバーガーとマッシュルームのピザをふた切れ食べてスイートティーを飲み、チョコレートクッキーを一枚とる。

ワイリックが食べおわるのを待って、チャーリーは口を開いた。

「弁護士はジャド・ペリーに頼んだ。ぼくの友人で切れ者だ。ジャドならきみの権利を守れる。それでいいかい？」

ワイリックがうなずいた。

「あとで連絡しておく。司法省はインタビューの日程をはっきり決めたがらない。サイラスと司法取り引きをしようとしているんじゃないかと思う」

ワイリックはうなずいた。どうなろうと自分にできることをするしかない。強く握りすぎてクッキーが砕け、破片が皿に落ちた。ワイリックはクッキーを自分の皿に置いて、両手を膝におろした。

「これまでチェックしただけで八十五件の殺人予告が届いていたわ。二十二人の男性と三人の女性にプロポーズされた。宝くじの当選番号を教えてくれというメールが何百通も届いてる。いくつもの教会が〝おまえは悪魔の子だ〟と書いてきた。多額の寄附と引きかえに魂の救済を約束する教会もある。主な新聞社がこぞって取材を申しこんできたし、大手のテレビ局のトーク番組からは残らず出演依頼が届いてる。わたしは見世物小屋の目玉ってとこね。あとはわたしを赤ん坊のころから知っているという人が複数いて、宇宙から来たと主張している」

ワイリックがクッキーの破片をつまんで口に入れた。頬に涙が伝っていることに、本人は気づいていないようだった。

「記者会見の会場を見つけるのは思ったより大変だったけど、八日後に〈ハイアット・リージェンシー・DFW・インターナショナル・エアポート〉の大広間を押さえたわ。イベントがキャンセルになったんですって。会場の準備はホテルがひいきにしている会社に頼んだ。入場できるのは招待者に限定するから、招待券のないマスコミは入れない。メインエントランスに顔認証システムを設置して、そこから広間の入り口まで警備員を配置するわ。暗殺できるものならしてみろっていうのよ」

チャーリーは立ちあがり、テーブルをまわってワイリックの横に立つと、彼女を立たせて抱きしめた。「暗殺なんてさせるものか。きみはひとりで闘っているつもりかもしれないが、実際はひとりじゃない。きみはぼくが守る。FBIにも仲間がいる。おかしな連中なんていつの時代もいるものだ。一方できみを神の贈りものだと考える人たちだって大勢いる。きみを〈ユニバーサル・セオラム〉の最大の犠牲者と考える人たちが」

　あまりのことにワイリックは動けなかった。だがチャーリーの言葉が、すり切れそうな神経を癒してくれた。

　チャーリーは背中にまわした手に力を込めた。ひとりで傷ついてほしくない。ワイリックは友人でありパートナーだ。彼女がつらいと自分もつらい。

　ずいぶん長いあいだどちらもしゃべらなかった。ようやくチャーリーが腕の力を抜いたので、ワイリックは顔をあげた。

「これが映画なら、ヒーローはヒロインの髪をなでて〝うまくいくから心配するな〟とでも言うんでしょうね。でも、わたしはスキンヘッドだし、あなたはヒーローじゃなくてボスだから、ありがとうと言っておくわ。この先、二度と感謝の言葉を口にしなくても、心のなかではいつもあなたに感謝してる。忘れないで」

　チャーリーは目を瞬《しばた》いたあと、にやりとした。

「きみが世間をあっと言わせる瞬間が待ち遠しいよ。記者会見の具体的な日時を教えてくれ。ハンクに伝えてボディガードを依頼する」そう言ったあとでピザの箱をちらりと見る。

「まだ食べるかい？」

「いいえ。そのピザにはあなたの名前がそこらじゅうに書いてあるもの」ワイリックはさらりと言ってチャーリーから離れ、スイートティーのお代わりをついだ。

サイラス・パークスは保釈を認められなかったし、司法取り引きをしたところで終身刑よりも軽い刑を提示されることはなかった。人間を実験台にし、さらに被験者の死を隠蔽した罪はそれほど重いということだ。加えて人身売買や誘拐、不当な医療行為などにも加担している。罪を認めて連邦刑務所で仮釈放なしの終身刑になるのがいやなら裁判に持ちこむしかないが、そうなるとジェイド・ワイリックが証言台に立つことになる。すべては身から出た錆《さび》だ。

弁護士の話では、五つの施設から三十人以上が逮捕され、似たような容疑をかけられているらしい。今後、逮捕者の数はさらに増えるだろう。社員たちは自分の刑を軽くするために司法取り引きを望んでいて、彼らの証言がワイリックの主張を裏づけることになる。サイラスは恐れていた。死は最大の敗北だが、最大の癒しかもしれない。そんな考えが頭をかすめた。

ワイリックはとんでもなく忙しい一週間を送っていた。記者会見の準備は、今度こそ完璧だと思った瞬間に新たな問題点が出てくる。それでもワイリックは持ち前の集中力と実務処理能力で淡々と処理していった。

いよいよ記者会見が明日に迫った。その日は司法省の検察官が〈ドッジ探偵事務所〉を訪れることになっていた。

ワイリックは意図して地味な服装をした。白いサテンのベストの上に黒のレザージャケットをはおり、同じく黒のレザーパンツをはく。ベストの胸もとからは赤いドラゴンの頭がのぞいていた。口紅はささず、シルバーのアイシャドウで瞳を際立たせる。モノクロの装いが逆に女性らしい謎めいた雰囲気をかもしだしていた。

事務所へ向かうワイリックのベンツをチャーリーがジープで追いかける。最近はずっとこのスタイルで通勤しているのだ。ワイリックがベーカリーのドライブスルーに入っているあいだ、チャーリーは駐車場で待機する。二台の車は同時に事務所のあるビルに到着した。ふたりとも無言のまま車を降りて事務所に向かう。

検察官との面会をワイリックが憂鬱に思っているのを察したのだろう。チャーリーまで浮かない顔をしていた。面会の前にチャーリーが用意した弁護士が来て打ち合わせをすることになっている。ワイリックと弁護士はこれが初顔合わせだ。

事務所に入ったのは午前八時だった。パソコンを起動したりコーヒーメーカーをセットしたりしているうち、ワイリックもだんだん肩の力が抜けてきた。事務所で変わったことといえば、入り口に監視カメラをつけたことと〝呼び鈴を鳴らしてください〟という注意書きを添えたことだ。

これでいきなり見ず知らずの他人が入ってくることはない。

弁護士のジャド・ペリーは時間どおりにやってきた。事務所の前まで来て注意書きと監視カメラを見たジャドは眉をあげたものの、素直に指示に従った。呼び鈴を押してカメラを見あげる。相手がモニターで顔を確認しているにちがいないと思ったからだ。

「ジャド・ペリーです。ミズ・ワイリックに会いに来ました」

「待ってたんだ」チャーリーがドアを開ける。「よく来てくれた。手ごわい案件なのに引き受けてくれて助かったよ」

「お役に立てれば幸いだ」ジャドはそう言ってワイリックを見た。右手を差しだしながら彼女に近づく。「ミズ・ワイリック。チャーリーから話は伺いました。ジャド・ペリーです。よろしくお願いします」

ワイリックはジャドの威厳と自信に満ちた態度が気に入った。それこそ今の自分に必要なものだ。にこやかだが、攻撃されれば嚙《か》みつくぞといわんばかりの迫力がある。

「よろしくお願いします」

チャーリーが所長室を指さした。「あと一時間で司法省の連中がやってくる。所長室を貸すから必要なことを話し合ったらいい」

所長室の奥に置かれた小さなテーブルにふたりを座らせる。

「何か持ってこようか？　コーヒー？　それともペプシがいいかな？」

ジャドがほほえんだ。「じゃあ私はコーヒーで」

ワイリックは首をふって何もいらないことを伝えた。「それで、司法省の人たちと話すときは何に注意すればいい？」

さっそくふたりが話し合いを始める。携帯が鳴ったのを機にチャーリーは所長室を出た。しばらくしてにこにこしながら戻ってくる。

「司法省から面会キャンセルの連絡だった。サイラス・パークスが罪を認めたんだ。連邦刑務所で仮釈放なしの終身刑になる。だからきみが証言台に立つ必要もなくなった」

「あら残念。最終弁論の準備をしていたのに」ワイリックはさらりと言って所長室を出ていった。

ジャドはにやりとしてから、ワイリックが笑っていなかったことを思い出した。ひょっとして、本気でみずから最終弁論をするつもりだったのかもしれない。チャーリーがこちらを見ていることに気づいて肩をすくめる。

「彼女はいつもああいうふうかい？」

「辛口ってことか？　ああ、いつもあんなふうだよ」

ジャドはうなずいた。「いいね。デートしている人はいるのかな」

チャーリーは驚いた。

「いや……いないと思う」

「私にチャンスはあると思うか？」

「どうかな。こういう状況だからね。今はどんな完璧な相手が現れても愛想笑いもしないんじゃないかな」

ジャドは赤くなった。「そうだった。不謹慎だな。あんな女性は見たこともないからつい――」

「好きにしろ。でも警告はしたからな」

ジャドはうなずいた。書類をしまって所長室を出る。「ミズ・ワイリック、お目にかかれて光栄でした。もし機会があれば――」

ワイリックの目つきを見て、ジャドは続く言葉をのみこんだ。断られて恥ずかしい思いをするのは明らかだったからだ。

「その、もし弁護士が必要になることがあったら、いつでも電話をください」

「わかりました。ありがとう」ワイリックはデスクのボタンを押して事務所のドアを開けた。

ジャドが事務所を出ていく。

「さてと、今日はほかにすることもない。家に帰るかい?」

チャーリーの言葉に、ワイリックはうなずいた。

「じゃあスイートロールの残りを包んでくれ。明かりはぼくが消す」

家に着いてからしばらく、チャーリーはワイリックを放っておいた。明日の記者会見の準備を邪魔したくなかったからだ。記者会見場の設営を頼んだ会社から、会場の映像が送られてきた。演台のうしろに大きなスクリーンが設置され、大広間に何列も椅子が並んでいる。

会場入り口には顔認証のカメラも設置されていた。ワイリックは自分がつくった関係者の顔写真データを顔認証ソフトウェアに読みこませた。ひとりひとり顔認証をしたうえで招待状を確認し、入場させるためだ。

会場の警備はＦＢＩのハンク・レインズが引き受けてくれた。入場者のチェックはもちろん、ステージ脇に控えてワイリックの安全を確保してくれる。

チャーリーはワイリックの右側一メートルに立つつもりでいた。護衛という意味もあるが、ぎりぎり視界に入る位置にいて、ワイリックの精神的支えにもなりたい。

警備体制は万全だ。

あとはワイリックにかかっていた。

夕方、チャーリーはパソコン作業をしているワイリックの部屋へ行き、ペプシとスニッカーズを机の上に置いた。次に見たとき、彼女はキッチンで冷蔵庫のなかをひっかきまわしていた。

「また買い出しをしないとだめかな」

ワイリックがこちらをふり返って大きく息を吐く。「食べものはあるの。どれも気分じゃないだけ」

チャーリーは赤い長袖シャツにくたっとしたグレイのスエットパンツというでたちで、足もとは靴下だった。「何か注文しようか？」

「リブステーキが食べたいわ」

チャーリーはにっこりして親指を立てた。

「うまそうだ。フライドポテトは？」

「ほしい。でもコールスローとか豆とかはいらない」

「肉とジャガイモか……ぼく好みだ」チャーリーはそう言ってキッチンを出た。

好みだと言われてワイリックはどきりとした。あくまで食事の話だと自分に言い聞かせる。恋人であるかのような錯覚を抱いてはいけない。この騒動が終われば、彼は出ていってしまうのだから。

食べものの心配をしなくてよくなったので、ワイリックはぶらぶらと廊下に出て上を見あげた。サチュロスとふざけまわる裸のニンフの天井画は、メンサの集まりでこの屋敷に来たときから気づいていた。少年時代のマーリンがこのセクシーな天井画の下を行き来する姿を想像しようとしてみたものの、どうしてもできなかった。ワイリックにとってマーリンはいつでも白ひげの魔法使いなのだ。

夕食が終わり、片づけを終えたワイリックは、チャーリーにそっけないあいさつをして寝室に引きあげた。

記者会見は明日の午後二時に始まる。いよいよだと思うと神経が昂《たかぶ》った。眠れないまま一時間ほど過ぎて、朝までこのまま眠れないのかと覚悟しかけたとき、いきなり警報が鳴った。サーチライトとストロボライトがいっせいに点灯して、屋敷の周囲が空まで煌々《こうこう》と照らしだされた。

アニーの夢を見ていたチャーリーも警報音で目を覚ました。拳銃を手にワイリックの寝室へ駆けつける。裸足《はだし》で上半身裸だ。

「部屋に鍵をかけて廊下に出るな」そう叫んで寝室のドアを閉める。

ワイリックは忠告を無視して拳銃をつかみ、チャーリーのあとを追った。

廊下を走っていたチャーリーは後方から聞こえる足音にふり返った。

「どういうつもりだ？」

「あなたの援護をするの。いつもどおり」

「手伝うつもりがあるなら視界に入らないところにいてくれ。じきに警察が来る」

チャーリーはクリスマスツリーのように照らされた庭に滑りでた。ひんやりした空気にスエットパンツしか着ていないことを思い知らされる。そのとき家の裏手へ走っていく男を見つけ、ポーチから飛びおりて追いかけた。ぐんぐんと距離を縮め、最後はタックルして男を地面に押し倒す。

「撃たないでくれ！　撃たないでくれ！」男が叫んだ。

チャーリーは男を仰向けにした。首からさがったカメラをもぎとる。

「パパラッチか？　こんな真夜中になんの写真を撮るつもりだった？」

「茂みに隠れて、明日の朝、家から出てくるジェイド・ワイリックを撮ろうとしたんだ」

チャーリーは男をひっぱり起こしてゲートのほうへ引きずった。「ふん、警察へ行けば顔写真を撮ってもらえるからそれで我慢しろ」

「頼むよ、見逃してくれ」

「だめだ。ほら、迎えが来たぞ」赤色灯を点滅させながらパトカーがやってくる。ゲートの前で車がとまり、拳銃を手にした警官が降りてきた。

「この男が不法侵入したんだ」チャーリーは言った。「今からそっちへ連れていく」

男を引きずってゲートまで行き、男を警察に引き渡す。

「明日、被害届を出す」

警官が男に手錠をはめてパトカーに乗せた。

「あなたは拳銃の携行許可証を持っていますか？」

「ある。私立探偵なんだ。さすがに寝るときまで身分証を身に着けてはいないから、必要ならとってくるが――」

「ああ、どうりで見覚えがあると思いました。チャーリー・ドッジですよね」

チャーリーはうなずいた。「そのとおりだ。身分証は？」

「いりません」

「じゃあ家に戻るよ。事情聴取が必要なら連絡してくれ」

パトカーが去ってからゲートを閉め、走って玄関へ戻る。

ワイリックはドアのすぐ内側で拳銃を持って待機していた。

「大丈夫？　誰だったの？」

「パパラッチだ。カメラをぶらさげていただけだった。警報をセットしなおすから、ベッドに戻れ」

ワイリックは胸に右手をあて、チャーリーをじっと見てから廊下を引き返していった。

広すぎる屋敷が、彼女の小さな背中を強調しているように見えた。男並みの長身で、いつも堂々としているので、今までは小さいなどと思ったことがなかったのに、今日はやけにはかなく見える。それでも警報をセットしなおして戻ってくると、彼女の部屋の明かりは消えていた。

ドアの前で立ちどまったあと、首をふって自分の部屋に戻る。そしてウィスキーをグラスに注いだ。

アルコールが冷えた体をあたためてくれる。

ただ、逸《はや》る胸の内はいくら飲んでも静まりそうもなかった。

20

まだ昼前だというのに、招待状を持つマスコミ関係者が会場に集まりはじめていた。ステージの準備も音響もばっちりだ。演台の後方にある大きなスクリーンは広間の後方の席からもはっきりと見える。

正午になると受付が始まり、手荷物検査を終えた記者たちが広間の外の待合ホールに通され、ビュッフェテーブルに並んだ前菜やフルーツを楽しんだ。程よい音量でＢＧＭがかかっている。知り合いを見つけた記者たちは小さなグループをつくって、遺伝子操作が生んだ〝新人類〟について話した。

招待客がそろったところで受付が閉鎖され、扉が閉じられる。扉の外には警備員が配置され、内側はハンクの指揮のもと、ＦＢＩから派遣された四人の捜査官が警備にあたっていた。

ワイリックとチャーリーはステージ脇の待機室にいた。ワイリックは両手を膝の上で握り拳にしていた。会場に到着してからひと言も発することなく、自分の成すべきことに神経を集中している。

こういうときに気の利いた台詞《せりふ》を言えない自分を、チャーリーは歯がゆく思った。

時計を見る。そろそろ時間だ。

ハンクがドアをノックした。「時間だ」

「ライブ中継の準備は？」

「すべて整っている。ここまで入念に準備されたイベントは大統領主催のパーティー以来だよ。さすがだな、ワイリック」

ワイリックが立ちあがり、顎をあげる。いつもの勝ち気なしぐさだ。

「死にたくないだけ」

ハンクがわざとしかめ面をする。「今日はえらくリッチに見える」

ワイリックは肩をすくめた。「イメージは大事だもの。とくにプライベートを暴露するときはね」

「きみはすごいことを成し遂げた。おかげで人身売買の闇を暴くことができた。違法な実験施設をいくつも閉鎖に追いこんだ。逮捕はまだまだ続く。きみは数えきれないほどの人たちを救ったんだぞ」

ワイリックはうなずいて、チャーリーを見た。

「すぐそばにいるから」

ワイリックが深呼吸する。「じゃあ行きましょう」

記者たちはすでに着席していた。ハンクの合図でＢＧＭがとまり、広間は静寂に包まれた。記者たちがステージを照らすスポットライトに注目する。幕があがり、ワイリックが登場した。彼女がスポットライトの下でしばらく静止する。

スキンヘッドと奇抜なファッションが不思議とマッチしていた。女性にしてはめずらしいほどの長身に、鞭《むち》のように細い体。今日のワイリックはぴったりした黒のレザーパンツにシルバーのニーハイブーツを合わせていた。ブーツの踵《かかと》が八センチもあるので長身がより強調されて見える。目もとを縁どるシルバーのアイシャドウのせいで、瞳はほとんど黒に見えた。唇は真っ赤だ。光沢と透け感のある白いシャツを通して赤や黒のドラゴンがのぞいていた。

演台に向かうワイリックは獲物に忍び寄るピューマのようで、前列の記者たちが思わずのけぞった。

ワイリックのうしろからチャーリー・ドッジが現れる。ワイリックよりもさらに十センチは背が高く、オープンカラーの白シャツの上にウエスタンふうのジャケットをはおっている。ボトムスは黒のスラックスだ。

ハンクを筆頭にＦＢＩの捜査官三人が登場して、ワイリックから一定の距離をとって立った。最大限の警備体制を敷いていることは一目瞭然で、その理由も明らかだ。会場にいるすべての記者がワイリックのファイルを繰り返し読んだ。ファイルが公開されてからこれまでに何十人もの容疑者が逮捕され、今も捜査が続けられている。

ワイリックは硬い表情で演台に立った。チャーリーが視界の右隅で足をとめたのを確認してから、会場内にちらばったカメラの位置を確認し、最後に聴衆に注意を向けた。

「わたしはジェイド・ワイリックです。最初に言っておきますが、今回が最初で最後の記者会見になります。今後、インタビューには一切応じませんし、トークショーに出演することもありません。世間を楽しませることには興味がないからです。これまで何年もストーカーに悩まされてきました。行く先々で尾行され、二度も命を狙われました。つい二週間前もヘリで飛行中に撃ちおとされたばかりです。肩と腿を撃たれ、燃え盛るコックピットから這《は》いずって脱出しなければなりませんでした。こちらにいるボスのチャーリー・ドッジと現地の捜索隊が見つけてくれなければ、わたしは死んでいたでしょう。今もまだ傷は完全に癒えてはいません。その事故がきっかけで、サイラス・パークスが〈ユニバーサル・セオラム〉を率いているかぎり、安心して生きることなどできないと悟りました。情報を公開したのは自分の命を守るためにほかなりません」

ワイリックはカメラを見た。

「みなさんはすでに、わたしをつくった人たちについていろいろな話を聞いたでしょう。

何人もの女性が犠牲になり、第二のわたしをつくるために胎児に対する違法な遺伝子操作が繰り返されてきました。メディアはわたしを〝新人類〟と呼びます。地球上で唯一無二の種だと。わたしが息をしていることさえ忌まわしいと考える人たちもいますし、宗教団体は悪霊払いを勧めてきます。でも、どう生まれたかはわたしの責任ではありません。〈ユニバーサル・セオラム〉はわたしに続く子どもをつくることができなかった。わたしの母を殺害した時点で、チャンスは失われたのです。わたしは世界でもトップクラスの科学者と超能力者の遺伝子を受け継いでいます。そして同時にローラ・ワイリックという女性の遺伝子も受け継いだのです。わたしは彼女から採取した卵子によって生まれました。遺伝子操作が成功したとわかった〈ユニバーサル・セオラム〉はわたしを研究所に置きたがったけれど、母は同意しませんでした。だから殺されたのです」

　ワイリックは深呼吸して視線を落とした。演台の縁をぎゅっと握る。メリーゴーランドにしがみついていたときと同じように手の関節が白くなった。視線をあげたとき、彼女の目にはずっと抑えこんできた怒りの炎が燃えていた。

「五歳で誘拐されたとき、わたしはメリーゴーランドに乗っていました。よく晴れた日曜の午後で、とても平和でした。それなのにとつぜん、ピエロのマスクをつけた男たちが現れ、わたしを捕まえようとしました。母の悲鳴が聞こえました。銃声も。母の命が絶たれた音は今も耳にこだましています。〈ユニバーサル・セオラム〉は実験体をとりもどし、わたしは子ども時代を失いました。鎖につながれ、餌で手なずけられる猿と同じ扱いを受けました。〝分解した電子機器をもとどおり組み立てなさい〟〝この方程式を解きなさい〟〝ジェットエンジンの仕組みについて説明しなさい〟〝星について知っていることを列挙しなさい〟〝時間を計るから暗号を解読しなさい〟〝解読した暗号を使ってハッキングをしなさい。ただし痕跡を残してはいけない〟そういうことをやらされているあいだじゅう、わたしはひそかに実験データを集めていました。あとになって彼らの出す課題をわざとまちがえるようにもなりました。自分でも恐ろしくなるほどの勢いで進化していく能力を知られたくなかったからです」

ワイリックは演台の下に用意してあった水のグラスを手にした。

チャーリーがすばやくそれを奪う。

聴衆が音をたてて息をのんだ。

「失礼」チャーリーが落ち着いた声で言い、マイクに口を近づけてビュッフェテーブルのそばにいる給仕係を指さした。「開封していない水ボトルを持ってきてもらえますか」

ワイリックはようやくチャーリーの意図を理解して、聴衆に視線を戻した。

「チャーリー・ドッジにとってもわたしは貴重な人材なんです。毎朝、彼の事務所にお茶菓子を用意するのはわたしなので」

聴衆がいっせいに笑い声をあげ、緊迫した空気がゆるんだ。

給仕係が二本の水ボトルを持ってステージの下へ走ってくる。ＦＢＩ捜査官がそれを受けとってハンクに渡し、ハンクがチャーリーに向かって投げた。

「ナイスフォロー」チャーリーが受けとったところでハンクが小声で言い、自分の立ち位置に戻った。

チャーリーはボトルのキャップを外してワイリックに渡した。ワイリックが何口か飲んでボトルを戻す。

「わたしが宇宙から来たと主張している人たちにひと言申しあげておきます。同じ学校に通っていたとのことですが、わたしはこれまで一度も学校というものに通ったことがありません。こんな見た目をしているのは宇宙人だからではなく、乳がんを患ったからです。乳房を失い、骨と皮になったわたしを見て、〈ユニバーサル・セオラム〉は使いものにならないと組織から追いだしました。一時はひとりで死ぬのだと覚悟しましたが、結局、そうはならなかった。体のなかで何かが起こって、がんを克服したからです。でも髪は生えてきませんでした。反抗的な態度はボスのチャーリーいわく、わたしのチャームポイントですが、そのときもウィッグや乳房再建手術を拒否し、代わりにこのタトゥーを入れて、世間に反抗しました。宇宙人にまちがわれることはあっても、髪型が決まらないと悩むこともなくなったし、ブラも必要なくなったので、悪いことばかりではありません。ドラゴンのおかげで、鏡に映る裸の自分を憐《あわ》れむこともなくなりました。このドラゴンは人生を自分の力で勝ちとった証《あかし》なんです。がんで死ななかったとわかって〈ユニバーサル・セオラム〉はわたしを組織に戻そうとしました。まだまだ実験を楽しみたかったんでしょうね。わたしが突っぱねるとストーカー行為や脅迫行為を始め、しまいに秘密を知りすぎているという理由で殺そうとしました。

最初に狙われたときはサイラス・パークスの口座から四千万ドルを奪ってハリケーンの犠牲者に寄附してやりました。もちろん彼の名前で」

新たな事実が明らかになって聴衆がどよめく。

「二度めはさっき話したヘリの墜落です。サム・ヒューストン国立森林公園に墜落したわたしは執念で生還し、殺されかけた復讐《ふくしゅう》として、みなさんがご覧になったファイルを政府機関や各国のマスコミに送りました。サイラス・パークスは仮釈放なしの終身刑になりました。本人としては不満でしょうが、塀の外ではわたしが目を光らせていますから、連邦刑務所にいるほうがむしろ安全だと思います。さて、これから三十分間、みなさんの質問に答えます。ただし誹謗《ひぼう》中傷を言う人はFBIの友人に会場の外へつまみだしてもらいます。また答えるに足りない質問だった場合、そんな質問しかできない子を持った親御さんを憐れんで、会場の全員で祈りを捧《ささ》げることになるでしょう。だから質問内容はよく考えてください。そしてこれから先、二度とわたしを追いかけまわすことはしないでください。生い立ちを明かしたからといって私生活まで手放すつもりはありません。過去にわたしのプライベートを侵害した愚か者が四千万ドルの寄附をすることになったことをどうかお忘れなく」

会場がしんと静まり返る。記者のなかには涙を流している人もいたが、ワイリックは気づかなかった。

事前にファイルを読んだにもかかわらず、記者たちはワイリックの告白にショックを受けていた。しかし当のワイリックは、誰も質問する者がいないのを、無関心もしくは反感の表れだと理解した。

反感を持たれたとしても、今はどうでもよかった。そのくらい疲れていた。

いちばん前の席に座っていた記者が立ちあがって拍手を始め、後方の記者がそれに続いた。やがて広間にいる全員が立ちあがって手をたたきはじめた。鳴りやまない拍手がワイリックの心と体に反響した。

ワイリックはチャーリーを見た。

「家に帰りたいわ」

「帰ろう」

ワイリックはうなずき、聴衆に背を向けてステージをおりた。

チャーリーとＦＢＩの捜査官たちはワイリックを囲むようにしてジープまで誘導した。

チャーリーが冷えたペプシをクーラーボックスから出し、水滴を拭いてプルタブを開け、助手席に乗ったワイリックに差しだす。

「見事なスピーチだった。シャンパンで乾杯と行きたいところだが、スニッカーズもあるから今はこれで辛抱してくれ」チャーリーはそう言って運転席に乗った。

「水のこと――」ワイリックが言った。会場でチャーリーが奪った水のグラスのことを言っているのだ。「ぜんぜん気がまわらなかった。ありがとう」

「どういたしまして」チャーリーは車のエンジンをかけた。ＦＢＩの車に前後を挟まれて、ジープは屋敷へ向けて走りだした。


記者会見は大成功だった。世間はワイリックのストーリーに共感し、同情した。彼女の警告を聞いたあとで追いかけまわす勇気のある者もいなかった。会場に集まった記者たちはワイリックの強さに心を打たれ、自分たちにできる唯一の方法――スタンディングオベーションで敬意を示したのだった。

会見の衝撃はアメリカ国内から世界に伝播《でんぱ》した。ワイリックの個性的な容姿は人々の好奇心を充分に満たした。彼女には独特の美しさと魅力がある。タトゥーを入れた経験のある人は残らず、赤と黒のドラゴンの見事さに感嘆し、あれほどの作品を彫るのに要した時間と苦痛を想像した。

トニー・ドーソンと両親も、家でワイリックの会見を見て、画面に映っている女性が救助に大きな役割を果たしてくれたことに不思議な感動を覚えていた。

トリッシュ・カールドウェルとその母親はテレビの前で手を握り合い、幼いワイリックが耐えなければならなかった悲劇を想像して涙した。

ワンダ・キャロルトンもワイリックの子ども時代を思って泣き、そのワイリックが見つけてくれた孫娘を全力で大事にしようと決意した。

ダラス市警の警官たちは〈ドッジ探偵事務所〉の名物アシスタントに改めて畏敬の念を抱くとともに、彼女と対等に渡り合うチャーリーを誇らしく思った。

かつてワイリックに助けられ、その独特な存在感に親しみを覚えていたデンバーのダンレーヴィー一家も、彼女が失った家族の愛のために涙を流した。

そして誰よりも影響を受けたのは、チャーリーとワイリックによって〈フォース・ディメンション〉というカルト集団から救出されたジョーダン・ビヤンだ。

ジョーダンの超能力は日々、強くなる一方だった。それでもワイリックと一緒にいたとき、会見で明かされたような過去にはまったく気づかなかった。ワイリックがわざと思考を遮断していたせいだ。自分の何倍も苛酷な運命を背負いながら少しも弱音を吐かないワイリックは、ジョーダンの新たなヒーローになった。

ジョーダンだけではない。

がんなどの治療で髪を失った何千、何万という女性たちがワイリックに勇気づけられて、頭を隠していた布や帽子をとり、ウィッグを投げ捨てた。

ジェイド・ワイリックがスキンヘッドと平らな胸でさっそうと世間にけんかを売るなら、自分たちにも同じことができると思ったのだ。

もちろんワイリックの外見やファッションに怖《お》じ気《け》づき、否定的な意見を抱く人もいた。それが世間というものだ。

ワイリックはこうした世間の反応をまったく知らなかった。彼女の願いは日常をとりもどすことだけだった。チャーリーと事務所で働き、仕事が終わったらマーリンの温室でトマトの世話をする。それだけでよかった。

チャーリーはといえば、ワイリックとの暮らしが永遠に続かないことを悟りながらも、まだ屋敷に留《とど》まりたいと思っていた。

その夜、中華料理のテイクアウトをつつきながら、次はどの依頼を受けるか話し合っているとき、チャーリーは思いきってその話題を切りだした。

「この屋敷にひとりでいるのは不安か？」

ワイリックはすぐに返事をしなかった。だが次の瞬間、彼女は不安を打ち消すように肩をすくめた。

「わたしがどう感じるかなんて問題じゃないでしょう。だいいち、ずっとひとりでやってきたのよ。ここはたまたま、今まで住んだなかでいちばん広いっていうだけ」

チャーリーは春巻きをもうひとつとり、たれをつけた。

「ぼくとしてはべつにいつまでいてもいいんだが。あの記者会見で頭のおかしい輩《やから》が何か仕掛けてこないともいえないし」

ワイリックはどきりとした。どうすれば本心を暴露することなくチャーリーの滞在を引き延ばせるだろう。

「……そう思う？」

チャーリーがうなずいた。「思うね。きみのことは変わらずトップニュースを飾っているし、きみが公開した情報によって毎日のように逮捕者が出ている。脅かすわけじゃないが、たとえば記者会見のときの水みたいなうっかりがあるかもしれない」

「この屋敷は広いから、なんなら一棟まるまる使ってくれてもいいのよ」

それを聞いたチャーリーはひそかに胸をなでおろした。

「そんなに離れた部屋にいたら、そもそもボディガードの意味がない」

ワイリックは眉をひそめた。「だったらせめて二階の客室を使ってよ。いつまでもソファーで寝かせるのは申し訳ないし」

「それだってきみが一階でぼくが二階じゃ離れすぎだ。ぼくのことは気にしなくていい。

ここにいてほしいというならいるし、いないほうがいいなら出ていく」

「じゃあ、いてちょうだい」ワイリックはフォーチュンクッキーをとって割った。

なかから出てきた占いを読みながら、クッキーの破片を口に入れる。そしてなんともいえない表情を浮かべた。

「なんて書いてあったんだい」

「占いなんて信じないけど」

「いいから見せて」

ワイリックが紙片をチャーリーのほうへ投げた。

「疲れたから寝るわ」

「片づけはやっておくよ」ワイリックのうしろ姿に声をかける。それから紙片をとり、広げた。

〝自分さがしの旅の途中。心を開いて楽しめ〟

ワイリックの分を置いて自分のフォーチュンクッキーを割る。

〝ずっと目の前にあったものの新たな一面が見える〟

チャーリーはしばらく考えてから立ちあがり、食事の片づけをはじめた。

片づけが終わるとセキュリティーシステムが正常に作動していることを確かめた。ワイリックがきちんとセットしたようだ。明かりを常夜灯にする。

自分の部屋へ戻る途中、ワイリックが寝室から出てきた。ピンクのフラミンゴの絵がついたフランネルシャツにピンクのレギンスをはいている。ティーンエージャーみたいな格好だ。記者会見のときの不屈の戦士と同一人物とは思えない。

ワイリックからはチャーリーが見えなかったようで、そのままエレベーターへ向かっていった。

「おい、どこへ行くんだ？」

「二階よ」ワイリックは足をとめずに言った。

「ひとりで大丈夫か？」

ワイリックはエレベーターのボタンを押してふり返った。

「大丈夫に決まってるでしょう。エレベーターの使い方くらいわかるわ。馬鹿じゃないんだから」

つっけんどんな言い方に、チャーリーは久々にむっとした。

「勝手にしろ」部屋に入り、音をたててドアを閉める。

「そうします」ワイリックは小さくつぶやいてエレベーターに乗った。

チャーリーが屋敷に留まるなら、自分は二階で寝起きしよう。そうすればチャーリーもベッドのある二階へ移動できる。そう思っただけなのに。

まったく、男って生きものはなんにもわかってない。

一階の書斎では、チャーリーが乱暴な手つきでソファーにシーツや上掛けを広げていた。なんであんな言い方をされなきゃならないんだ。ワイリックのことが心配で尋ねただけなのに。

まったく、女って生きものはよくわからない。

訳者あとがき

この内容なら二冊に分けてほしかった、というのが読みおわっての素直な感想です。そのくらい三巻は盛りだくさんで、展開が速いのです。いよいよワイリックがサイラス・パークス率いる〈ユニバーサル・セオラム〉に引導を渡すのですが、それじゃあシリーズが終わっちゃうじゃないかと悲しくなりました。最終巻は残っているものの（本国の口コミでは、さらに続いてもおかしくない終わり方だったという情報もあり）チャーリーとワイリックの活躍が楽しめるのは、あと一巻しかないのです。

もし、シャロン・サラの〝*The Jigsaw Files*〟シリーズを本巻から読むという方がいましたら、ぜひぜひ一巻から手にとってください。物語の前半は独立した話なので前作を読んでいなくても楽しめると思います。でも後半は一、二巻から続く因縁の対決の総決算になりますし、よくわからないで読んでしまうのはもったいない。それほどおもしろいシリーズです。

読んだけどしばらく前だからうろ覚えだわ、という方のためにさらりと復習しておきますと、ヒーローはテキサス州のダラスで探偵事務所を営むチャーリー・ドッジで、得意とするのは人さがしです。シリーズ第一巻では車で家を出たきり行方不明になった大富豪を捜索し、彼が姿を消した理由を解き明かします。二巻では父親にさらわれた十二歳の少女を救うため、カルト集団〈フォース・ディメンション〉と対決しました。

足で稼ぐ昔ながらの探偵チャーリーを最先端の技術でサポートするのがアシスタントのワイリックです。ワイリックは〈ユニバーサル・セオラム〉という巨大シンクタンクが遺伝子操作で生みだした超人類。幼いころからコンピュータの天才で、あらゆる知能検査でハイスコアをたたきだしてきました。乳がんで余命宣告され組織に見捨てられたとき、他人の人生をなんとも思わないサイラス・パークスに激しい怒りを覚え、それがきっかけとなってセルフヒーリング能力をも開花させたのです。幼いころに母親を奪われ、実験台として研究所で育てられたワイリックは無敵の能力を備えていながら、派手なファッションやメイクの裏に、多感な少女の心を隠しています。

一巻を読んだ友人から、介護施設に入所している母とアニーの境遇が重なって涙が出たと言われてはっとしました。チャーリーの最愛の妻アニーは若年性アルツハイマーで専門の施設に入所しています。病状は悪くなる一方で、夫のことはもちろん自分のことさえ忘れてしまい、日に日にできないことが増えていきます。愛する人が衰えていくのを見るのはチャーリーにとって非常につらい時間です。それでいて、どんな状態でもいいからずっと生きていてほしいとも思ってしまう。深い愛情ゆえに葛藤するチャーリーにみずからの想《おも》いを重ねる人がいると知って、どんな場面も心をこめて訳さなければと身の引き締まる思いがしました。本書を手にとってくださるひとりひとりが、ほかの誰ともちがう人生経験を積み、物語のなかにちがうものを読みとってくださるのだと思うと不思議な感動を覚えます。どうか本書がみなさまにとって、いっときの息抜きになりますように。

最後に、最終巻の予告です。アニーを失ったチャーリーと、マーリンを失ったワイリックは、悲しみをまぎらわすためにも新しい仕事を必要としていました。そんなとき、ダラスのアパートメントから忽然《こつぜん》と姿を消した妹をさがしてほしいという依頼が舞いこみます。部屋は内側から鍵がかかっていたということで、失踪の謎は深まります。〈ユニバーサル・セオラム〉の秘密を暴いたワイリックを抹殺しようとする力も働いて……果たしてチャーリーは二方面から迫る敵に対処できるのでしょうか。ふたりの活躍にどうぞご期待ください。

二〇二一年七月

岡本　香

訳者紹介　岡本 香

静岡県生まれ。公務員となったものの、夢をあきらめきれず32歳で翻訳の世界に飛びこむ。ローリー・フォスター『ハッピーエンドの曲がり角』、シャロン・サラ『明けない夜を逃れて』『翼をなくした日から』(すべてmirabooks)などロマンスの訳書をはじめ、児童書からノンフィクションまで幅広く手掛けている。

すべて風《かぜ》に消《き》えても

2021年7月15日発行　第1刷

著　者　シャロン・サラ

訳　者　岡本《おかもと》 香《かおり》

発行人　鈴木幸辰

発行所　株式会社ハーパーコリンズ・ジャパン
東京都千代田区大手町1-5-1
03-6269-2883 (営業)
0570-008091 (読者サービス係)

印刷・製本　中央精版印刷株式会社

ISBN978-4-596-91857-4